OGAWA Ito

Le Jardin arc-en-ciel

Roman traduit du japonais
par Myriam Dartois-Ako

Éditions
Philippe Picquier

DU MÊME AUTEUR

AUX ÉDITIONS PHILIPPE PICQUIER

Le Restaurant de l'amour retrouvé
Le Ruban
La Papeterie Tsubaki

Titre original : *Nijiiro garden*

Mas de Vert
B.P. 20150
13631 Arles cedex
www.editions-picquier.fr

Conception graphique : Picquier & Protière

Mise en page : Christiane Canezza – Marseille

ISBN : 978-2-8097-1359-6

Prologue

J'avais six ans.

Elle, elle était plantée sur le quai. Avec chaque train qui passait, le ruban rouge de son uniforme dansait dans le vent, il faisait comme un petit bond souple. On était en été. Je m'en souviens très bien, parce que c'était la veille de mon anniversaire.

— Sôsuke !

Quelque part, j'ai entendu la voix de maman qui m'appelait. A l'époque, j'adorais les trains et, pressé de les voir, je l'avais précédée sur le quai. Du coup, entraîné par la foule, j'avais été séparé de maman.

— Sôsuke !

Lorsqu'elle m'a appelé pour la deuxième fois, je me suis rendu compte que je tenais la jeune fille par la main. Troublé, j'ai vite lâché sa main. Mon cœur s'est mis à cogner, comme s'il tapait des pieds. Soudain, j'avais du mal à respirer, la gorge sèche.

La main que j'avais retirée de celle de la jeune fille était toute moite. Exactement comme si je tenais serrées dans mon poing les larmes qui coulaient sur ses joues. Le vacarme des trains qui passaient étouffait le son de ses sanglots, mais je suis sûr qu'elle pleurait.

Maman se trouvait de l'autre côté de la foule, l'air fatigué. Je me suis dépêché de la rejoindre. Un train est immédiatement entré en gare, je suis monté dedans avec elle.

Une fois assis, j'ai repensé à la jeune fille. Pendant tout le trajet, j'ai gardé sa chaleur délicatement emprisonnée au creux de ma main.

Je n'avais aucune envie de me défaire de la douce sensation qui y persistait.

C'était comme si je gardais un petit oiseau secret dans ma main.

C'était pendant que je regardais passer le troisième train, interdite. Soudain, quelque chose a enveloppé mes doigts. Au début, j'ai cru que je me faisais des idées. Mais la sensation s'est peu à peu précisée, une tiédeur s'est affirmée.

Rien n'aurait pourtant dû me retenir…

J'étais incapable de faire le petit pas qui déciderait de tout. Au prochain, j'y vais ; au prochain… pendant que je m'encourageais, les trains filaient à toute allure.

J'ai levé la tête, le ciel était tout bleu, sans un seul nuage ; un ciel d'été incroyablement bleu.

Je voulais être libre, et voilà où j'en étais.

Rien ne me retenait. Du moins, je l'avais cru.

J'ai tourné les yeux, un petit garçon se tenait juste à côté de moi. La casquette de baseball qu'il portait cachait presque tout son visage, mais il me tenait par la main.

Je n'avais pas envie de dégager ma main. Parce que la sienne était chaude.

Sous mes yeux, un train express est passé à une vitesse folle, la poussée exercée par son passage à deux doigts de nous renverser. Je ne pouvais pas lâcher sa main maintenant.

L'enfant, peut-être effrayé, a serré fort mes doigts. Si je retirais brusquement ma main, il risquait de me suivre instinctivement.

Avec chaque vague de chaleur émanant de sa paume, mon cœur glacé se réchauffait. Je n'avais pas le souvenir d'avoir jamais tenu quelqu'un par la main. Saisie par l'émotion, j'ai cligné des yeux et des larmes ont roulé sur mes joues.

A cet instant, la main du garçonnet a délicatement quitté la mienne. La voix d'une femme, sans doute sa mère, s'est élevée de nulle part. Elle l'avait sûrement appelé par son prénom, mais je ne l'ai pas saisi. L'enfant est parti en trottinant.

J'ai jeté un bref regard par-dessus mon épaule et je l'ai vu s'éloigner. Alors que l'instant d'avant, il me tenait par la main, il ne s'est pas retourné une seule fois et je l'ai perdu de vue.

Impulsivement, j'ai regardé ma main vide. Je cherchais à m'assurer de ce qui s'y trouvait il y a encore peu. Mais il n'y avait rien d'autre que ma paume. La ligne de vie, la ligne du destin, la ligne de cœur et les autres s'y croisaient. Et c'est tout.

J'étais à l'école primaire, je crois. J'étais allée à la fête avec des amies, et je m'étais fait lire les lignes de la main. La diseuse de bonne aventure, accoutrée comme il se doit, a lancé un coup d'œil à la paume de ma main et m'a annoncé d'une voix sentencieuse :

Toi, tu auras une vie difficile. Pas mauvaise pour autant. Mouvementée, mais tu feras une belle rencontre.

Et puis, regarde, ici, ta ligne de cœur est nettement visible, a-t-elle dit, et avec une loupe, elle a étudié attentivement cette prétendue ligne de cœur gravée sur ma paume. J'ai oublié la suite.

Choko, tu vas rencontrer quelqu'un de bien !

Mes amies, qui s'étaient aussi fait lire les lignes de la main, étaient enthousiasmées. Détachée, je regardais d'un œil froid et distant ces filles naïves. C'est toujours pareil. Je suis incapable de fraterniser avec les autres.

Devant ma main vide, cet épisode m'est soudain revenu à l'esprit.

En admettant que ma destinée soit réellement inscrite au creux de ma main, ma ligne de vie aurait dû s'interrompre avant mes vingt ans.

Pourtant, cette ligne épaisse s'allongeait à loisir, répugnante.

Un train, un de plus, est passé en vain. Dans le ciel bleu s'étirait maintenant, comme une égratignure, la traînée laissée par un avion.

Si j'ai dû renoncer à mon projet, c'est parce que quelqu'un d'autre est passé à l'acte avant moi. Une annonce signalant un accident de personne à la gare voisine a été diffusée et les trains stoppés dans les deux sens.

L'homme à côté de moi, sûrement un employé, a eu un claquement de langue agacé. Deux lycéennes aux jambes nues ont descendu les escaliers d'un pas pressé.

Je suis restée un moment sur un banc du quai, à attendre la reprise du trafic. Comme si elles chantaient à la mémoire de la personne qui avait sauté le pas, les cigales s'égosillaient.

J'ai délicatement posé la paume de ma main sur ma poitrine. La chaleur des doigts du garçonnet subsistait encore un peu.

FUGUE AMOUREUSE

J'avais pris un train bondé avec Sôsuke, lorsque j'ai soudain relevé la tête.

Sur le quai de la gare se tenait une jeune fille en uniforme.

Après avoir contemplé un instant la paume de sa main, au bord des larmes, elle a tourné les yeux vers le train dans lequel je me trouvais. Un bref instant, il m'a semblé que nos regards se croisaient.

C'était au retour, nous étions sortis pour préparer la fête d'anniversaire de Sôsuke. Malgré mon épuisement, à peine mes yeux s'étaient-ils posés sur elle que la scène devant moi, jusqu'alors floue, s'est parée de couleurs vives. Les portes se sont fermées, le train a démarré, mais j'étais incapable de détourner le regard de sa silhouette qui s'éloignait peu à peu.

Depuis, de jour comme de nuit, je pensais sans cesse à elle.

Il me suffisait de revoir sa vague silhouette pour me sentir étrangement oppressée, les yeux soudain mouillés de larmes. Depuis, je la cherchais partout.

Ce n'était pas un coup de cœur, pas du tout. Pour commencer, il s'agissait d'une élève de lycée. Et en plus, même pas d'un garçon, mais d'une fille.

Les grandes vacances ont débuté, Sôsuke est parti en colonie pour une semaine ; c'était le deuxième soir. Après mon travail à mi-temps, j'ai pris le train et, lorsque je suis descendue à ma gare habituelle, je l'ai vue, immobile sur le quai d'en face. Je n'aurais jamais cru la retrouver…

Lorsque j'ai repris mes esprits, j'étais en train de gravir les escaliers quatre à quatre. Comme l'autre jour. Encore une fois, j'avais les mains pleines.

— Attends !

J'ai traversé la passerelle à fond de train et, en descendant l'escalier qui menait au quai sur lequel elle se trouvait, je l'ai interpellée en criant.

Ce qu'elle s'apprêtait à faire n'était pas difficile à imaginer. Déjà l'autre jour, elle avait ce regard qui ne trompe pas. Et pourtant, personne ne lui adressait la parole, ne tentait de la retenir.

Arrivée auprès d'elle au terme d'une course folle, je lui ai dit, d'un ton volontairement comique :

— Qu'est-ce que tu fabriques, tu as fait tomber quelque chose sur les rails ?

Interloquée, elle a imperceptiblement relevé le visage.

— Nan, je blague. Moi aussi, j'ai souvent envie de mourir.

— Hein ?

A peine cette exclamation lui avait-elle échappé que des larmes ont jailli de ses grands yeux. Son regard clair rappelait celui d'une biche sauvage.

— Mais comme j'adore manger, je finis toujours par réfléchir à ce que je pourrais manger au prochain repas. Du coup, ça me donne faim, alors je me dis, autant le faire après avoir mangé et en me répétant mélancoliquement que c'est mon dernier repas, j'engloutis tout jusqu'à la dernière miette. Alors, je suis vaguement satisfaite et je ne suis plus très partante pour mourir. Et au bout d'un moment, j'ai à nouveau faim. Et ça recommence, à chaque fois ! C'est complètement débile, hein ?

Ce tissu de mensonges m'est venu aux lèvres avec une facilité déconcertante. Je voulais avant tout gagner du temps, il le fallait. Au moins, pendant que je lui parlais, elle n'allait nulle part. Portée par mon élan, je l'ai invitée.

— Puisqu'on est là, on pourrait aller manger un morceau ensemble. Moi aussi, aujourd'hui, je suis toute seule pour le dîner.

Il sera toujours temps de mourir après, ai-je ajouté en mon for intérieur.

Mais elle allait sans doute refuser, j'y étais à demi résignée. Elle ne paraissait pas du genre à suivre docilement une parfaite inconnue qui l'abordait à l'improviste. Pourtant, contre toute attente, elle a opiné de la tête.

Un nouveau train arrivait. Mine de rien, je l'ai gentiment attrapée par le bras et éloignée du bord du quai. J'étais arrivée à temps, tant mieux. Ma joie était telle que j'étais à deux doigts de m'effondrer sur place.

Nous avons quitté la gare et longé ensemble la rue commerçante. Elle avait bon cœur, elle a porté l'un de mes sacs de courses. Il était vingt et une heures passées, le silence régnait déjà dans les rues.

— On n'a qu'à aller jusqu'à la rocade, il y a un restaurant là-bas, ai-je proposé à la jeune fille qui marchait en silence quelques pas derrière moi, un peu sur le côté.

Souvent, quand je n'avais pas envie de cuisiner pour le dîner, j'y emmenais Sôsuke. Il y avait toujours beaucoup de monde, mais c'était bon marché et pas si mauvais que ça. Et surtout non fumeur, une bénédiction pour Sôsuke qui souffrait d'asthme.

La rue commerçante donnait sur un quartier résidentiel tranquille, avec des pots de fleurs alignés en rangs serrés sous le porche des maisons. Le brouhaha joyeux d'une conversation s'élevait de nulle part.

— Ah ! s'est-elle soudain écriée.

Je me suis retournée, elle s'était immobilisée, le nez en l'air.

— Une étoile filante !

Tout en transférant de ma main gauche à la droite le sac plastique que je portais, je me suis arrêtée moi aussi et j'ai regardé le ciel.

Mais il n'y avait pas la moindre trace d'une étoile filante. Dans ce ciel bouché, était-il vraiment possible d'en apercevoir une ? Le ciel était couvert, ce soir, plombé. Comme mon cœur.

— A ce propos, chez moi… ai-je lancé en marchant.

J'ai réalisé qu'elle me précédait maintenant d'un demi-pas. Sa silhouette longiligne était celle d'une belle plante qui pousse vigoureusement, tournée vers le soleil.

— Oui ?

Au bout de quelques secondes, elle m'a invitée à poursuivre.

— J'habite au premier étage d'un petit immeuble, mais au dernier, il y a un petit toit-terrasse, la vue de là-haut n'est pas mal du tout. En plus, personne n'y va.

Quand mon mari vivait encore avec nous, on y avait même fait un barbecue tous les trois. J'y avais aussi regardé une éclipse partielle de soleil avec Sôsuke. Mais ces derniers temps, enfin, plus précisément, depuis que mon mari m'avait quittée, je n'étais pas une seule fois montée sur la terrasse. Même cela était au-dessus de mes forces ; la lessive, je la passais au sèche-linge.

— Ah oui, d'ailleurs, qu'est-ce qu'on fait pour le dîner ? Rien n'est ouvert, il va falloir pousser jusqu'au restaurant de la rocade…

Au beau milieu de ma phrase, elle s'est soudain tournée vers moi et, d'une voix claire, a annoncé :

— Choko aimerait bien aller sur le toit-terrasse.

— Choko ?

Je ne comprenais pas.

— Euh oui, je m'appelle Chiyoko. Comme dans la chanson, *chiyo ni, hachiyo ni… Pour l'éternité des temps…* Vous connaissez ? Ça s'écrit pareil.

Et elle se surnommait elle-même Choko, semblait-il. Elle était mûre d'apparence et de comportement, mais sa voix et sa façon de s'exprimer trahissaient son âge.

Nous sommes revenues sur nos pas, remettant le cap sur la rue commerçante. J'habitais dans une des ruelles de derrière. En gravissant l'escalier étroit, la réalité m'a soudain assaillie et j'ai été prise de sueurs froides.

— Dis, Chiyoko, tu veux bien aller m'attendre sur la terrasse ? Je vais préparer le nécessaire, je cuisine un petit quelque chose et je l'apporte.

En réalité, pour ce qui était de cuisiner un petit quelque chose, je n'avais sous la main que des plats préparés ou surgelés, mais je n'y pouvais rien. Ce que je venais d'acheter au supermarché était du même acabit.

— Je vais vous aider. A deux, on ira plus vite.

L'idée de me montrer sous un mauvais jour à une jeune fille que je venais à peine de rencontrer me déprimait. Eh oui, c'était un véritable capharnaüm chez moi. J'avais profité de l'absence de Sôsuke pour ne rien faire, ni vaisselle, ni lessive, ni ménage. Mais Chiyoko n'a pas saisi ce que je voulais dire. Sa stupéfaction lorsque j'ai ouvert la porte à contrecœur m'a encore plus déprimée.

C'était vraiment la honte. Des emballages de nouilles instantanées gisaient dans l'évier, où s'empilaient assiettes et casseroles sales. Par terre traînaient des canettes de soda alcoolisé vides et mon pyjama abandonné là. Rien d'étonnant que Chiyoko en soit restée bouche bée.

— Désolée.

Je me suis excusée avec embarras.

— Je vais vous aider à ranger, a-t-elle lancé gaiement.

Elle s'y est attelée sur-le-champ. J'avais peine à croire que c'était la même jeune fille qui, quelques instants auparavant, se tenait sur le quai de la gare, l'air si tourmenté.

Bien obligée, j'ai moi aussi entrepris de faire du rangement. Comment pouvait-on accumuler un tel désordre, je m'en étonnais moi-même tellement la pièce était en fouillis.

Puisqu'elle avait vu cette pagaille, l'heure n'était plus aux cachotteries. J'ai expliqué à Chiyoko que j'étais séparée de mon mari depuis six mois et que j'avais un fils prénommé Sôsuke, en première année d'école primaire, actuellement parti en colonie de vacances. Pendant ce temps, une éponge pleine de mousse à la main, Chiyoko briquait énergiquement l'évier jusque dans ses moindres recoins.

— Et comment vous appelez-vous ?

Effectivement, je savais son prénom, mais je ne m'étais pas encore présentée.

— Izumi.

— Et votre prénom ?

— Eh bien, c'est Izumi. Takahashi Izumi, trente-cinq ans, bientôt divorcée, ai-je dit avec l'impression de me confesser.

— Izumi… C'est un joli prénom.

Sur ces mots, Chiyoko s'est remise au travail. A croire que faire du rangement la mettait au comble de la joie, je l'entendais même fredonner. Moi, c'était tout le contraire, même s'il s'agissait de mon appartement, la tête et le corps lourds, je m'interrompais sans cesse. Ce qu'elle n'a pas manqué de remarquer, semble-t-il.

— Izumi, asseyez-vous, m'a-t-elle intimé sans façons.

A vrai dire, j'avais du mal à tenir debout. Après de longues heures passées devant ma caisse, j'avais les reins en compote. Je savais bien que si je ne faisais pas le ménage, l'asthme de Sôsuke empirerait, mais dans les faits, mon corps pesant ne m'obéissait plus.

J'ai obtempéré et, à peine installée dans le canapé, le sommeil m'a submergée. La veille, j'avais traîné devant la télé à regarder des émissions stupides presque jusqu'à l'aube et j'étais partie travailler quasiment sans avoir dormi. Du coup, j'étais accablée de fatigue.

Une fois allongée, je n'arrêtais plus de bâiller. J'étais gênée de la laisser ranger toute seule, mais garder les yeux ouverts m'était impossible. J'ai fermé les paupières, juste un instant.

Mais je m'étais endormie, dirait-on. J'ai repris mes esprits en entendant la chasse d'eau. J'avais presque oublié que Chiyoko était là. Une couverture légère recouvrait maintenant mon corps. C'était celle de Sôsuke. Elle avait gardé son odeur. Cela signifiait-il que le terrible bazar de la chambre à coucher était aussi tombé sous les yeux de Chiyoko ? J'ai balayé du regard la pièce, mieux rangée qu'avant.

— Pardon !

En épongeant un filet de salive sur mon menton, je suis partie à la recherche de Chiyoko. Je l'avais invitée à manger, mais si je dormais, cela n'avait aucun sens.

Je me demandais où elle pouvait bien être ; elle était en train de nettoyer les toilettes.

— Chiyoko, laisse, vraiment. Ce n'est pas à toi de faire ça.

J'étais anéantie. Horreur, les toilettes aussi étaient franchement sales.

— Non non, je le fais parce que ça me plaît, ne vous en faites pas. Et puis, vous aviez l'air de si bien dormir.

— Je n'ai pas fait de bruit ?

Mes ronflements et grincements de dents étaient l'une des raisons invoquées pour justifier le divorce.

— Vous voulez parler de vos ronflements ? Parfois, ils cessaient brusquement, ça m'a inquiétée. Mais en plus, une fois…

Chiyoko s'est interrompue et, d'un air espiègle, a haussé les épaules en pouffant. C'est là que j'ai remarqué pour la première fois que l'une de ses canines chevauchait joliment les dents voisines.

— Quoi ? Allez, dis-moi, je veux savoir.

Je m'étais déjà tellement dévoilée, plus rien ne me faisait peur.

— Eh bien, vous avez eu un gaz de toute beauté.

— Oh non…

J'étais morte de honte, s'il y avait eu un trou, je m'y serais glissée immédiatement, roulée en boule.

— Mais vous savez, quand je vous ai entendue, je vous ai enviée. Vraiment, parce que c'était un gaz parfait, complètement libérateur. Et en plus, vous n'avez rien remarqué, vous avez continué à dormir profondément. Pour Choko, même devant sa famille, ce serait impossible. Mais, comment dire, je me suis trouvée stupide d'être comme ça.

J'étais consternée, les bras m'en tombaient. Je croyais avoir fait juste un petit somme. Mais en réalité, j'avais dormi une heure. Pendant que je dormais à poings fermés, une lessive avait même été pendue dans la pièce. Alors que je détestais ça quand mon mari étendait le linge. Quand ce n'était pas moi qui faisais le ménage, ce n'était jamais comme je voulais. Mais avec Chiyoko, je ne trouvais rien à redire. Pourquoi ? Cela me dépassait moi-même.

En tout cas, il faisait vraiment lourd ce soir-là. Plutôt que de rester à l'intérieur, mieux valait sortir, il faisait plus frais dehors. J'ai cuisiné à la va-vite et emporté les plats sur la terrasse. Je ne pouvais quand même pas servir uniquement des surgelés, j'avais tant bien que mal concocté un repas avec tous les restes dénichés dans le réfrigérateur. Même avec la meilleure volonté du monde, c'était loin d'être un régal.

— Je suis désolée…

Lorsque je suis montée avec le dernier plat, un sauté de saucisses et de tomates lié à l'œuf, Chiyoko m'attendait, les chaises et la table installées sur la terrasse. Je les avais achetées pendant les soldes de fin d'année, en prévision des barbecues de l'été. Mais comme mon mari m'avait quittée peu après, elles n'avaient pas servi une seule fois.

Le riz avait été réchauffé au micro-ondes et la soupe de miso venait de sachets individuels tout prêts. J'étais désolée pour Chiyoko qui avait fait l'effort de venir jusqu'ici, mais il était tard, je n'avais pas le choix. Elle m'a poliment souhaité bon appétit avant de goûter à ce repas improvisé.

Moi aussi, j'ai commencé à manger. Les nuages s'étaient un peu dissipés par rapport à tout à l'heure, quand nous marchions dans la rue commerçante. Mais ce n'était pas un beau ciel nocturne bien dégagé.

J'étais en train de mélanger la sauce et la moutarde dans la barquette de *nattô*, quand j'ai entendu comme un reniflement.

— Qu'y a-t-il ?

J'ai glissé un regard vers le visage de Chiyoko à travers le rideau de ses cheveux ; un morceau de *tamagoyaki* entre ses baguettes, elle pleurait sans bruit.

— Pardon !

La cause de ses larmes m'est tout de suite apparue et je me suis excusée. J'ai honte de le dire mais mon omelette roulée est la pire du monde. Comme je mets toujours trop d'huile, les œufs sont aussi luisants que les échantillons en plastique exposés dans les vitrines des restaurants. Sôsuke en blague, on dirait le pelage d'une girafe, à cause des plaques de brûlé qu'il y a toujours ici et là. En plus, je ne l'assaisonne jamais. Sôsuke adore la sauce un peu sucrée, une sorte de sauce Worcestershire dont il arrose tout ce qu'il mange, du coup, ça me paraît normal.

Le *tamagoyaki* de ma mère était délicieux, doux et onctueux, mais elle a disparu avant de pouvoir m'apprendre sa recette.

— Si tu n'aimes pas, laisse-la.

Il n'y avait que Sôsuke pour se régaler de mon omelette roulée. Clairement, j'aurais mieux fait de m'abstenir.

— C'est infect ! a fini par gémir Chiyoko, les larmes roulant sur ses joues. C'est vraiment pas bon. Mais c'est délicieux !

Elle a sangloté encore plus fort. En larmes, elle continuait à grignoter cette omelette immangeable.

Incapable de saisir la cause profonde de ses larmes, je ne pouvais guère faire plus que lui frotter le dos. Ma colonne vertébrale était noyée sous la graisse, mais celle de Chiyoko, elle, pointait comme il faut sous la peau.

Au bout d'un moment, ses larmes séchées, elle s'est remise à manger avec appétit. Le riz réchauffé au micro-ondes, la soupe de miso en sachet, le *nattô* à la date de péremption dépassée, les saucisses et tomates sautées avec de l'œuf, et même le *tamagoyaki* qu'elle avait qualifié d'infect mais délicieux, elle a tout englouti.

Après avoir bu du thé en bouteille pour clore le repas, elle s'est étendue par terre, comme si c'était tout naturel. Je l'ai imitée. A combien d'années remontait la dernière fois que je m'étais allongée ainsi de tout mon long ? Le gazon artificiel, contre ma nuque, me chatouillait. A l'instant où j'ai desserré la ceinture de mon pantalon, un soupir m'a échappé.

J'ai lancé un coup d'œil à Chiyoko, des larmes coulaient encore de ses yeux. En faisant semblant de ne rien voir, j'ai de nouveau tourné mon regard vers le ciel.

— Choko, eh bien… a-t-elle soudain lancé.

Au début, sa façon de s'appeler elle-même Choko m'avait désarçonnée, mais il m'avait suffi de l'entendre plusieurs fois pour m'y habituer.

— C'est la première fois de sa vie qu'elle mangeait un *tamagoyaki* aussi mauvais.

— Pardon.

— Ne vous excusez pas, Izumi. Vous n'avez rien fait de mal, et pourtant, depuis tout à l'heure, vous n'arrêtez pas de vous excuser.

— C'est que je cuisine tellement mal…

De profil, Chiyoko était si belle qu'un instant, je n'ai pas pu la quitter des yeux. De longs cheveux châtains, un nez à l'arête nettement marquée, des oreilles aux lobes percés… peut-être était-elle métisse. C'est sûrement pour ça qu'elle détonnait un peu dans le décor. Elle a poursuivi :

— Chez moi, l'omelette roulée, on l'achète toujours toute prête. Dans un grand restaurant célèbre, ou alors, on en commande exprès à un restaurant de sushis.

Moi, je n'avais jamais mangé de *tamagoyaki* de luxe. J'enviais le quotidien de Chiyoko. Sans doute vivait-elle dans un autre monde que le mien.

— Mais vous savez…

Les yeux rivés sur le ciel, elle a poussé un soupir.

— Quoi ?

— Le *tamagoyaki* de tout à l'heure, vous l'avez préparé rien que pour moi, de tout votre cœur. C'est pour ça qu'il était délicieux. Le goût était vraiment infect, mais pour Choko, c'était la meilleure omelette du monde.

Et d'une toute petite voix, elle a murmuré, merci pour ce repas. Mais celle qui avait envie de dire merci, c'était moi.

Quelques secondes plus tard, la paume de ma main s'est agréablement réchauffée. Chiyoko avait délicatement posé sa main sur la mienne. Sur le coup, j'ai pensé que c'était sans le vouloir, mais peut-être pas, en fin de compte.

— Ta main est toute potelée, Izumi, on dirait celle d'un bébé.

Chiyoko s'était soudain mise à me tutoyer. Je préférais ça, j'avais l'impression que nous étions sur un pied d'égalité, j'étais contente.

La première fois que je l'avais aperçue sur le quai de la gare, elle portait un uniforme, elle était donc sans doute au lycée. Dans ce cas, elle avait forcément moins de vingt ans. Moi, j'étais au beau milieu de la trentaine, en arrondissant, j'étais plus proche des quarante ans.

Pourtant, étrangement, en sa compagnie, je ne sentais pratiquement pas la différence d'âge. Il me paraissait naturel qu'elle me tutoie et je n'avais pas spécialement l'impression d'avoir une jeune lycéenne à mes côtés. Au contraire, j'avais l'impression qu'elle était plus mûre que moi. J'étais parfaitement incapable de regarder les gens et la réalité en face, mais elle, oui.

Main dans la main, nous avons contemplé le ciel d'été. A un moment, ses paupières se sont fermées, elle s'est endormie. J'avais envie de voir une étoile filante, moi aussi. Mais en admettant que j'aie cette chance, quel vœu aurais-je bien pu faire ? Dans l'immédiat, rien ne me venait à l'esprit.

J'avais cru la sauver, mais réflexion faite, c'était moi qu'elle avait sauvée.

Nous n'étions convenues de rien, mais le lendemain, et le jour suivant encore, elle est revenue à la maison. Sôsuke en colonie de vacances, l'austère semaine que je m'apprêtais à passer seule s'est soudain transformée, avec l'apparition de Chiyoko, en une suite de journées exceptionnelles.

Je ne sais pas pourquoi, mais en sa compagnie, je me sentais comme si je jouais à la dînette sous un doux soleil de printemps. Cela dit, ce que nous faisions ensemble, c'était surtout ranger l'appartement.

Les tâches dont je ne venais pas à bout toute seule avançaient à grands pas avec Chiyoko. J'ai jeté tous mes magazines déjà lus, et j'en ai aussi profité pour me débarrasser des vêtements trop petits de Sôsuke.

Les habits et les affaires de mon mari, auxquels je n'avais pas encore réussi à toucher, c'est Chiyoko qui les a triés et mis en cartons. Outre ses vêtements, il y avait un tas de mangas et de CD. Les jouets et les livres d'images de Sôsuke, que je ne pouvais quand même pas jeter sans son accord, ont été rassemblés dans des cartons avec son prénom inscrit en gros caractères au marqueur. Les vêtements dont je ne voulais plus mais qui étaient encore mettables, Chiyoko les a empaquetés et s'est chargée de les faire parvenir à des camps de réfugiés à l'étranger.

Elle était en terminale, mais elle avait dix-neuf ans. Cela s'expliquait par le fait qu'elle était partie étudier un an en Australie. Elle avait aussi beaucoup voyagé à l'étranger. En l'imaginant métisse, je m'étais simplement fait des idées, mais dans son cœur, les paysages et les façons de penser d'autres pays avaient indubitablement fait leur chemin.

Faire du rangement en discutant avec Chiyoko d'un univers qui m'était inconnu était très agréable. Alors que ces heures auraient dû être empreintes de mélancolie, Chiyoko avait formidablement tout fait basculer. On n'aurait jamais dit que nous venions à peine de nous rencontrer, tant être ensemble à la maison relevait de l'évidence.

Toutes ces choses que je devais faire et que j'avais longtemps négligées, faisant mine de ne pas les voir, diminuaient petit à petit, c'était plaisant. L'appartement n'avait jamais été très ensoleillé, mais au fur et à mesure que le rangement avançait, les pièces étaient chaque jour mieux éclairées, plus lumineuses. Voilà comment, d'un coup, les conditions ont été réunies pour mon divorce.

Alors que la rupture avec mon mari était consommée, je ne parvenais pas à aller de l'avant. Je ne me sentais pas capable d'élever correctement Sôsuke toute seule, y compris du point de vue financier. Et puis, je ne supportais pas l'idée d'en faire un enfant sans père. Même si ce n'était qu'une façade, ce serait mieux pour lui d'avoir ses deux parents, je l'avais toujours pensé.

Mais maintenant que l'appartement était rangé, j'étais décidée. Le chemin à parcourir, qui m'était resté invisible tant que j'avais gardé la tête baissée, je le discernais maintenant nettement.

Comme je ne travaillais pas ce jour-là, nous avons commencé à ranger dès le matin. Lorsque j'ai regardé la pendule, il était déjà plus de dix-sept heures.

Dans la cuisine méconnaissable de propreté, Chiyoko m'a préparé un verre de Calpis. J'avais oublié jusqu'à l'existence de ce breuvage dont elle avait déniché des sachets au fin fond du réfrigérateur. Parmi les condiments rangés au frigo, le seul dont la date de péremption n'était pas dépassée était la sauce préférée de Sôsuke.

— Izumi, je monte en premier !

J'ai repris mes esprits en entendant la voix de Chiyoko. Je me suis dépêchée de la suivre. Qu'il s'agisse du goûter ou des repas, pour manger, nous allions sur la terrasse. C'était devenu une règle implicite. Depuis notre rencontre, il n'avait pas plu une seule fois.

Je me faisais peut-être des idées, mais quand c'était Chiyoko qui le préparait, même le Calpis était meilleur. La désagréable sensation d'avoir un voile poisseux au fond de la gorge que me donnait autrefois cette boisson avait disparu. Depuis tout à l'heure, Chiyoko dégustait son verre à petites gorgées. Le tintement des glaçons était rafraîchissant.

Côte à côte, nous nous sommes accoudées à la rambarde du toit-terrasse. Peut-être à cause du goût du Calpis, j'avais l'impression d'être redevenue une écolière, j'étais détendue, comme en compagnie d'une amie de mon âge. Ce n'était pas encore le coucher du soleil, mais le ciel changeait progressivement de couleur, se préparait à la nuit.

— En hiver, d'ici aussi on voit le mont Fuji, ai-je annoncé avec une pointe de fierté, le doigt tendu vers l'ouest.

Quand ça n'allait pas, je venais souvent contempler le Fuji pour me remonter le moral.

Dans deux jours, Sôsuke serait de retour. Je n'avais aucune idée de la vie que nous allions mener tous les deux désormais, mais j'avais au moins décidé de déménager. Psychologiquement, je n'étais pas assez forte pour continuer à occuper l'appartement où nous avions vécu à trois.

Perdue dans mes pensées, je n'y avais pas prêté attention, mais la pénombre avait déjà envahi le ciel. Sous mes yeux s'étendaient de superbes nuages teintés de garance.

Fascinée, je contemplais le couchant aux couleurs flamboyantes lorsque soudain, les doigts de Chiyoko ont caressé ma joue.

Sur le coup, j'ai cru rêver. J'étais toute retournée, comme engourdie, et le visage de Chiyoko s'est approché du mien. Prise d'une anxiété subite, j'ai fermé les yeux.

Une sensation douce et souple a enveloppé mes lèvres. Peut-être à cause du Calpis qu'elle avait bu, sa bouche était fraîche, légèrement sucrée. Je rêvais, pas de doute.

Serrées l'une contre l'autre, en nous soutenant mutuellement, Chiyoko et moi nous sommes peu à peu rapprochées du gazon artificiel. Je ne tenais plus sur mes jambes. A l'instant où j'ai glissé à terre, le corps de Chiyoko a délicatement recouvert le mien.

J'étais en pleine confusion, je ne savais pas comment réagir. Alors que dans ma tête, je disais non, je tentais de résister, dans les faits, j'étais incapable du moindre mouvement. Je souhaitais que la nuit tombe rapidement, que l'obscurité cache mon visage et mon corps. Mais évidemment, à ce moment-là, le soleil couchant, dans un ultime sursaut, a dardé ses derniers rayons, illuminant tout. J'étais étendue par terre, dans une posture indécente.

Le sexe avec mon mari n'avait été qu'une épreuve, j'étais incapable du moindre geste qui lui aurait donné du plaisir. Si je m'étais réjouie de ma grossesse, c'était parce que pour un temps cela m'épargnerait les rapports avec lui. Mais là, c'était différent.

Chiyoko caressait délicatement ma peau, comme si elle m'effeuillait. Cela n'avait rien de douloureux. Rien d'une démangeaison, ou d'un chatouillement. La cuticule de mes ongles, l'envers du lobe de mes oreilles, le creux de mon nombril, mes chevilles, jusqu'à la plante de mes pieds, elle m'effleurait partout avec douceur, en légèreté, à un rythme agréable.

Une seule fois, le visage de Sôsuke m'a traversé l'esprit, pour s'évanouir aussitôt. Mes os, ma langue, mon cerveau, mes cheveux, tout a fondu, j'avais l'impression d'être devenue une onctueuse goutte de nectar translucide.

— Izumi !

A l'instant où j'ai entendu mon prénom, les doigts de Chiyoko ont pénétré sans peine dans la petite grotte au creux de mon corps. Incapable de résister, j'ai pris sa tête entre mes deux mains et l'ai serrée contre ma poitrine.

— Je t'aime, a soufflé la voix rauque de Chiyoko.

Pourquoi ?

C'était la question que j'avais envie de lui poser. Mais, le souffle court, j'étais loin de pouvoir articuler le moindre mot. Pourquoi une fille aussi merveilleuse m'aimerait-elle…

Mon corps était mystérieusement comblé, jusque dans ses moindres recoins. Dans les bras de Chiyoko, j'ai émis un petit cri, d'une voix qui m'était encore inconnue.

Jusqu'à ce jour, jamais je n'étais sortie avec une femme. Mais tomber amoureuse d'une fille, cela m'était peut-être déjà arrivé. C'était en maternelle. Je veux me marier avec elle, lorsque j'avais annoncé à mes parents le prénom de la fillette, ils m'avaient réprimandée, tu ne dois pas dire ce genre de choses, le souvenir m'en était distinctement revenu à l'instant.

Dans les bras l'une de l'autre, nous nous sommes abandonnées sur le gazon artificiel. Des étoiles clairsemées illuminaient le ciel. Peut-être aurais-je dû rendre la pareille à Chiyoko, j'ai hésité. Mais je ne savais pas comment m'y prendre. Je n'osais pas l'embrasser, ni même caresser sa peau, tout ce dont j'étais capable, c'était de contempler le ciel avec elle.

Alors, Chiyoko a susurré mon prénom.

— Qu'y a-t-il ?

Le tréfonds de ma grotte me picotait encore un tout petit peu.

— Izumi, là, tout de suite, tu es terriblement belle.

— Ne te moque pas d'une vieille comme moi.

Je n'avais pas l'intention de la prendre au sérieux. Et pourtant, cette simple réflexion – que Chiyoko me trouve belle – a brusquement fait jaillir en moi une émotion nouvelle. Elle me regardait vraiment, et cela me rendait heureuse.

C'est le lendemain que j'ai appris où elle habitait.

Ce jour-là, je devais travailler l'après-midi, Chiyoko était venue à la maison pour la matinée. Le rangement était quasiment terminé, alors nous sommes montées sur la terrasse où, en guise de petit-déjeuner, j'ai grignoté des viennoiseries qu'elle avait apportées. Soudain, elle a lancé :

— C'est ma maison, là-bas.

L'endroit qu'elle montrait du doigt était indubitablement la clinique Shimabara.

— Mais alors, ça veut dire que tu es la fille du docteur Shimabara ?

Coup de tonnerre dans un ciel bleu, je suis tombée des nues, oh là là, que faire ? J'ai senti un vertige me gagner.

La clinique Shimabara, dans le quartier, tout le monde connaissait. Sôsuke et moi, et aussi mon bientôt ex-mari, c'était là que nous allions. Elle avait également un service d'urgences, c'était une excellente clinique, le médecin traitant idéal. Que la fille de ce docteur soit au bout du rouleau, au point de vouloir mourir, était impensable. Sans le réaliser, je l'ai dévisagée avec insistance.

— Je ne ressemble pas tellement à papa, hein ?

Chiyoko a pris exprès un air facétieux, les yeux ronds comme des billes. Quant à savoir si elle lui ressemblait ou non, j'étais tellement sidérée que je n'arrivais même plus à me rappeler le visage du docteur Shimabara.

Son père était un médecin réputé dans le quartier, doux et efficace. Il savait écouter les personnes âgées, traiter les maladies infantiles. Il prenait au sérieux même les plus petits symptômes, c'est pourquoi les gens d'ici lui faisaient confiance.

En apprenant cela, il m'a semblé obtenir la réponse à une des énigmes entourant Chiyoko. Sa distinction, qui ressortait malgré elle, venait sans doute de son éducation.

— Tu sais…

Ses longs cheveux raides ont soyeusement ondulé dans la brise. Je l'ai écoutée avec attention. Elle s'exprimait d'un ton détaché.

— Avant les grandes vacances, je me suis décidée à le dire à mes parents.

— Quoi ?

— Eh bien, que je suis lesbienne, quoi.

Elle est entrée dans le vif du sujet, sans détours.

— A ton avis, qu'est-ce qu'il a dit ?

Ne sachant pas quoi répondre, je suis restée muette, alors Chiyoko a continué, la colère perçant dans chacun de ses mots :

— Après m'avoir regardée comme si j'étais une criminelle, il m'a traitée de dépravée. Et puis il m'a ordonné de ne plus jamais en parler, à personne.

Un père qui dit ça à sa fille, c'est possible ? Et un médecin qui fait de la discrimination ? Travailler pour la communauté, donner de l'argent, tout ça, il sait le faire et les gens le prennent pour quelqu'un de bien, d'ailleurs je reconnais que c'est bien, mais en même temps, il ne se gêne pas pour blesser ses proches. Et en plus, il ne se rend même pas compte du mal qu'il leur fait. Il est convaincu de toujours avoir raison, aucun doute ne l'effleure.

Au fil de sa tirade, Chiyoko s'échauffait de plus en plus.

— Je suis sûre que s'il s'agissait de l'enfant de quelqu'un d'autre, il dirait qu'être homosexuel ou hétérosexuel, ce n'est pas un problème, que l'essentiel, c'est de réussir sa vie, il dirait un truc comme ça. Mais pour sa fille, c'est différent. Il va essayer de me boucler, c'est certain. Parce que tout ce qui compte pour lui, c'est les apparences.

En bas, des enfants sont passés devant l'immeuble en fredonnant une chanson aux paroles rigolotes de leur invention. Une question m'est venue à l'esprit, que j'ai posée à Chiyoko.

— Et ta mère ? Elle n'a pas pris parti pour toi ?

Dans une situation comme celle-là, si le père se braque, on peut compter sur la mère. Les parents, c'est comme ça. Mais chez les Shimabara, c'était différent, semble-t-il.

— Non. Maman, elle est complètement sous sa coupe. C'est un robot manipulé par son mari.

Ce rejet sans nuances m'a arraché un gros soupir.

Je comprenais ce que ressentait Chiyoko, mais j'avais aussi de la compassion pour cette mère traitée de robot par sa propre fille. J'étais comme elle. Je m'étais toujours contentée d'obéir à mon mari, sans avoir d'opinion personnelle.

— Dis-moi, Izumi, tu sais ce qui est bien ou mal, toi ? Je ne fais de mal à personne, alors pourquoi je ne pourrais pas vivre comme je l'entends ? Pourquoi faut-il que mes parents rejettent mon homosexualité ? Je ne veux pas rester là-bas, j'étouffe.

Elle avait débité sa tirade d'une traite, hors d'elle.

Mais moi, pour commencer, je ne savais pas si j'étais lesbienne ou pas. Donc, incapable de lui fournir une réponse valable, je ne pouvais que garder le silence.

Parce que jusqu'à présent, j'avais vécu la vie d'une femme ordinaire. Même si, à la maternelle, j'avais voulu me marier avec une fille, à l'adolescence, j'avais eu ma première histoire d'amour avec un garçon de ma classe, et au lycée, j'étais sortie avec un camarade de mon club qui était plus âgé que moi. Ensuite, je m'étais éprise d'un collègue de travail, je l'avais épousé, j'étais tombée enceinte dans la deuxième moitié de la vingtaine et j'avais mis au monde Sôsuke. Jamais montrée du doigt par personne, une vie de femme sans le moindre accroc.

Mais pour Chiyoko, les choses étaient différentes. Elle disait avoir découvert son homosexualité pendant son séjour en Australie. Les caresses qu'elle m'avait prodiguées la veille n'étaient sans doute pas une première pour elle.

Et pour moi… pour moi, c'était inconcevable. Une telle chose ne risquait pas de m'arriver. Je l'avais cru. J'y croyais encore, d'ailleurs. Je me disais que ça ne se reproduirait pas. Du coup, tout en écoutant Chiyoko, quelque part, je ne me sentais pas vraiment concernée.

Pendant que je retournais ces pensées dans mon esprit, elle a soudain lancé :

— Izumi, allons-nous-en d'ici.

Ses yeux plantés dans les miens, elle a proféré ces mots incroyables. Sa proposition était tellement extravagante qu'un instant, j'en suis restée sans voix.

— On ira vivre tous ensemble là où les étoiles sont belles.

— Tous ensemble ?

— Ben oui, Izumi, Sôsuke et Choko, tous les trois.

— Mais tu ne connais même pas Sôsuke.

— Ne te fais pas de souci. Je ne l'ai pas encore rencontré, mais on s'entendra bien, j'en suis certaine.

Peut-être se payait-elle la tête d'une bonne femme ignorante. Je me suis efforcée de m'en convaincre. Mais son regard était grave.

— Ce que tu me proposes, c'est une fugue amoureuse ?

J'ai craintivement prononcé le mot, et Chiyoko a hoché la tête d'un air pénétré.

Cette idée était totalement surréaliste. Une fugue amoureuse. En prime, avec une mineure, la fille du docteur Shimabara. En admettant que nous le fassions, ce serait la débandade sur-le-champ, c'était évident. Je le savais bien, parce que cela s'était passé comme ça pour mon mariage. Le temps où l'amour vous fait accepter l'autre dans son entier est limité.

Mais quelque part au plus profond de moi, cela m'a fait rêver. S'il m'était donné de vivre ainsi, comme je serais heureuse !

Là où les étoiles sont belles. La formule de Chiyoko avait fait mouche. C'est vrai, cela faisait si longtemps que je n'avais pas vu un vrai ciel étoilé. Dans un endroit comme ça, l'air devait être pur. Et alors, peut-être que Sôsuke guérirait de son asthme.

J'avais envie de partir loin, ailleurs.

J'avais envie de refaire ma vie.

J'avais envie de vivre davantage en accord avec moi-même.

Cette histoire de fugue amoureuse arrivait pile au bon moment. Depuis que j'étais séparée de mon mari, ces envies couvaient confusément en moi.

Il m'a fallu peu de temps pour réaliser que Chiyoko m'était indispensable. Sôsuke est rentré de colonie et je n'ai pas pu la voir pendant quelques jours : voilà comment, pour la première fois, j'ai compris à quel point elle était importante pour moi. Dans mon cœur, une place lui était déjà réservée.

Ce n'était pas seulement dans mon cœur. Dans ma vie, dans mon quotidien, la chaleur de sa présence prenait déjà beaucoup de place.

Du coup, quand je ne pouvais pas la voir, un vide se formait à cet endroit, balayé par un courant d'air froid. Cela ne faisait même pas deux semaines que nous nous étions rencontrées et je n'arrivais déjà plus à imaginer la vie sans elle.

J'avais envie de la voir.

Ce sentiment privé de son objet me lancinait jour et nuit. Quand je ne pouvais pas voir Chiyoko, j'étais tout le temps un peu triste.

Je repensais sans cesse à la couleur du ciel ce jour-là, la saveur du Calpis que j'avais bu avant, le mouvement des mains de Chiyoko, son souffle, j'y revenais malgré moi, comme on tourne et retourne un bonbon dans sa bouche. Je fouillais inlassablement ma mémoire en me demandant si ce n'était pas qu'un rêve. Mais les sensations, indéniablement inscrites dans mon corps, étaient irréfutables.

Depuis que je ne pouvais plus la voir, j'avais trouvé la force d'accepter la réalité de ce qui était arrivé.

Immédiatement, je m'étais sentie capable de l'assumer, de vivre en allant de l'avant, la tête haute. Maintenant, j'étais moi aussi prête à confier à Chiyoko mes véritables sentiments. Je voulais les lui communiquer par des mots plus forts que « je t'aime ». J'avais envie de la voir, de vite lui exprimer mon amour.

Ce soir-là, dans le bain avec Sôsuke, j'ai pris mon courage à deux mains et je lui ai tout raconté. Je voulais lui dire la vérité en premier, sans ambages.

— Tu sais, j'aime quelqu'un.

J'étais quand même gênée de le lui avouer en face, alors je l'ai fait pendant que je lui frottais le dos. En colonie de vacances, il avait sans doute beaucoup joué dehors. Sur son dos frêle, la trace du maillot de corps se voyait nettement. Sa nuque et ses bras étaient tout bronzés, seul son dos blanc se détachait.

— Tu aimes quelqu'un ?

Sôsuke s'est retourné au bout d'un instant et m'a interrogée. Des bulles de savon ornaient ses longs cils.

— Oui, et en plus, c'est une fille.

— C'est une bonne copine ?

Cette question a stoppé le mouvement de mes mains sur son dos.

— Eh bien, c'est une amie, mais ce n'est pas que cela. Elle s'appelle Chiyoko.

— Ah bon.

Avait-il compris ? Une expression indéchiffrable sur le visage, il a fait la moue et a repris sa position. J'ai versé de l'eau chaude sur son dos. Sa peau lisse m'évoquait toujours un œuf dur.

Je ne ressens pas le besoin de le clamer sur les toits, mais pour moi, la personne la plus importante au monde, c'est Sôsuke. Mettre en balance mon amour pour mon fils et mes sentiments pour Chiyoko, c'est une drôle d'idée, mais s'il me fallait choisir, sans la moindre hésitation, je saisirais la main de Sôsuke. Donc, s'il n'acceptait pas Chiyoko, j'étais prête à en prendre mon parti et à renoncer à elle.

Le face-à-face aurait lieu au parc de jeux du quartier.

Cela faisait longtemps que je n'avais pas vu Chiyoko. Dix jours, en réalité, mais qui m'avaient semblé un gouffre sans fin, comme si j'avais fait le tour de la Terre.

Au parc, en ce dimanche, des familles et des couples se détendaient chacun à leur manière en profitant d'une agréable journée. Jusqu'à présent, je n'avais vu Chiyoko que chez moi, la rencontrer à l'extérieur avait quelque chose de nouveau.

Elle avait préparé exprès un pique-nique. Il y avait des sandwichs aux croquettes de pomme de terre, aux côtelettes de porc panées, au steak haché. Ils étaient magnifiques, comme si elle les avait achetés à la boulangerie. Vu qu'il était juste midi, nous nous sommes d'abord installés sur un banc pour déjeuner tous les trois.

Alors que je fouillais dans mon sac à la recherche de la petite bouteille de sauce que j'emportais toujours, Sôsuke avait déjà commencé à manger.

— Tu n'en veux pas ?

Je voulais être sûre qu'il n'y renonçait pas par timidité, mais il m'a répondu qu'il n'en avait pas envie et a pris un autre sandwich.

Les sandwichs préparés par Chiyoko étaient étonnamment bons. Ils avaient la générosité du fait maison, mais aussi un goût divin. C'était peut-être la première fois que j'en mangeais d'aussi savoureux.

Les sandwichs semblaient avoir fait leur effet, car Sôsuke, pourtant timide, s'est laissé apprivoiser par Chiyoko. En un clin d'œil, ils se sont entendus comme larrons en foire et m'ont abandonnée après le déjeuner, disparaissant je ne sais où. J'ai rangé les affaires et je suis partie à leur recherche. La lumière d'été était éblouissante, à un point presque douloureux.

Je me demandais où ils étaient passés ; ils s'amusaient à grimper aux arbres dans un terrain vague. De la part de Sôsuke, cela ne m'étonnait pas, mais Chiyoko aussi, pieds nus, grimpait aux branches. Sans se soucier de salir sa robe d'un blanc immaculé ou de montrer sa culotte, elle s'amusait comme une folle en poussant des cris. Sôsuke aussi criait et riait à pleins poumons. Cela faisait bien longtemps que je ne l'avais pas vu s'amuser ainsi.

Ni mon mari ni moi n'étions le genre de parents à jouer avec lui. Donc, lorsque nous allions au parc en famille, le seul à gambader était Sôsuke, et nous, assis sur un banc, nous le surveillions, c'est tout. Mais Chiyoko était différente. Comme Sôsuke, elle courait de toutes ses forces et grimpait aux arbres de tout son cœur. Lorsqu'elle jouait avec lui, à des lieues de sa maturité habituelle, elle semblait être redevenue une petite fille.

Depuis le départ de mon mari, accaparée par les tâches domestiques et le travail, je n'avais guère eu le loisir d'accompagner Sôsuke au parc.

Peut-être aurait-il voulu qu'on y aille ensemble, mais il y avait renoncé, comprenant que j'étais débordée.

On me croira sans doute aveuglée par l'amour maternel, mais Sôsuke est vraiment un gentil garçon.

A la kermesse de l'école maternelle, quand il y a eu un concours pour attraper le plus possible de bonbons, les autres enfants écartaient les doigts tant qu'ils pouvaient pour essayer d'en saisir un maximum, mais Sôsuke s'est contenté d'un unique bonbon. Lorsque je lui ai demandé pourquoi il n'en avait pas pris davantage, il m'a doucement répondu que s'il en prenait plein, il n'y en aurait plus pour les autres. Et en plus, il n'a même pas mangé son bonbon, il me l'a offert.

Devant Sôsuke et Chiyoko qui s'amusaient en poussant des cris, soudain, je n'ai pas pu m'empêcher de pleurer. J'avais beau m'obstiner à sécher mes larmes, elles me montaient aux yeux. S'amuser en famille un dimanche au parc : j'ai subitement réalisé combien ce bonheur banal était un luxe.

Lassés de grimper aux arbres, ils jouaient maintenant à la balançoire en faisant les clowns. Les cris de joie de Sôsuke résonnaient à travers le parc. J'étais heureuse de le voir ainsi. Tellement heureuse que j'étais au bord du vertige. Et alors, debout sur la balançoire, il m'a appelée :

— Mam's, toi aussi !

— Viens, Izumi ! Viens jouer avec nous.

Chiyoko aussi me faisait signe de la main avec insistance.

Je me suis décidée à quitter mon banc. A petites foulées je les ai rejoints. Faire de la balançoire, ça ne m'était pas arrivé depuis l'enfance. En lançant des cris d'encouragement, ils m'ont poussée plusieurs fois pour me faire prendre de l'élan.

A chaque poussée, un souffle d'air me fouettait. Qu'est-ce que c'était agréable ! J'avais l'impression, pour la première fois de ma vie, de goûter au vent.

A cet instant, une certitude s'est imposée à moi.

Une famille, ce n'était pas une question de sexe ou d'âge.

En fin de compte, nous sommes restés au parc jusqu'en fin d'après-midi. La robe blanche de Chiyoko était toute sale et Sôsuke avait transpiré, ses vêtements étaient trempés.

Ils en étaient maintenant à s'appeler Sô et O-Choko ; lorsque je me suis approchée, ils sentaient la sueur à plein nez. Sans doute mon corps exhalait-il la même odeur. Les yeux de Sôsuke brillaient d'excitation comme jamais.

— Allez, on ne va pas tarder à rentrer.

Avec tout ce qu'il avait transpiré, s'il ne prenait pas rapidement un bain, il allait avoir des boutons de chaleur. Et puis j'étais inquiète, une crise d'asthme guettait peut-être.

Mais alors, chose rare, Sôsuke a protesté.

— Nan, je veux encore jouer avec O-Choko.

Un instant, j'en suis restée bouche bée. Parce que c'était un enfant docile, qui ne se rebellait que rarement. Mais là, il était complètement buté.

— O-Choko aussi doit rentrer, ai-je tenté de le convaincre.

— Alors, elle rentre avec nous.

A peine avait-il prononcé ces mots qu'il a serré dans ses deux mains un pan de la robe de Chiyoko.

Il avait même des larmes plein les yeux. Malgré tout, peut-être pour ne pas pleurer devant Chiyoko, il les retenait de toutes ses forces. C'était attendrissant.

Dans ces cas-là, je finissais par m'énerver et je me dépêchais de rentrer en traînant de force Sôsuke par la main. Mais Chiyoko était différente.

— Sô, on rejouera ensemble une autre fois, lui a-t-elle dit, accroupie pour se mettre à sa hauteur, les yeux rivés aux siens.

Alors qu'il résistait depuis tout à l'heure, il a fini par craquer et deux grosses larmes ont roulé sur ses joues. Sans doute contrarié, il a fait la moue et détourné le visage.

— Alors, écoute-moi. Entre continuer à jouer aujourd'hui mais ne plus jamais revenir au parc, et rentrer maintenant mais pouvoir revenir jouer ensemble, qu'est-ce que tu préfères ? C'est toi qui décides, d'accord ?

— Je veux revenir jouer, a-t-il répondu d'une voix sage à la proposition de Chiyoko.

J'avais l'impression d'assister à un tour de magie. Sôsuke, transfiguré, s'est mis en marche à grands pas.

Après avoir quitté Chiyoko à la sortie du parc, une fois seule avec Sôsuke, je l'ai interrogé.

— Qui s'est bien amusé ?

— Moi !

Il a répondu avec force.

— Qui aime bien Chiyoko ?

— Moi !

Prenant exemple sur lui, j'ai vivement levé la main.

Le soleil couchant était tout rouge. Par terre, mon ombre et celle de Sôsuke s'étendaient à l'infini, toutes droites. Dans un avenir proche, celle de Chiyoko viendrait sans doute s'y ajouter.

Le face-à-face s'était soldé par un succès.

C'était une vraie réussite, qui dépassait de loin toutes mes attentes.

Dans ces conditions, je mourais d'impatience de divorcer. Moi qui suis habituellement d'une prudence excessive, je me sentais comme un guerrier invincible. Le succès de la rencontre entre Chiyoko et Sôsuke me donnait des ailes. Une fois ma décision prise, tout est allé vite, comme des dominos qui tombent.

En ce qui concerne le divorce, comme c'était moi qui renâclais jusqu'à présent, mon mari a été plutôt surpris. Avec les indemnités qui m'ont été versées, j'ai immédiatement acheté une voiture. Un vieux combi Volkswagen. J'y ai entassé le strict minimum et nous avons quitté la ville, Chiyoko, Sôsuke et moi.

Chiyoko avait informé le lycée de l'interruption de ses études. A l'issue d'une terrible dispute avec ses parents, son père avait fini par la laisser libre de ses mouvements. Il avait juste exigé qu'elle ne parle à personne de son homosexualité et de son départ de la maison. C'était à cette condition qu'il avait apposé son sceau sur le formulaire d'interruption de scolarité.

Evidemment, je mentirais si je disais que je n'avais pas hésité.

Quand même, mon amie était une adolescente. Chiyoko était assurément mûre, mais par certains côtés, elle était aussi naïve et ignorante. Etait-il raisonnable de partir avec elle sans réfléchir, de m'abandonner à mes sentiments ? J'ai failli faire marche arrière un nombre incalculable de fois.

Et puis, Sôsuke n'était encore qu'en première année d'école primaire. Dans quelle mesure supporterait-il ce changement d'environnement, je n'en avais aucune idée. Il me suffisait de penser à la gravité de la situation pour sentir mes jambes se dérober sous moi.

Mais Sôsuke souhaitait vivre avec Chiyoko. Peut-être avait-il besoin lui aussi de sa présence. Chaque fois que je me trouvais face à son sourire éclatant, je me répétais que mon choix n'était pas une erreur. Depuis que je lui avais présenté Chiyoko, il n'avait pas fait une seule crise d'asthme, ce qui m'avait aussi fortement motivée à mettre à exécution notre fugue amoureuse.

C'est au beau milieu d'un long tunnel routier que Chiyoko nous a annoncé notre nouveau nom de famille. De l'autre côté des interminables ténèbres, au loin, perçait un minuscule point de lumière.

— J'ai une annonce à faire ! a-t-elle lancé en regardant droit devant elle. A partir d'aujourd'hui, je m'appelle Takashima Chiyoko.

Je ne comprenais pas ce qu'elle voulait dire ; elle m'a expliqué qu'elle nous avait forgé un nouveau patronyme, Takashima, en empruntant un caractère chinois à chacun de nos deux noms.

A la sortie du tunnel, moi aussi, je me sentais complètement Takashima Izumi. C'était une renaissance, le début d'une nouvelle existence.

Nous avons résolument suivi la route qui traversait la montagne, toujours plus loin. Tout au bout se trouvait, paraît-il, un village réputé pour son ciel étoilé, le plus beau du Japon. C'est là que nous avions eu l'idée de démarrer notre vie, la vie de la nouvelle famille Takashima.

J'avais très envie d'aller jusqu'au bout, là où cet étroit chemin se terminait.

C'est quelques jours plus tard que nous avons trouvé une maison.

Jusque-là, nous dormions dans le combi, nous vivions comme au camping. Déterminée à m'installer ici, je me suis rendue au guichet de la mairie, à la recherche d'un endroit où poser nos valises. Nous avions beau être des étrangers fraîchement arrivés, une maison nous a immédiatement été proposée, un vrai coup de chance.

Il s'agissait de l'annexe d'une école primaire construite au début de l'ère Shôwa, autour des années 1930. Désaffectée un demi-siècle auparavant, elle avait d'abord servi de studio à un artiste, puis d'atelier de confection de légumes marinés à l'association des femmes du village, avant d'être laissée à l'abandon depuis quelques années. Sur la photo, elle avait l'air d'une maison comme une autre.

J'ai demandé un plan et nous sommes allés la visiter dès l'après-midi.

C'était un endroit stupéfiant, qui dépassait toute imagination. Au cœur d'un enchevêtrement de broussailles exubérantes se dressait, solitaire, un bâtiment délabré. La photo qu'on m'avait montrée à la mairie datait certainement d'il y a plusieurs années. La bâtisse avait une allure totalement différente.

Elle avait bien un toit, mais les murs étaient entièrement recouverts de lierre et les piliers à demi pourris. La porte vitrée de ce que l'on hésitait à qualifier d'entrée était sortie de ses montants, à moitié cassée.

En un clin d'œil, mon enthousiasme a été douché. Nous ne pouvions quand même pas vivre là. Sôsuke aussi contemplait le bâtiment d'un air stupéfait.

Mais à cet instant, Chiyoko a lancé gaiement :

— C'est pas mal du tout ! Je trouve ça super.

— Super ? Cette masure ?

Sidérée, je me suis tournée vers elle. Pleine d'assurance, elle a ajouté allègrement :

— Le jardin est vaste, avec plein de grands arbres. Si on laboure, on pourra faire un potager, et la maison est vieille, d'accord, mais il suffit d'un toit et de quatre murs pour s'abriter du vent et de la pluie. Le loyer est faible, pour nous, c'est l'idéal.

Effectivement, le loyer affiché était vraiment modique. Ici, nous devrions pouvoir nous débrouiller par nous-mêmes. La maison se trouvait à l'écart du village, ce serait peut-être un peu compliqué pour faire les courses et aller à l'école, mais avec la voiture, cela ne poserait pas de problème. Et puis, comme une navette communale circulait – certes peu fréquemment –, en cas de nécessité, Chiyoko pourrait sortir seule. Pour Sôsuke, un transport scolaire était assuré à partir de l'intersection en bas de la côte, m'avait-on dit. Mais était-il possible de mener une vie normale dans une maison presque en ruines ?

J'en doutais, mais Sôsuke, qui n'avait pas encore ouvert la bouche, s'est soudain mis à courir en criant à pleine voix. Les bras en croix, il a fait le tour du terrain à grandes enjambées. De retour près de nous, il m'a regardée droit dans les yeux et a dit :

— Mam's, on s'installe ici !

Alors qu'il était bouche bée il y a un instant à peine, il avait changé d'avis. A sa façon, il s'efforçait de soutenir Chiyoko. Malgré tout, je n'arrivais pas à sauter le pas.

— Quand même, tu es sûr ? Il y a peut-être des fantômes.

Histoire de l'impressionner.

— A nous trois, je n'aurai pas peur. Ça ira, je te dis !

Ses yeux brillaient encore plus. Je restais plantée là, indécise, quand Chiyoko m'a serré fort le bras.

— Izumi !

Elle paraissait fixer un point, quelque part dans un avenir lointain.

— Je suis sûre que cet endroit sera le plus confortable du monde pour la famille Takashima. Je ferai tout pour qu'il le devienne !

Tout à coup, Sôsuke était à côté de Chiyoko, la main dans la sienne. Nul besoin pour moi de faire des pieds et des mains pour les rapprocher, ces deux-là se comportaient déjà naturellement comme les membres d'une véritable famille.

Cet avenir qui s'imposait à Chiyoko et Sôsuke, peut-être étais-je la seule à ne pas le voir.

Devant leur insistance, j'ai cédé de bonne grâce.

Jusqu'alors, j'avais toujours acquiescé aux choix de mon mari, sans presque jamais prendre de décision moi-même. Mais à mon insu, mon statut avait changé, semblait-il. En partie parce que j'étais la plus âgée de nous trois, je me retrouvais dans une position de chef de famille. Sôsuke et Chiyoko attendaient silencieusement que je dise oui ; j'ai annoncé, avec toute la dignité qui sied à un chef de famille :

— A partir d'aujourd'hui, c'est ici le foyer de la famille Takashima.

Leur visage s'est subitement éclairé et, les mains dans les mains, ils se sont mis à tournoyer sur place. Vraiment, quand avaient-ils trouvé le temps de devenir si complices ?

— Merci, Izumi !

Chiyoko s'est approchée et m'a soudain enlacée. Prise dans l'étreinte fervente de ses bras frêles, je me suis sentie fondre. Il n'y avait pas si longtemps, elle tentait de mettre fin à sa vie. Penser que je l'avais sauvée aurait été présomptueux, mais peut-être pouvait-on dire que j'avais aidé à élargir l'éventail des choix dans sa vie. Vue sous cet angle, notre décision n'avait rien de délirant, loin de là, me semblait-il.

Au début, il s'agissait d'une fuite. Nous avions fui la réalité de toutes nos forces. Nous avions cherché à nous éloigner autant que possible de l'endroit où nous avions vécu. Nous voulions laisser le passé derrière nous. Mais désormais, nous étions acculées. Nous ne pouvions plus ni fuir ni nous cacher. Nous allions nous fixer ici, y vivre comme une famille, tous les trois.

Mais pour décréter, juste en ayant vu l'extérieur, que cet endroit serait notre foyer, je devais avoir l'esprit dérangé. L'intérieur de la maison, que nous avons investi avec entrain, était encore pire.

Le plafond n'était qu'un amas de toiles d'araignées avec, dans un coin, un nid d'hirondelles. Le sol était jonché de morceaux de poutres désagrégées et les murs étaient partiellement éboulés.

Chiyoko et Sôsuke, peut-être effrayés, avançaient agrippés à mes bras. A chaque pas, le parquet grinçait bruyamment. Ce bruit semblable aux gémissements d'un fantôme faisait froid dans le dos. Dans la pièce du fond qui semblait avoir été une salle de classe, il restait encore des petites chaises et des pupitres. En regardant de plus près, les photos des directeurs successifs s'alignaient sur le mur noirci.

A côté, dans une pièce de plain-pied, il restait un fourneau. Je pensais bien que ce serait en vain, mais pour voir, j'ai tourné le robinet d'eau. Près de l'évier traînait un bol brisé, lui aussi recouvert d'une bonne couche de poussière. J'ai baissé les yeux : ici et là, de petites traces de pattes se dessinaient par terre.

Au bout du couloir se trouvait la pièce réservée au veilleur de nuit, au sol en tatamis. Mais, déchirés, ils paraissaient inutilisables. Entre les interstices, des herbes folles avaient adroitement poussé, laissant innocemment s'épanouir de jolies fleurs.

Il semblait y avoir encore une autre pièce, au fond. Mais j'en avais assez vu. Je craignais surtout que Sôsuke ne fasse une crise d'asthme. Pressés de respirer de l'air frais, nous sommes vite sortis. Nous avons inspiré à fond pour emplir à ras bord nos poumons d'air pur.

— C'est trop de la bombe ! a crié Sôsuke d'un air excité, lui qui n'employait normalement pas ce genre d'expression.

— Vous êtes sûrs, hein ? ai-je demandé en les regardant tour à tour.

Les lèvres serrées comme pour signifier leur détermination, ils ont fait oui de la tête. Ils étaient tous les deux inébranlables.

Notre décision maintenant prise, il fallait commencer par arranger un endroit où dormir le soir même. Je me suis dépêchée de retourner à la mairie signer le contrat et, tant qu'il faisait encore jour, nous avons récuré de fond en comble la pièce au sol de tatamis. Nous n'avions encore ni l'eau, ni l'électricité, ni le gaz. A la réflexion, Chiyoko et moi, nous passions notre temps à frotter les sols et faire du rangement.

Pendant que nous nous affairions à nettoyer, Sôsuke a collé des brindilles sur une planche qui traînait pour confectionner une plaque au nom de Takashima. Son écriture maladroite collait parfaitement à notre maison.

Pour dîner, Chiyoko a utilisé le réchaud à gaz que nous avions emporté pour nous préparer un curry sec. Comme il n'y avait encore nulle part où prendre un repas à l'intérieur, nous avons pique-niqué dehors, sur une nappe. A cause des montagnes tout autour, bien qu'on soit en été, dès la fin d'après-midi il faisait un peu sombre.

La maison se dressait à mi-flanc d'une vallée en forme de cuvette. Des rizières en terrasses s'étendaient à perte de vue, parsemées ici et là de petites maisons. Dans l'après-midi, faute de lumière aux fenêtres, je les avais imaginées vides, mais finalement l'endroit paraissait habité.

Seulement, nous avions passé toute la journée ici sans voir personne. Le bruissement du vent ou le chant des oiseaux nous parvenaient par moments, mais si nous arrêtions de parler, le silence retombait immédiatement alentour. D'après l'employé de la mairie qui m'avait indiqué cette maison, tout le monde partait en ville, il y avait de moins en moins d'habitants.

— C'est l'écho qui écoute nos voix.

Chiyoko, délaissant un instant son assiette de curry, a brusquement relevé le visage, scrutant les profondeurs de la forêt.

— L'écho ?

Immédiatement, Sôsuke l'a interrogée.

— Oui, l'esprit qui vit dans les arbres. Sô, l'esprit des arbres, tu sais ce que c'est ? a-t-elle demandé en baissant la voix.

Sôsuke a hoché la tête en silence.

— Tu n'as pas peur ?

Alarmée, je me suis serrée contre Chiyoko. Tout ce qui est fantômes et phénomènes surnaturels, je n'aime pas du tout. Alors, sa main tendrement posée sur la mienne, Chiyoko a pouffé.

— Izumi, tu es vraiment froussarde. Mais ne t'inquiète pas. Parce qu'il se borne à nous observer, rien de plus. Je pense qu'il cherche à savoir si notre famille est digne d'habiter ici. Eh oui, les arbres sont nos aînés, ils vivent ici depuis tellement plus longtemps que nous. Je suis sûre que là, l'écho nous fait passer un test.

Si elle avait eu peur quand nous avions visité la maison dans la journée, elle paraissait l'avoir complètement oublié et s'exprimait avec calme.

Les mains entrelacées, nous avons contemplé le ciel. Déjà quelques étoiles y brillaient. Il faisait encore un peu jour, mais la nuit approchait.

Dans la pénombre, nous avons avalé notre curry en silence. Pour un plat préparé avec ce qui restait dans la glacière, c'était un authentique curry sans sauce, avec des raisins secs. Bien entendu, il était très peu épicé, par égard pour Sôsuke. Celui-ci, sans doute repu, somnolait, sa cuillère à la main.

Plus tard, en prenant garde à ne pas réveiller Sôsuke, Chiyoko et moi sommes retournées dehors. L'une comme l'autre, bien que fatiguées physiquement, nous étions tellement surexcitées que nous n'arrivions pas à dormir. Sur la ligne de départ de notre nouvelle vie, nous avions l'esprit parfaitement aiguisé.

Dès qu'elle a posé les yeux sur le ciel nocturne, Chiyoko a poussé un cri de joie.

A perte de vue, la voûte céleste était recouverte d'une myriade d'étoiles. Des étoiles brillant ardemment, d'autres plus faiblement, des étoiles blanches, dorées, tirant sur le rouge, des grosses et des petites. Chacune luisait à sa façon. La Voie lactée aussi, comme une traînée de Calpis qu'on aurait renversé, se détachait nettement, blanche.

Epoustouflée, je ne trouvais plus mes mots. Chiyoko aussi, la bouche entrouverte, était absorbée dans la contemplation du ciel. J'avais l'impression que mon corps allait fondre, aspiré par l'univers.

— Si je pouvais contempler un ciel comme celui-là chaque soir, ça me suffirait pour être heureuse, a gaiement lancé Chiyoko, le visage tourné vers la voûte céleste.

— Tous les soirs, ce n'est pas sûr. C'est peut-être juste un coup de chance, ai-je répondu posément.

— Nous sommes bénies, a-t-elle malgré tout poursuivi d'une voix exaltée.

— Espérons-le.

— Quand même, rien que de voir ces étoiles, ça me donne du courage. J'ai l'impression qu'ici, je vais y arriver.

— Tout est simple avec toi, O-Choko.

A mon insu, j'avais moi aussi adopté le surnom utilisé par Sôsuke, et j'appelais maintenant Chiyoko O-Choko.

— Mais c'est vrai ! Même si ce n'est pas tous les soirs, une vie avec plein d'étoiles lorsque le ciel est dégagé est quand même plus riche qu'une vie sans étoiles, non ? a-t-elle murmuré, puis elle a tourné les yeux vers moi.

Et elle a dit :

— Restons ensemble pour la vie.

Une vague d'amour, venue du plus profond de mon cœur, m'a submergée.

Je me suis doucement approchée de Chiyoko et, pour la première fois, je l'ai enlacée de moi-même. De mes deux bras, en l'enveloppant tendrement. A cette minute, je ne voyais pas ce que j'aurais pu faire d'autre.

Le corps de Chiyoko était fin, il avait la souplesse d'un œuf mollet. Dans le feu de l'action, j'en ai profité pour l'embrasser. Au seul contact de sa peau, mes entrailles semblaient se vriller.

Le changement d'école de Sôsuke a pu se faire, de justesse, pour la cérémonie du début du deuxième trimestre.

Malgré tout, nous n'avons guère eu le temps de nous prélasser. D'après ce que nous avait dit l'employé de la mairie venu nous rendre visite, il fallait vite se préparer à l'hiver, la neige tomberait plus tôt qu'on ne l'imaginait. C'était exactement comme si un monstre appelé hiver courait à notre poursuite en brandissant une faucille.

Pendant que Sôsuke était à l'école, je passais tout mon temps à retaper la maison avec Chiyoko. Les fuites dans la toiture n'étaient qu'un début, tout, partout, était soit abîmé, soit cassé, soit pourri. Pour autant, puisque nous n'avions pas d'argent pour payer des artisans, la seule solution était de tout réparer nous-mêmes. Nous nous sommes procuré les outils et matériaux nécessaires dans un magasin de bricolage et nous avons peint les murs, réparé le toit, renforcé les piliers… chaque jour, nous étions débordées.

Mais travailler à deux était agréable. Les lourds parpaings impossibles à manipuler seule, à nous deux, nous arrivions tant bien que mal à les transporter. Parfois, Sôsuke aussi nous aidait.

Avec Chiyoko, j'ai aussi confectionné un drapeau arc-en-ciel.

En triant le contenu du placard de la pièce du veilleur de nuit, j'avais trouvé tout au fond un tas de coupons de tissu, avec lesquels nous avons cousu un drapeau. Le drapeau arc-en-ciel est, paraît-il, le symbole de ceux qui appartiennent à une minorité sexuelle, comme nous.

D'après Chiyoko, en Occident, à l'entrée des restaurants, on voit souvent un autocollant représentant ce drapeau arc-en-ciel. Il signifie que toutes les personnes sont les bienvenues. Soit dit en passant, dans ce cas, il est composé de six couleurs : rouge, orange, jaune, vert, bleu et violet.

Le drapeau arc-en-ciel de la famille Takashima, cinglé par le vent, claquait puissamment, comme un oiseau qui bat des ailes. Si jamais les gens du village en comprenaient la signification, que ferions-nous ? Au début, j'avais hésité, mais maintenant, ce claquement m'encourageait. Ce drapeau arc-en-ciel, c'était la voix muette de notre famille.

Une fois l'électricité rétablie, avec la lumière, j'ai enfin eu l'impression de vraiment habiter les lieux. Quand on tournait un robinet, de l'eau en jaillissait, et il suffisait d'appuyer sur un bouton pour allumer le gaz. Ainsi, les tâches ménagères se trouvaient considérablement facilitées. Nous dormions toujours enveloppés dans nos sacs de couchage, mais avec l'habitude, cela m'apparaissait au contraire plus pratique, il n'y avait pas besoin de les installer ni de les ranger.

Il restait encore beaucoup de finitions à faire mais, au moins, la toiture ne fuyait plus. De jour en jour, mon attachement à cette maison grandissait. En particulier, la pièce de plain-pied qui s'ouvrait sur la prairie – le vaste jardin baptisé ainsi par Chiyoko, où fleurissaient une multitude de jolies fleurs des champs –, baignée de soleil du matin au soir, était formidablement agréable.

La chape de ciment au sol s'était faite au pied et, agrémentée d'une vieille table et de chaises qui dormaient dans la remise, la pièce était devenue tout à fait confortable. Cet espace qui servait de salle à manger et de salon était, pour les trois membres de notre famille, un lieu de détente.

Faire le café était une tâche qui me revenait. La cafetière et le filtre en flanelle avaient été achetés pour pas cher pendant notre fugue, sur un marché du dimanche. Mon organisme réclamait un café dès le matin pour se réveiller.

Une fois, Chiyoko m'en avait préparé un étonnamment amer. Malgré tout, au début, je m'étais forcée à le boire, mais au bout d'un moment, incapable d'en supporter plus, je le lui avais franchement dit. Faire du café, cela n'a pourtant rien de sorcier, comment, avec les mêmes ingrédients, pouvait-il avoir un goût si différent ?

Comme cela m'assommait de lui apprendre à le préparer, j'ai décidé de m'en charger. La saveur du mien, pour le coup, m'a valu les éloges de Chiyoko.

C'est ainsi que nous avons pris l'habitude, avant le réveil de Sôsuke, de commencer la journée ensemble avec une tasse de café préparée par mes soins. Je le buvais noir, Chiyoko, elle, y ajoutait une généreuse dose de lait.

Ainsi, en tête-à-tête, nous discutions souvent de l'avenir.

Un matin, Chiyoko m'a parlé de son rêve depuis l'enfance.

— Avant, tu sais, je voulais être puéricultrice quand je serais grande, m'a-t-elle dit.

Mais ses parents, son père en particulier, avaient fait pression sur elle pour qu'elle devienne médecin.

— Il n'est pas trop tard, non ? ai-je demandé.

— Mais vu la taille de la maison et le nombre de pièces, je me disais que ce serait bien d'ouvrir une maison d'hôtes, un jour.

— Une maison d'hôtes ? Tu veux dire, un endroit où dormir, une sorte de *ryokan* ? ai-je demandé.

Je ne voyais pas bien ce qu'elle avait en tête.

— Peut-être pas un endroit aussi classe qu'une auberge traditionnelle, mais tu sais, à l'étranger, il y a pas mal de B&B, par exemple. Quelque chose dans ce genre. Pour l'instant, on a déjà bien assez de travail pour vivre ici entre nous, mais bon.

B&B c'était, me semblait-il, l'abréviation de *bed and breakfast*, des genres de chambres d'hôtes où l'on servait aussi le petit-déjeuner.

— Mais dans ce cas, il ne vaudrait pas mieux que tu ouvres un jardin d'enfants ? Je ne sais pas, mais faire dormir des inconnus chez nous, je ne serais pas rassurée.

Tu t'inquiètes pour un rien, avait-elle rigolé en découvrant sa jolie canine à cheval sur les autres dents. Même si, pour l'instant, nous ne faisions rien de plus que tirer des plans sur la comète, peut-être se réaliseraient-ils un jour. Maison d'hôtes ou jardin d'enfants, qui pouvait savoir, mais il me suffisait de rêver à ces projets pour sentir comme la douce caresse du soleil sur mon dos. A nous trois, en unissant nos forces, tout me semblait possible.

Mais à force d'habiter au cœur de la forêt, j'avais parfois une drôle de sensation, comme si personne d'autre à part nous ne vivait sur cette planète. C'était faux, bien entendu, d'autres gens habitaient là mais nous ne les croisions que très rarement. Peut-être nous évitaient-ils sciemment, nous qui venions d'ailleurs. C'était l'effet que cela me faisait et, par moments, une crainte diffuse m'assaillait.

Alors, quand en fin d'après-midi de la fumée blanche s'élevait des cheminées, je me sentais vraiment réconfortée. A la nuit tombée, lorsque les lumières s'allumaient, un soulagement indicible m'envahissait.

Faire les courses était devenu un plaisir. Une à deux fois par semaine, je partais en voiture chercher du ravitaillement en ville. Les courses, corvée ennuyeuse et pesante quand j'étais citadine, me permettaient maintenant de me changer les idées.

Boutique d'articles de seconde main, supermarché, bureau de poste, magasin de bricolage, torréfacteur de café et station-service : la liste des endroits où je me rendais était à peu près établie.

Ce jour-là, pour une fois, Chiyoko m'a accompagnée faire les courses.

Quand nous prenions la voiture tous les trois, elle s'asseyait à l'arrière avec Sôsuke ; elle ne montait à l'avant avec moi que lorsque nous allions nous promener ensemble. L'amulette de protection contre les accidents de la route, un choix de Chiyoko et Sôsuke qui l'avaient achetée dans un sanctuaire où nous avions fait une pause pipi pendant notre fugue, tressautait comme si elle faisait du saut à la corde.

Après avoir gravi la côte, la voiture roulait sans heurts. Sous nos yeux s'étendaient à perte de vue de magnifiques rizières en terrasses. Certaines étaient minuscules, à peine de la taille d'un tatami. Chaque fois que je les voyais, elles m'évoquaient immanquablement la frugalité des habitants de cette région. Les épis se chargeaient justement de grains et toutes les rizières, grandes ou petites, luisaient d'un jaune mordoré.

— Il est génial, ce village du Machu Picchu ! Ce serait super si un jour, nous aussi, nous pouvions cultiver notre riz, a dit Chiyoko d'un ton rêveur en regardant le paysage de l'autre côté de la vitre.

Elle avait donné au coin le surnom affectueux de Machu Picchu. Le spectacle des rizières en terrasses étagées à l'infini ressemblait comme deux gouttes d'eau, paraît-il, aux vestiges du Machu Picchu sur une carte postale envoyée un jour par sa cousine. L'écolière qu'elle était alors avait rêvé d'aller voir le Machu Picchu. Elle se réjouissait de voir ce vœu exaucé sous une forme inattendue.

Cultiver la terre de mes propres mains ne m'avait jamais effleuré l'esprit. Mais en vivant ici, au Machu Picchu, un tel avenir me paraissait envisageable.

Décidée à faire découvrir un nouvel endroit à Chiyoko, j'ai mis le cap sur un grand magasin d'électroménager le long de la rocade. Là-bas, il y avait un petit café près du magasin, je pourrais peut-être offrir une part de gâteau à Chiyoko qui aimait les sucreries.

Mais à l'instant où j'ai ouvert la portière et posé le pied hors de la voiture, j'ai senti mon corps se rétracter, cela ne m'a pas échappé. Alors que tout allait bien en tête-à-tête dans la voiture, soudain, je me suis demandé si on n'allait pas nous regarder de travers. Dans la foule, notre isolement était encore plus flagrant. J'ai eu envie de repartir sur-le-champ.

Malgré tout, puisque j'avais amené Chiyoko ici, je ne pouvais pas proposer de rentrer. J'ai pénétré dans le magasin à sa suite, presque en courant derrière elle qui avançait à grand pas.

Téléviseurs, lave-linge, réfrigérateurs. Que des appareils dont la famille Takashima ne disposait pas. J'ai rattrapé Chiyoko et je lui ai demandé à voix basse :

— Quand on aura de l'argent, qu'est-ce que tu voudras acheter en premier ?

En réalité, j'aurais voulu pouvoir tout lui offrir tout de suite. Mais pour l'instant, nous n'avions pas les moyens d'acheter de coûteux appareils électroménagers.

— C'est la lessive le plus dur, non ?

— Pas spécialement.

Chiyoko m'a répondu sèchement, sans me regarder.

— Oui, mais l'eau va être de plus en plus froide. Et peut-être que la rivière va geler.

On se serait cru dans un conte d'autrefois et j'en avais honte, mais nous allions encore laver notre linge à la rivière.

— Eh bien, on n'aura qu'à utiliser la laverie automatique des bains publics, par exemple.

Chiyoko paraissait de mauvaise humeur depuis notre arrivée au magasin, alors je me suis contentée de répondre, oui, sûrement.

Elle continuait à avancer à grandes enjambées, et je la suivais tant bien que mal en trottant derrière elle. Dans les rayons des magasins d'électronique des grandes villes, je n'avais jamais vu de machine à piler le riz, mais ici, on en vendait toute une gamme. Robots de cuisine, fers à repasser, réveille-matin… tout me faisait envie.

J'ai flâné en regardant les produits et, sans m'en rendre compte, j'ai perdu Chiyoko.

— O-Choko ?

Je l'ai appelée à voix basse en regardant autour de moi, en vain. Pensant qu'elle était peut-être allée aux toilettes, j'ai continué à étudier les rayonnages.

C'est pendant que j'examinais les cafetières électriques qu'elle a réapparu.

— Regarde, O-Choko, c'est pas super, ça ?

Cherchant à amadouer Chiyoko qui était de mauvaise humeur, je lui ai montré la cafetière devant moi. Bien que très performante, elle était affichée à moitié prix. Outre le café filtre, on pouvait aussi préparer des expressos et des cappuccinos. A ce prix-là, je pouvais l'acheter tout de suite et la rapporter à la maison.

Alors, Chiyoko a fait la moue et lancé d'un ton acerbe :

— Pourquoi on en aurait besoin ?

— Eh bien, avec ça… ai-je commencé à répondre.

— Izumi, si ça se trouve, ça t'enquiquine de faire le café ?

Elle me regardait d'un air méprisant.

— Non, ce n'est pas ça. Mais avec cette cafetière, je me disais que même si je n'étais plus là, tu pourrais toujours boire du bon café.

Soucieuse de dissiper le malentendu, j'ai tenté de m'expliquer le mieux possible. Mais cela s'est retourné contre moi.

— Si tu n'es plus là ? Ne dis pas ça !

L'éclat de voix de Chiyoko s'est répercuté dans tout le magasin. Les yeux pleins de larmes, elle me fixait avec colère.

— Bien sûr que je ferai le café tant que je serai à la maison. Mais réfléchis, il va falloir que j'aille travailler.

Quand notre situation se serait un peu stabilisée, je reprendrais un travail, avais-je décidé. Alors, il me semblait qu'une cafetière aurait été pratique pour Chiyoko, c'est tout.

— J'en ai assez, je rentre.

Chiyoko, tout en s'efforçant de sécher ses larmes avec la manche de son chemisier, s'est dirigée vers la sortie. C'est alors que j'ai soudain réalisé. Elle s'était changée exprès pour venir. Pour le plaisir de sortir avec moi.

— Pardon.

Ce n'était pas mon intention, mais au bout du compte, je lui avais fait de la peine.

— De toute façon, on n'a pas besoin d'appareils ménagers, a-t-elle murmuré d'un air boudeur.

Sans doute prise d'une nouvelle crise de larmes, elle s'est frotté les yeux des deux manches. J'avais cru faire de mon mieux pour lui témoigner mon amour, mais je ne m'étais fait plaisir qu'à moi-même, semblait-il.

Dès que je suis montée dans la voiture, je me suis calmée, comme si j'avais rejoint un lieu sûr. Enfin, j'arrivais à respirer profondément.

— Izumi !

A peine la portière refermée, Chiyoko a prononcé mon prénom d'une voix perçante.

— C'est parce que c'est toi qui le prépares que j'aime ton café.

J'ai fermement hoché la tête.

— Je suis désolée.

Une nouvelle fois, je me suis excusée du fond du cœur.

C'était peut-être bien notre première vraie dispute. Bien entendu, en retapant la maison, nous avions eu des mots sur la couleur de la peinture ou le motif des rideaux. Et puis, je remarquais davantage les petites manies de Chiyoko, auxquelles je n'avais pas prêté attention avant de vivre avec elle. Jamais elle ne rangeait sa chaise. Par sa faute, je me cognais tout le temps les orteils, je trébuchais et manquais de tomber.

Au début, j'avais pris sur moi et rangé sa chaise sans rien dire, mais au bout d'un moment, j'avais commencé à lui faire la remarque. A chaque fois, l'atmosphère s'assombrissait. Ce n'étaient cependant que des escarmouches, il nous suffisait de partager un repas pour nous réconcilier.

Mais cette fois-ci, c'était différent.

Avec le recul, c'était peut-être un signe avant-coureur du grand événement qui allait bouleverser notre destinée. Cette humeur irritable de Chiyoko.

C'était quelques jours plus tard.

— Izumi, tu as une minute, s'il te plaît ?

Je venais d'enfiler des gants de travail et m'apprêtais à démarrer la matinée, quand Chiyoko m'a arrêtée. Je me suis retournée en me demandant ce qu'elle voulait ; elle me regardait, toute pâle.

— J'ai quelque chose à te dire, a-t-elle murmuré d'une toute petite voix.

Alarmée, j'ai renoncé à sortir. Je me suis assise, et Chiyoko m'a de nouveau regardée dans les yeux. Mais elle ne se décidait pas à parler.

— Qu'y a-t-il ? Tu as mauvaise mine. Tu es enrhumée, tu n'aurais pas de la fièvre, par hasard ? ai-je demandé en tendant la main vers son front.

D'ailleurs, ce matin, elle n'avait même pas touché au café au lait que je lui avais préparé.

— On dirait que tu as un peu de fièvre.

Je me suis approchée d'elle pour coller mon front contre le sien. Alors, elle a enfin ouvert la bouche.

— Je ne les ai pas.

Je me suis tue, l'oreille tendue. Entre ses sourcils, une profonde ride s'était creusée.

— Tu ne les as pas ? Tu as perdu quelque chose ?

Aurait-elle oublié un objet précieux quelque part, par exemple ? Sans me répondre, Chiyoko a gardé le regard rivé au plafond. Tout en haut, il restait encore des toiles d'araignées – elle avait insisté, les araignées ne font rien de mal, il ne faut pas les tuer. Mais que pouvait-elle bien avoir perdu ? A l'instant où j'allais lui reposer la question, elle m'a lancé, les larmes aux yeux :

— Izumi, toi, tu les as en ce moment, mais pas Choko.

— … Tes règles ?

Pour ce qui est de ce que j'avais en ce moment, je ne voyais rien d'autre. Chiyoko a hoché la tête. Ses lèvres étaient pincées, très fort.

— Comment je vais faire, hein, Izumi ? Qu'est-ce que Choko doit faire ?

Une main sur la bouche, elle restait plantée là, désemparée. Des relations sexuelles entre femmes ne pouvaient mener à une grossesse. Cela voulait donc dire que…

— O-Choko, tu as une idée sur la question, n'est-ce pas ? ai-je demandé en choisissant soigneusement mes mots.

Moi-même, mon ton cassant m'a fait froid dans le dos.

— Pardon, Izumi. Vraiment, pardon. Je ferai ce que tu voudras, dis-moi ce que tu souhaites.

Chiyoko sanglotait, effondrée sur la table. Cette fois-ci, c'était à mon tour de contempler le plafond, interdite.

J'ai pris plusieurs grandes inspirations pour tenter de me calmer, mais mon champ de vision se déformait immédiatement et j'avais la poitrine oppressée. C'était la première fois que cela m'arrivait. Le dépit, le chagrin, la tristesse et la détresse s'entremêlaient, prêts à être engloutis sous les flammes de la colère. Je me sentais trahie.

— Avec qui as-tu couché ?

A mon insu, j'avais posé la question en des termes cruels. Comme elle gardait le silence, j'ai insisté.

— C'était quand ?

— Avant de te rencontrer, bien sûr.

Chiyoko m'a répondu d'une voix tremblante.

— A ce moment-là, j'étais complètement paumée. Je pensais qu'il fallait que je nie mon homosexualité, alors, j'ai eu envie de voir si j'y arrivais normalement, avec un garçon. Du coup, n'importe qui aurait fait l'affaire. Parce que je n'imaginais même pas que j'allais bientôt te rencontrer, et que les choses tourneraient ainsi. Si j'avais su, jamais je n'aurais couché avec un garçon.

Je me trouvais ridicule de pleurer pour ça, mais les larmes me montaient aux yeux sans que j'y puisse rien.

Je m'étais imaginé que Chiyoko n'aimait que moi. Je comprenais bien que cette histoire remontait à avant notre rencontre. Mais j'avais beau le savoir, mon cœur s'obstinait à être jaloux. Même quand j'avais appris que mon mari fréquentait quelqu'un pour de bon, je n'avais pas été aussi bouleversée.

— Alors, homme ou femme, tu couches avec n'importe qui, c'est ça ?

Alors que j'aimais Chiyoko, alors que je l'adorais et la chérissais, voilà tout ce que je trouvais à lui opposer, c'était pitoyable.

Elle a relevé la tête et m'a regardée d'un air désespéré.

— Sur le coup, j'ai peut-être cru que j'avais fait le bon choix. Mais après t'avoir rencontrée, Izumi, j'ai réalisé que je n'y croyais pas vraiment. Quand j'ai compris ce qui m'arrivait, un instant, j'ai cru que nous avions fait un bébé ensemble, toi et moi, et j'ai failli crier victoire. C'est te dire à quel point j'ai oublié ma vie d'avant toi.

Moi aussi, j'avais un enfant, Sôsuke. C'était pareil. Mais Chiyoko ne m'avait jamais reproché d'avoir été mariée avec un homme, pas une seule fois. Et pourtant, je ne pouvais m'empêcher de la critiquer.

— Pourquoi as-tu fait ça, ce jour-là ? Pourquoi m'as-tu entraînée dans ce monde-là ?

Ce que je disais était horrible, je m'en rendais compte. Mais je voulais savoir, à tout prix.

— Si je ne t'avais pas rencontrée, Sôsuke et moi, nous aurions continué à vivre comme avant !

Cette fois, c'était à mon tour de sangloter.

— Dans cet appartement dégoûtant, un vrai dépotoir ?

Les larmes aux yeux, Chiyoko a protesté. Comme je ne trouvais rien à lui rétorquer, elle a poursuivi :

— Dis donc, devant un tel spectacle, je ne pouvais quand même pas rester sans rien faire. Et puis, permets-moi de te rappeler que celle qui m'a adressé la parole en premier, c'est toi !

— C'est parce que tu t'apprêtais à faire une bêtise ! Je ne pouvais pas te laisser faire !

— Je ne t'avais rien demandé, de quoi tu te mêlais ?

— De toute façon, tu n'avais pas vraiment l'intention de te tuer.

De fil en aiguille, la discussion s'envenimait. J'étais impuissante à empêcher ces mots qui dépassaient ma pensée de sortir de ma bouche. Mais ce à quoi je faisais allusion, ce n'était pas ce jour où je lui avais adressé la parole pour la première fois, mais un autre, un peu plus tard. J'ai respiré un grand coup et, après m'être calmée, j'ai repris :

— Ce dont je parle, c'est de ce fameux jour.

— Quel fameux jour ?

Chiyoko me regardait avec un air d'incompréhension totale.

— Eh bien, sur le toit-terrasse…

J'ai commencé ma phrase ; Chiyoko a enfin compris.

— Eh bien quoi, j'ai senti que c'était ce que tu souhaitais. Et moi aussi, j'en avais envie. Parce que j'étais amoureuse de toi.

Chiyoko avait parlé sans me quitter du regard. Dans ses yeux, pas l'ombre d'un mensonge.

Au bout du compte, revenir en arrière était impossible. Je ne pouvais tout simplement pas remonter le temps à avant notre rencontre. Dans ce cas, la conclusion s'imposait. Je devais accepter la réalité.

— Tu as fait un test ? Tu en as bien fait un ? ai-je demandé.

Chiyoko a secoué la tête.

— Non ? Alors, il faut aller à l'hôpital. Si jamais il arrivait quelque chose au bébé, tu te rends compte ?

J'avais parlé avec force, et Chiyoko m'a demandé, ébahie :

— Mais alors, je peux le garder ? Si tu avais voulu que j'avorte…

Sur ces mots, elle a fondu en larmes.

— Bien sûr que oui ! Tu as eu la chance de tomber enceinte, pourquoi tu ne le garderais pas ? Peut-être que d'un point de vue génétique, c'est différent, mais cet enfant est le nôtre, sans le moindre doute. Le frère ou la sœur de Sôsuke. Un courageux qui aime relever les défis et qui a choisi exprès la famille Takashima !

Mes propres mots m'ont fait monter les larmes aux yeux.

— Izumi !

Chiyoko, en pleurs, s'est blottie contre moi. Moi aussi, je l'ai enlacée fermement, de mes deux bras.

Nous ne pouvions pas modifier le passé, ni l'une ni l'autre, mais façonner notre avenir nous appartenait. Aimer Chiyoko, c'était l'accepter tout entière, avec son histoire personnelle. Peut-être n'en avais-je pas encore suffisamment pris conscience.

— Je peux toucher ton ventre ?

Elle a hoché la tête ; j'ai mis un genou à terre et, délicatement, j'ai appliqué la paume de ma main contre son bas-ventre. Maintenant que je le savais, effectivement, il ressortait peut-être un peu.

— Pardon.

La main posée sur son ventre, j'ai réalisé quelque chose de terrible, qui m'a fait frissonner.

— Pourquoi tu t'excuses, Izumi ? a demandé Chiyoko qui passait tendrement ses mains dans mes cheveux.

— Parce que si j'avais su que tu étais enceinte, on n'aurait pas fui comme ça.

Et je ne lui aurais pas fait boire de café, non plus. Mais oui, c'était pour ça que ce matin, elle n'avait pas touché à son café au lait.

— Tu ne souffres pas ?

Toujours à genoux par terre, j'ai glissé mes bras autour de ses hanches.

— Pas du tout. Comme je n'ai pas eu de

nausées, je n'ai rien vu venir, a-t-elle répondu d'un ton léger.

Puisque nous n'en avions pas encore eu confirmation à l'hôpital, peut-être s'agissait-il d'un simple problème de règles irrégulières, c'était possible. Malgré tout, j'avais le pressentiment que Chiyoko était bien enceinte.

— Notre fugue, on l'a faite à quatre, ai-je murmuré en caressant son ventre de la paume de la main.

En réalité, nous n'étions pas trois, mais quatre. A cet instant, un claquement a retenti.

— Je vais avoir un petit frère ?

Sôsuke, son cartable sur le dos, a déboulé dans la maison.

— Sôsuke, qu'est-ce que tu fais là ? Et l'école ?

— Tu as oublié quelque chose ?

Chiyoko et moi l'avons interrogé simultanément.

— J'ai pourtant dit qu'aujourd'hui, c'était une demi-journée.

Il a fait une petite moue. Le temps avait filé à notre insu, semblait-il. Sôsuke, qui rentrait de sa matinée de classe, avait entendu notre conversation de l'extérieur.

— Sô, viens ici.

Chiyoko l'a invité d'un geste puis elle a pris sa main, qu'elle a guidée vers son ventre. Elle a collé la petite paume dessus, comme un stéthoscope.

— Tu sens ? a-t-elle demandé d'une voix douce.

— Oui.

Sôsuke a acquiescé, le regard assuré.

— C'est un garçon ? Une fille ? ai-je demandé, pour voir.

— Puisque je te dis que c'est un petit frère !

Sôsuke a répondu avec brusquerie, l'air de demander pourquoi je ressassais une question si évidente. Il paraissait excité à l'idée de l'existence inattendue de ce frère.

— Dis, le bébé, quand est-ce qu'il va naître ?

Sôsuke a regardé Chiyoko, les mots se pressaient dans sa bouche.

— Bonne question, il faut aller chez le médecin pour savoir, mais je dirais, au printemps ? a-t-elle répondu tranquillement.

J'avais peine à croire que l'instant d'avant, elle pleurait toutes les larmes de son corps. Je l'avais découvert en partageant son quotidien, mais dans le cœur de Chiyoko, la météo était toujours soit au beau fixe, soit à la pluie. Elle était totalement différente de moi, avec mon ciel continuellement nuageux.

A l'idée que dans cette maison, notre famille allait s'agrandir, j'ai senti le courage affluer en moi. Sans le moindre doute, c'était un cadeau surprise offert par le Bon Dieu à la famille Takashima.

L'examen médical a confirmé la grossesse de Chiyoko.

Peut-être rassuré de savoir son existence connue, à peine la grossesse découverte, son ventre a soudain commencé à s'affirmer. Chiyoko, quasiment épargnée par les nausées, mangeait de tout avec plaisir. Lorsque j'étais enceinte de Sôsuke, les nausées avaient été terribles, je souffrais tellement que je passais mes journées à pleurer. Continuellement en proie à une tristesse diffuse, chaque jour me pesait.

Lorsque Chiyoko m'avait révélé son état, sur le coup, je m'étais emportée et je lui avais lancé des paroles blessantes, mais jamais je n'aurais imaginé qu'il nous serait possible, dans un couple de femmes, d'élever ainsi un enfant.

Sôsuke, soucieux d'éviter les lourdes charges à Chiyoko, ne la quittait pas d'une semelle et l'aidait à porter les affaires. Les poubelles, qu'elle avait l'habitude de transporter jusqu'à l'intersection, c'était lui qui les sortait avant d'aller à l'école. En prime, pour éviter que les éboueurs ne se blessent, il triait les déchets encore plus consciencieusement que nous.

Tous les soirs, je massais les hanches et les pieds de Chiyoko. Quand j'avais eu Sôsuke, mon mari s'était déjà détourné de moi et ma grossesse avait été une période dure et solitaire. Je souhaitais d'autant plus que Chiyoko donne naissance à son enfant dans le confort et la joie.

C'est au tout début du mois d'octobre que notre baignoire aménagée dans un baril en métal a été prête.

Jusque-là, nous allions chaque soir aux bains publics municipaux tout proches, à une petite vingtaine de minutes à pied. Mais là-bas, immanquablement, les gens du coin nous détaillaient du regard. Cela m'embarrassait, je n'arrivais pas à me délasser dans la baignoire.

Chiyoko, dont le ventre commençait à se remarquer, était encore plus soumise à ces regards acérés. Tout en me disant que je devrais rapidement aller saluer les voisins, finalement, je ne l'avais pas encore fait, par peur des questions.

Donc, pour que Chiyoko enceinte puisse prendre son bain lorsqu'elle en avait envie, je voulais une baignoire à la maison. J'avais alors pensé à une baignoire-baril, facile à réaliser, et j'avais aménagé dans un coin de la prairie que Chiyoko appréciait tant la salle de bains à ciel ouvert de la famille Takashima. A cet endroit, l'arrivée d'eau était proche et, si jamais quelqu'un venait, la vue était masquée par des buissons, on ne risquait pas de se trouver complètement exposé aux regards. Le système était rudimentaire – un fût métallique rempli d'eau posé sur des parpaings, qu'on chauffait par en dessous – mais c'était quand même une baignoire.

— O-Choko, regarde !

J'ai vite emmené Chiyoko voir la baignoire en plein air. L'eau était juste à la bonne température.

— C'est exactement ce qu'il nous fallait.

Chiyoko, dont tout le corps s'était arrondi, a plissé les yeux de plaisir.

— Tu ne veux pas l'essayer ?

A mon invitation, sans la moindre hésitation, elle s'est immédiatement déshabillée et, les pieds sur le caillebotis de protection qui s'enfonce sous l'eau, elle s'est plongée dans l'eau chaude jusqu'aux épaules.

— Génial ! s'est-elle écriée en levant les bras. Une baignoire en plein air à la maison, c'est le pied. Izumi, c'est génial !

Chiyoko a répété plusieurs fois que c'était génial.

— Le soir, d'ici, on doit sûrement voir les étoiles.

— Oui. Pour l'instant, il y a un seul baril, mais à l'avenir, j'en installerai un pour chacun et nous prendrons tous ensemble notre bain dehors en regardant les étoiles.

Et puis, une baignoire-baril, on pouvait aussi la déplacer. Par exemple, à chaque saison, chacun pourrait s'installer là où il lui plairait pour profiter de son bain.

Le menton appuyé sur ses mains posées sur le rebord du fût, Chiyoko contemplait la forêt au loin. Le feuillage des arbres s'était déjà paré de teintes rouges, jaunes et mordorées. Une brise venue de nulle part apportait des arômes rappelant le chocolat aux amandes. Chiyoko a murmuré d'une voix rêveuse :

— Izumi, franchement, j'adore cet endroit. Habiter au Machu Picchu, c'est vraiment le bonheur.

Son profil était beau, si beau, presque trop, j'ai eu envie de pleurer sans raison. J'ai pensé que je ne voulais pas la perdre. J'aurais fait n'importe quoi pour la garder, j'avais envie de le jurer à genoux devant le Bon Dieu.

Voilà comment, petit à petit, notre quotidien a pris forme. La maison avait beau être biscornue et traversée de courants d'air, pour la famille Takashima, c'était un véritable nid. Un nid confortable, unique au monde, plus doux que n'importe quel superbe paradis.

J'avais pensé retravailler au début de l'année suivante. Mais maintenant que Chiyoko attendait un enfant, le plus tôt serait le mieux. Dans la situation actuelle, nos économies ne cessaient de fondre et, au printemps prochain, le bébé naîtrait. Il y aurait alors des dépenses supplémentaires. Cet enfant à venir, je voulais pouvoir lui offrir de la layette neuve.

Lorsque j'ai annoncé à Chiyoko que je commencerais à travailler le lendemain, sans grande surprise, elle s'est énervée, pourquoi ne lui en avais-je pas parlé plus tôt ? Mais malgré tous ses efforts pour me dissuader, je suis restée ferme. Ma décision était prise.

Mon lieu de travail était la station-service de la ville voisine où j'allais régulièrement faire les courses. Nous avions toujours été bien reçues là-bas, on ne nous avait jamais fait la grimace. J'y avais remarqué par hasard une offre d'emploi, pour laquelle j'avais immédiatement postulé et été embauchée. Je m'occuperais principalement des livraisons de fioul. Dans la région, les maisons étaient généralement équipées d'une cuve à fioul ; ma mission serait d'approvisionner chaque foyer.

— Moi aussi, je veux assumer ma part de responsabilité parentale envers cet enfant, ai-je dit avec force à Chiyoko qui s'inquiétait de la nature de mon travail.

Je ne mentais pas, c'était ma seule préoccupation.

C'est vers la fin du mois de novembre que les premières neiges sont tombées sur le Machu Picchu.

Le ventre de Chiyoko, maintenant dans son sixième mois de grossesse, formait une bosse saillante, il était clair aux yeux de tous qu'elle était enceinte.

En y repensant, c'était au cœur de l'été que j'avais pris la fuite avec Chiyoko. Depuis, nous avions parcouru un bon bout de chemin en tant que famille Takashima.

J'ai attendu de recevoir mon premier salaire et j'ai immédiatement acheté tout ce dont nous avions besoin pour la maison.

Lorsque je suis rentrée avec les futons tout neufs dans la voiture, Chiyoko a poussé des cris de joie comme une enfant. C'était compréhensible. Nous dormions toujours dans des sacs de couchage. Malgré toutes les couvertures supplémentaires, il faisait franchement froid dans notre vieille maison, et on était à l'étroit pour se retourner, pour bouger comme on l'entendait. De ce fait, Chiyoko manquait peut-être de sommeil. Moi, je voulais à tout prix que nous ayons des futons avant les fêtes, pour entamer confortablement la nouvelle année.

Peu après, la saison des neiges s'est installée pour de bon au Machu Picchu, et la fin de l'année est rapidement arrivée.

La dernière soirée de l'année, je l'ai passée en tête-à-tête avec Sôsuke.

Parce que Chiyoko était partie informer ses parents de sa grossesse. Au début, je pensais l'accompagner et leur présenter mes excuses, à genoux s'il le fallait. Elle était maintenant dans son deuxième trimestre de grossesse et, dans son état, la laisser voyager seule m'inquiétait. Mais elle avait insisté pour y aller seule, et elle n'avait pas cédé. Chiyoko ne revenait jamais sur une décision prise, elle pouvait être très têtue.

Nous vivions sous le même toit mais, juridiquement, il n'existait pas le moindre lien entre elle et moi. Nous n'avions pas de livret de famille, et même si, à l'avenir, je décrochais un contrat à durée indéterminée, je ne pourrais pas bénéficier d'une prime familiale pour elle, pas plus que de l'abattement fiscal pour un conjoint. Aux yeux de la société, nous étions au mieux des colocataires. Chiyoko fêterait ses vingt ans dans quelques mois, mais au moment de l'accouchement, elle serait encore mineure.

Ceux qui peuvent se prévaloir de vivre en concubinage dans l'insouciance, ce sont les hétérosexuels. Ils n'ont qu'un papier à fournir pour se marier si ça leur chante. C'est précisément parce qu'ils ont le choix qu'ils peuvent se laisser vivre. Mais pour les couples homosexuels, la réalité est plus dure. La forme, celle de l'union libre, est la même, mais entre pouvoir se marier si on le souhaite et ne pas en avoir les moyens même si on le veut, c'est le jour et la nuit.

Je l'ignorais jusqu'à ce que Chiyoko me l'apprenne mais parmi les couples du même sexe certains choisissent, paraît-il, de recourir à l'adoption afin de former une famille aux yeux de l'état civil. Ainsi, ils peuvent se constituer un patrimoine commun et devenir plus facilement bénéficiaires d'une assurance ou d'un héritage. Peut-être qu'un jour ou l'autre, nous devrions nous aussi recourir à cette solution.

Mais dans l'immédiat, je répugnais à adopter Chiyoko contre vents et marées. L'autorisation du tribunal est nécessaire pour l'adoption d'un mineur, et même si sa volonté est prise en compte dès qu'il a plus de quinze ans, en tant que mère, j'hésitais à adopter Chiyoko, encore adolescente, à l'insu de ses parents biologiques.

Si jamais il m'arrivait quelque chose, ils étaient les seuls sur qui elle pourrait compter. C'est pour cela que j'aurais voulu les rencontrer au moins une fois, afin d'en discuter.

Chiyoko, qui avait commencé par râler qu'il n'était pas question qu'elle remette les pieds chez eux, avait fini par accepter. C'était nécessaire, pour elle et pour l'avenir de l'enfant à naître.

Je n'avais rien expliqué de tout cela à Sôsuke. Je ne lui avais même pas dit que Chiyoko passerait les fêtes chez ses parents. Elle aussi était partie comme pour une sortie ordinaire. Sans doute Sôsuke était-il inquiet, il devait se demander où elle était. Mais il ne m'avait pas interrogée sur le départ de Chiyoko. Comme l'année précédente, nous avons mangé nos nouilles de sarrasin de fin d'année en tête-à-tête.

Peut-être Chiyoko ne reviendrait-elle pas. Il se pouvait que, influencée par ses parents, elle reste chez eux après le Nouvel An.

Le soir en particulier, je me laissais abattre et je regrettais mon idée, je n'aurais pas dû l'envoyer là-bas.

C'est la carte de vœux postée par Sôsuke, arrivée le matin du Jour de l'an, qui m'a guérie de mes inquiétudes. Une précieuse carte postale, la seule adressée à la famille Takashima. Sous le nom du destinataire, *Takashima*, figuraient mon prénom et celui de Chiyoko, avec, à côté, *le bébé qui va naître*.

Sans doute Sôsuke avait-il remarqué que Chiyoko soulevait toujours le couvercle de la boîte aux lettres pour voir si elle n'avait pas reçu de courrier. Notre isolement lui pesait peut-être.

Cette précieuse carte, que Sôsuke avait dû poster sur le chemin de l'école, avait été collectée par le bureau de poste, puis délivrée par le facteur qui avait dû braver pour cela l'épaisse couche de neige. J'avais été la première à la trouver, mais je l'ai délicatement reposée au fond de la boîte aux lettres.

Alors qu'une si mignonne carte de vœux l'attendait, il n'y avait aucune raison pour que Chiyoko ne revienne pas. La carte de Sôsuke s'est mise à illuminer mon cœur comme le premier lever de soleil de l'année.

Peu après midi, le 3 janvier, Chiyoko était de retour au Machu Picchu, les bras chargés de paquets. Le chemin à venir serait sûrement tortueux mais elle avait mis ses parents au courant.

A condition qu'elle revienne les voir tous les ans avec l'enfant au Jour de l'an, ils étaient prêts à considérer le bébé à naître comme un membre de leur famille. Dans les paquets qu'elle rapportait se trouvaient plein de pelotes de laine offertes par sa mère et un épais livre sur l'éducation des enfants.

— C'est fantastique !

Je le pensais du fond du cœur et j'ai serré fort Chiyoko dans mes bras. Avoir une solution de repli en cas de coup dur faisait, psychologiquement, une énorme différence. Honnêtement, je ne pensais pas que les parents de Chiyoko se montreraient aussi compréhensifs. Je m'étais en partie préparée à ce qu'ils la renient ou se brouillent à mort et qu'à son retour la situation soit encore pire. Par-dessus tout, je me réjouissais qu'ils accueillent aussi bien la naissance de l'enfant.

Nous avons une nouvelle fois fêté la nouvelle année, en famille, tous les trois, ou plutôt tous les quatre.

C'est en fin d'après-midi, par un beau crépuscule teintant le ciel de rose, fait rare en hiver, que Chiyoko a découvert la carte de vœux de Sôsuke. De retour dans la pièce avec la carte serrée contre son cœur et un grand sourire aux lèvres, elle était plus resplendissante que n'importe qui d'autre au monde.

Avec le retour de Chiyoko, le quotidien de la famille Takashima a repris son cours.

A cause de la vague de froid qui s'était installée en début d'année, la maison était entièrement enfouie sous la neige. Toutes les fenêtres étaient bouchées, la lumière du jour n'arrivait pas, et même en journée, il fallait allumer la lumière pour y voir.

Pour résumer, de jour comme de nuit, à droite comme à gauche, partout la neige régnait, tout se résumait à une lutte contre la neige. J'avais froid, les engelures me donnaient des démangeaisons, je rognais sur mon temps de sommeil pour déneiger et j'avais de plus en plus mal aux reins : les chutes de neige n'offraient pas un seul avantage.

La lutte avait beau être inégale, si je ne déneigeais pas, on ne pouvait pas sortir de la maison ; quand j'étais là, je passais donc mon temps une pelle à la main à m'escrimer à déblayer la neige. Comme il était impossible d'étendre la lessive à l'extérieur, la pièce de plain-pied qui servait déjà de salon et salle à manger faisait maintenant également office de buanderie.

Malgré tout, pas un seul instant je n'ai eu envie de retourner à mon ancienne vie. Il faisait sombre tous les jours, et il y avait largement de quoi déprimer, mais personne ne se plaignait.

Une chute sur les chemins enneigés aurait pu être dangereuse, alors Chiyoko passait toutes ses journées enfermée. Jusqu'à ce qu'il neige, elle m'accompagnait faire les courses en voiture, c'était notre sortie en amoureuses, mais j'avais recommencé à travailler et je m'occupais maintenant des achats sur le chemin du retour. Lorsqu'il était indispensable qu'elle sorte, par exemple pour une visite médicale, je la conduisais à son rendez-vous.

Pour remédier au manque d'exercice, elle se plongeait à corps perdu dans le rangement et le ménage. Quand je m'inquiétais, si tu te reposais un peu ?, elle me riait au nez, mais ça va !

Une fois les tâches ménagères achevées, elle s'asseyait devant la table basse chauffante, où elle tricotait frénétiquement. Ce *kotatsu*, anciennement utilisé dans le bureau de la station-service où je travaillais, m'avait été donné par le patron.

Souvent, Sôsuke s'installait avec Chiyoko et s'adressait au bébé dans son ventre, auquel il parlait avec entrain. Lorsque je les regardais, même mon mal de dos semblait s'apaiser.

Mars est arrivé, et Chiyoko est entrée dans son dernier mois de grossesse. Le bébé pouvait naître d'un jour à l'autre. J'avais eu des sueurs froides lorsqu'on nous avait annoncé un siège lors de la visite du neuvième mois, mais Chiyoko, avec son optimisme naturel, avait continué à faire des exercices de yoga censés remettre le bébé dans le bon sens et, effectivement, l'enfant s'était retourné, la tête en bas.

Le terme était dépassé, sans qu'aucun signe n'apparaisse encore. Pour une première grossesse, ce n'était pas rare.

Après la mi-mars, il a peu à peu commencé à moins neiger, avec des éclaircies passagères. Voir le ciel bleu m'a fait un bien fou. J'avais beau lutter pour ne pas me laisser abattre, j'en arrivais parfois à imaginer que la neige continuerait éternellement à tomber et que plus jamais je ne reverrais le soleil.

De même que le jour succède à la nuit, qu'après la pluie vient le beau temps, l'hiver finit toujours par s'achever. Au bord du toit de la maison, des stalactites semblables à des crocs de bêtes sauvages s'alignaient, redoutables. Mais elles aussi finiraient par disparaître un jour.

S'il était né à la date prévue, l'enfant aurait fêté son anniversaire en mars, à la fin de l'année scolaire. Ce qui ne semblait pas du tout lui plaire. A la quarante et unième semaine de grossesse, il n'y avait toujours aucun signe avant-coureur. Si la tête du bébé devenait trop grosse pour franchir le bassin, un accouchement par les voies naturelles serait impossible.

C'est juste avant la date limite, le dernier jour avant d'envisager une action si l'enfant ne se présentait pas, que Chiyoko a eu des contractions. Ce jour-là, justement, je ne travaillais pas, j'étais à la maison. J'étais en train de débarrasser le toit des congères qui s'y étaient formées lorsque

Sôsuke a brusquement jailli hors de la maison en criant à pleins poumons.

— Mam's, vite ! Maman O-Choko dit que le bébé arrive !

Depuis l'annonce de la grossesse de Chiyoko, Sôsuke ne l'appelait plus O-Choko mais maman O-Choko.

Paniquée par cette annonce soudaine, j'ai manqué perdre l'équilibre mais heureusement, j'ai réussi à rester debout. Je suis vite retournée à l'intérieur : effectivement, l'état de Chiyoko avait évolué. Elle endurait la douleur en grimaçant. Sôsuke, les yeux rivés sur les aiguilles d'une montre, calculait la fréquence des contractions.

Complètement affolée, j'ai attrapé le téléphone pour appeler une ambulance. Par erreur, j'ai failli alerter la police. J'ai soulevé et reposé plusieurs fois le combiné ; Chiyoko m'a crié :

— Izumi, calme-toi !

C'était moi qui transpirais d'angoisse.

— Les contractions ne sont pas encore si rapprochées que ça, ce n'est pas la peine de faire venir une ambulance, on doit pouvoir y aller par nos propres moyens.

Les contractions lui laissaient peut-être un instant de répit, son visage s'est adouci.

— Mes affaires sont prêtes, tu sors la voiture, s'il te plaît ?

— D'accord, on part tout de suite, ai-je répondu.

Je me suis dépêchée de me préparer.

Alors que c'était toujours moi qui attendais lorsque nous sortions ensemble, pour cette occasion cruciale, j'étais empotée et j'ai fait attendre Chiyoko.

Sôsuke faisait preuve de bien plus de sang-froid que moi. Il est resté près de Chiyoko sans la quitter un seul instant, à lui masser les reins et à éponger la sueur sur son front avec un mouchoir, il jouait merveilleusement son rôle de fils.

Chiyoko installée sur la banquette arrière, j'ai roulé prudemment. L'hôpital était à moins d'une demi-heure de route. J'ai lancé un coup d'œil dans le rétroviseur, Chiyoko était affaissée dans les bras de Sôsuke. Peut-être subissait-elle une nouvelle vague de contractions. Les dents serrées, elle résistait à l'incroyable douleur. J'en avais mal aux reins moi-même, il me semblait même ressentir de légères contractions.

Au bout du compte, à l'hôpital non plus, je n'ai pas pu rester auprès de Chiyoko. C'est pitoyable pour une femme ayant déjà accouché, mais j'avais peur, j'étais incapable de la regarder souffrir. Pour commencer, je ne savais pas en quelle qualité assister à l'accouchement, ni quelle attitude adopter.

A l'opposé de moi qui ne faisais qu'atermoyer, Sôsuke n'a pas une seule fois quitté Chiyoko. Main dans la main avec elle, il est entré sans sourciller dans la salle de travail. Au début, les infirmières ont paru surprises, mais Sôsuke, à sa manière, faisait tout son possible pour soutenir Chiyoko dans son accouchement. Par moments, j'entendais sa voix qui l'encourageait.

Moi, je n'ai pu que prier en attendant sur le canapé devant la salle de travail.

C'est seulement trois quarts d'heure après le début du travail que j'ai entendu le vagissement d'un bébé. C'était une voix puissante et perçante, qui retentissait jusque dans le couloir. La pression retombée, complètement vidée, j'étais incapable de bouger.

— Le bébé est né !

Sôsuke a surgi de la salle. Quand je me suis levée, j'ai senti mon sang refluer soudain vers le cœur, j'avais les jambes flageolantes. Appuyée sur l'épaule de Sôsuke, j'ai enfin réussi à me mettre en marche d'un pas mal assuré.

Lorsque j'ai pénétré dans la salle, mon regard a croisé celui de Chiyoko, allongée sur la table de travail. Je ne savais pas quoi lui dire, les mots ne me venaient pas. Mais à l'instant où mes yeux ont trouvé le minuscule nourrisson délicatement posé sur sa poitrine, je n'ai pu retenir mes larmes.

— O-Choko, tu as été courageuse, bravo, ai-je dit en lui caressant les cheveux, en larmes.

Chiyoko aussi pleurait, le visage tout rouge. Et Sôsuke, peut-être sous le coup de l'émotion, s'activait à essuyer ses larmes avec la manche de son pull.

— Le petit a été fantastique.

Les infirmières, autour de nous, ne tarissaient pas d'éloges sur lui.

— Merci.

J'ai serré Sôsuke contre moi et lui ai caressé la tête en les remerciant. Sa présence avait sûrement donné du courage à Chiyoko.

Contre toute attente, le bébé était une fille. J'avais beau chercher, je ne voyais nulle part la petite bosse distinctive des garçons. En conclusion, le pronostic délivré par Sôsuke ce fameux jour était complètement à côté de la plaque.

Mais sa méprise s'expliquait facilement. La fillette qui était née ne présentait pas la moindre trace de la fragilité, de la vulnérabilité propre aux nouveau-nés.

Dès sa naissance, elle avait vigoureusement respiré, ses pleurs étaient perçants, ses cils bien fournis. Chacun de ses gestes irradiait la force.

Le prénom du bébé, c'est Sôsuke, maintenant grand frère, qui l'a choisi. Chiyoko et moi avions décidé dès le début que ce rôle lui reviendrait. C'était notre souhait commun en tant que parents.

Il nous l'a communiqué en écarquillant bien grand les yeux alors que, Chiyoko sortie de l'hôpital, nous étions réunis tous les quatre dans la pièce de plain-pied. C'était l'annonce du siècle.

— Takara. Takara, comme un trésor. Parce que quand elle est née, il m'a vraiment semblé qu'elle brillait de mille feux !

Sôsuke, généralement calme, était surexcité.

— C'est un joli prénom.

Chiyoko, qui caressait le dos du bébé d'un geste maternel, a répondu d'une voix douce.

— C'est vrai. Ça lui va comme un gant.

Moi aussi, j'ai approuvé.

Comme pour signifier son accord, le bébé a répondu par un énorme rot.

Cela nous a fait rire, Chiyoko, Sôsuke et moi. Sur le visage de notre nouveau-né aussi, un sourire semblait flotter.

C'est ainsi que le bébé a officiellement été prénommé Takara. Sôsuke, qui s'était entraîné à écrire le caractère chinois, l'a tracé en gros sur une feuille qu'il a accrochée à un pilier de la pièce.

Takara était vraiment le trésor de la famille Takashima.

Elle a fait de nous une famille pour l'éternité.

Naissance de la maison d'hôtes L'Arc-en-Ciel

Avec Izumi, c'était l'été indien tous les jours, même si on n'était pas en automne. Il y avait Sôsuke aussi, et puis Takara ; ensemble, nous avons donné naissance à la nouvelle famille Takashima, certes un peu bancale.

Une famille n'en est pas une dès le départ, elle le devient avec le temps, jour après jour, à force de rires, de colères et de pleurs. Du coup, si on néglige cet effort, malgré les liens du sang, la famille se disloque, se désintègre. Comme celle où je suis née et où j'ai grandi.

Donc, afin de ne jamais nous écrouler ni nous disjoindre, nous nous sommes toujours fermement tenus par la main. Lorsque les quatre membres de notre famille, main dans la main, forment un cercle de leurs bras, il en surgit un arc-en-ciel chatoyant. Cet arc-en-ciel qui jaillit d'entre nous porte les couleurs de notre famille.

L'arrivée de Takara, venue s'ajouter à notre cercle, a été un véritable choc. J'avais l'impression qu'on m'avait brusquement assigné l'éducation d'un être mystérieux tombé du ciel et j'étais souvent désemparée. Takara était réellement un extraterrestre énigmatique débarqué de façon inopinée dans la famille Takashima.

A l'âge de six mois environ, prise d'une folle passion pour le rouge, elle ne voulait plus porter que des vêtements et des sous-vêtements de cette couleur. Vêtue de rouge, elle était de bonne humeur, mais lorsque c'était impossible, elle se manifestait par des hurlements, à croire que c'était la fin du monde. Le rose foncé ou l'orange ne lui convenaient pas, il lui fallait du rouge, et en plus, uni.

C'était pareil pour tout – cela ne se limitait pas à sa passion pour la couleur rouge, dans tous les domaines, elle ne savait qu'adorer ou détester. Lorsqu'elle piquait une colère, il m'arrivait de passer une ou deux heures à lui caresser le ventre. Ainsi, elle cessait enfin de pleurer.

Si j'avais été seule, j'aurais craqué, c'est certain. Terrassée par l'énergie de Takara, complètement désemparée, je lui aurais peut-être fait du mal. Mais j'avais Izumi.

Izumi, qui avait déjà élevé un enfant, me consolait tendrement chaque fois que j'étais sur le point d'exploser, elle me disait, ne te fais pas de souci, demain ça ira mieux. Elle était fatiguée par son travail mais elle écoutait mes jérémiades jusque tard dans la nuit. Sôsuke aussi jouait avec Takara, même s'il savait parfaitement qu'elle finirait par le faire pleurer. Il se débrouillait bien pour changer ses couches et l'endormir, et sa gentillesse m'a souvent sauvée.

Alors qu'à l'adolescence j'étais très ouverte, dès que je suis devenue mère en mettant Takara au monde, je me suis repliée sur mon propre univers. J'étais tellement heureuse d'avoir mon « chez-moi » que je n'avais presque plus envie d'en sortir. Pour moi, la maison de la famille Takashima était le lieu le plus stimulant, mais aussi le plus reposant de tous.

Malgré tout, dans la mesure où nous habitions au Machu Picchu, vivre en vase clos, sans liens avec les autres villageois, était impossible. Il y avait des règles pour sortir les poubelles, des réunions de quartier, la kermesse, la fête sportive. Takara était avide de rencontrer des enfants de son âge et, petit à petit, moi aussi je me suis laissé entraîner dans le monde extérieur.

Ni Izumi ni moi ne vivions encore notre relation au grand jour. Dans le confort de notre foyer, je me disais parfois que nous pourrions toujours rester ainsi. Mais quand j'ai repris pied dans le monde extérieur, le désir de vivre en adéquation avec moi-même a jailli du plus profond de mon être. Du coup, lorsque nous abordions ce sujet, immanquablement, je me disputais avec Izumi.

— Comment on fera si les enfants sont harcelés ? Ici, c'est un petit village, pas une grande ville qui brasse toutes sortes de populations différentes.

Les gens sont très conservateurs, tu ne crois pas que le mieux est de se fondre dans la masse sans faire de vagues, de rester discrètes ? Parce que l'idéal et la réalité, c'est différent. O-Choko, il faut que tu grandisses un peu.

Voilà comment elle me dissuadait à chaque fois ; pendant plusieurs jours, l'atmosphère était tendue. Du coup, notre coming out était relégué aux oubliettes et notre homosexualité restait un secret restreint au cercle familial. Bien entendu, nous n'avions rien dit non plus à l'instituteur de Sôsuke.

Simplement, le fait que nous ne soyons pas une famille ordinaire, que nous ayons quelque chose de différent, transparaissait peut-être sans que nous ayons besoin de le proclamer. Un peu comme une odeur corporelle dont on ne s'aperçoit pas soi-même. Et l'odeur particulière de la famille Takashima était loin de flatter l'odorat des habitants du Machu Picchu, semblait-il.

Lorsque Takara est entrée au jardin d'enfants, les autres mamans m'ont assaillie de questions, j'en avais ras le bol. Celles qui s'étaient d'abord limitées à me demander d'où nous venions m'interrogeaient maintenant sans gêne, où est ton mari ? vous êtes quoi, l'une pour l'autre ?, les yeux brillant de curiosité. Izumi était divorcée, je ne m'entendais pas avec mes parents, Sôsuke allait à l'école du village : je répondais comme je pouvais mais, sur le point le plus sensible, ma relation avec Izumi, je continuais à mentir, invoquant un lointain lien de parenté. Certaines n'avaient pas l'air convaincues, mais je contrais avec des questions sur l'éducation des enfants et la vie du village, et chaque fois, je m'en sortais tant bien que mal.

C'est alors que l'avalanche de questions commençait enfin à se calmer que la première casserole a été lancée dans le jardin.

Je me préparais justement à aller chercher Takara au jardin d'enfants. Un claquement sec, comme un objet qui ricoche sur un caillou, a retenti du côté de la prairie.

Intriguée, je suis allée voir ; une casserole que je n'avais jamais vue avait roulé dans l'herbe. Elle était toute brûlée, le fond entièrement noir. C'était une vieille casserole en aluminium.

Un corbeau l'avait-il transportée dans son bec et lâchée en vol ? Peut-être se payait-il ma tête ; j'ai prudemment balayé du regard les environs, pas de suspect potentiel à l'horizon. Quelqu'un avait peut-être égaré cette casserole, j'ai décidé de la garder. Pourtant, dans un recoin de mon esprit, je savais bien que ce n'était pas un objet perdu.

Je me suis dépêchée d'aller chercher Takara au jardin d'enfants, puis, de retour à la maison, après lui avoir donné son goûter, j'ai nettoyé les traces de brûlé incrustées au fond de la casserole. Une fois récurée, elle avait l'air encore utilisable. J'ai eu comme un mauvais pressentiment, que je me suis appliquée à ignorer.

Quelques jours plus tard, une deuxième casserole gisait au même endroit. Cette fois-ci, c'était une marmite en terre cuite fêlée. Et lorsque, quelques jours plus tard, j'ai découvert un fait-tout aux anses à moitié cassées, j'ai eu la certitude qu'il ne s'agissait pas d'objets perdus. C'était une accumulation de petites vexations visant notre famille.

La casserole en aluminium brûlée, la marmite en terre cuite fêlée, le fait-tout aux anses à demi détachées, tous ces ustensiles étaient inutilisables. Nous ne servions à rien, c'était ça ? Si quelqu'un avait quelque chose à nous dire, qu'il vienne nous le signifier clairement en face ; ce procédé lâche et puéril m'indignait. J'avais l'impression qu'on nous sommait de quitter le Machu Picchu, cela m'a attristée.

Il était hors de question de montrer cela à Izumi.

J'ai caché les casseroles au fond du placard de la cuisine. Ce serait mon secret, je me l'étais juré.

D'autres récipients ont été jetés dans la prairie. Le coupable, toujours invisible, venait non seulement dans la journée mais aussi parfois la nuit, en catimini, alors je m'astreignais à me lever la première pour faire le tour de la prairie et vérifier qu'aucune casserole n'y était abandonnée. Il n'y avait pas de quoi se plaindre à la police, mais ce n'était pas anodin pour autant, et récupérer des casseroles ne me procurait pas le moindre plaisir.

Les vexations ont peu à peu empiré. A force, cela finissait par dépasser le cadre de la plaisanterie. Si jamais une casserole atteignait Takara ou Sôsuke à la tête, que se passerait-il ? Du coup, je me suis demandé si je ne devrais pas prendre une photo chaque fois, en guise de preuve. Pour démasquer le coupable, je pouvais aussi installer une caméra de surveillance. Même si elle ne fonctionnait pas vraiment, sa simple présence serait peut-être dissuasive.

Mais je me suis trouvée nulle d'en arriver là et, en fin de compte, je n'ai pas pris de photos. Cela serait revenu à reconnaître que quelqu'un nous détestait.

Malgré tout, le jour où j'ai trouvé le mot *gouine* nettement tracé à la peinture sur une casserole au fond percé, écœurée, je me suis effondrée en pleurs. J'avais beau tenter de ravaler mes larmes, elles ne cessaient de couler. Que quelqu'un soit capable de s'attaquer à nous d'une façon aussi puérile m'était insupportable.

La pile de méchantes casseroles augmentait. Y avait-il donc, de par le monde, tant de casseroles inutiles ? Cela en devenait risible. Comme j'ignorais qui nous en voulait, je finissais par voir un ennemi en chaque habitant du village.

Je me suis inquiétée, peut-être les enfants étaient-ils victimes du même genre de brimades. Mais, vu qu'ils partaient tous les matins avec le sourire aux lèvres, j'hésitais à leur poser franchement la question. Les mamans du jardin d'enfants de Takara, avec qui je discutais d'habitude amicalement, trouvaient peut-être secrètement notre existence répugnante ? J'étais fatiguée de ces pensées qui m'assaillaient.

Mais les secrets ont une fin.

Alors qu'Izumi n'ouvrait que très rarement la porte du placard de la cuisine, il a fallu que ce jour-là, elle le fasse. La montagne de casseroles tant bien que mal empilées l'une sur l'autre, son équilibre rompu, est tombée d'un bloc de l'étagère, comme une avalanche. Takara était au jardin d'enfants et Sôsuke à l'école ; nous étions seules à la maison, Izumi et moi.

— Mais qu'est-ce que c'est que ça ?

Devant la pile de casseroles abîmées, Izumi est restée bouche bée. Sans doute a-t-elle pressenti quelque chose de négatif. Son visage s'est assombri.

Je ne pouvais plus continuer mes cachotteries. J'ai tout avoué. Attentive à ne pas l'énerver inutilement, je lui ai expliqué la situation à mots mesurés. Mais plus elle m'écoutait, plus sa colère enflait, et de façon inexplicable, c'est contre moi qu'elle s'est fâchée.

— C'est parce que tu affiches ostensiblement cette espèce de drapeau ! a-t-elle crié, à peine mes explications terminées.

C'est vrai, quand j'avais installé le drapeau arc-en-ciel, elle s'était inquiétée. Mais pour finir, elle aussi était d'accord. Alors, qu'elle me tienne maintenant pour la seule responsable, c'était inacceptable.

— Pourquoi fallait-il que tu mettes exprès ce drapeau qui titille les gens ? Va le retirer immédiatement ! m'a-t-elle ordonné en criant.

Mais moi aussi, j'avais des choses à dire. Je n'allais sûrement pas enlever le drapeau sans protester.

— Pourquoi devrions-nous vivre cachées alors que nous ne faisons rien de mal ? La réalité est ce qu'elle est. Nous nous aimons. N'est-ce pas la vérité ?

Triste et abattue, malgré mes efforts pour me retenir, j'ai fini par pleurer.

— Mais ce genre de choses, du moment que nous, on le sait, c'est suffisant, non ? Moi, vivre paisiblement tous les quatre ici, ça me suffit pour être heureuse !

Izumi aussi pleurait, les yeux tout rouges. Mais jamais je n'aurais imaginé qu'elle me parlerait comme ça. J'avais caché les casseroles pour éviter de lui faire de la peine. J'avais fait rempart, je l'avais protégée. Et c'est moi qu'on critiquait ? La personne à blâmer, c'était plutôt celle qui s'acharnait sur nous de façon si puérile.

— Dans ce cas, permets-moi de te poser la question : quel est le lien qui nous unit ?

J'ai avancé d'un pas dans sa direction. C'était un point important.

— Nous sommes de simples colocataires ? Des mères célibataires qui vivent ensemble et s'entraident pour élever leurs enfants, comme de bonnes amies ? Hein, réponds-moi !

Cacher quelque chose, c'est mentir à son entourage. Un mensonge en appelle un autre, et le tout s'accumule en un château de cartes. Cette situation m'était insupportable.

— Je ne veux plus mentir aux autres !

Incapable de me contenir davantage, j'ai acculé Izumi. Elle m'a regardée dans les yeux et a lancé :

— Tu veux proclamer notre existence, et après ?

Sa question, en elle-même, m'attristait. Je ne voulais plus avoir à raconter qu'Izumi était une lointaine parente. Je lui ai répondu en sanglotant :

— Mais si on ne dit pas qu'il existe des gens comme nous, rien ne changera jamais. On est noyées dans la majorité. Pour se faire entendre, il faut parler fort.

Mais en réalité, je savais. Je savais qu'à l'instant où nous donnerions de la voix, les autres prendraient un air offusqué et nous regarderaient avec mépris, comme si nous étions des sauvages, nous qui parlions haut et fort. Comme mon père, autrefois.

— Ça me débecte.

Les casseroles qui jonchaient le sol me faisaient horreur, j'ai donné un grand coup dedans. Mais celle qui a souffert, c'est ma main. Le dépit m'a fait monter les larmes aux yeux, je ne pouvais plus m'arrêter de pleurer.

J'ai sangloté tout haut, en poussant des cris. C'est ma fille, Takara, qui m'a appris que cette façon de pleurer existait.

— Pourquoi deux femmes n'ont-elles pas le droit de s'aimer ?

Ma voix était enrouée. J'avais le hoquet d'avoir trop pleuré. Malgré tout, j'ai continué :

— Un homme et une femme, on les accepte, alors pourquoi, lorsqu'il s'agit de deux hommes ou de deux femmes, les regarde-t-on soudain de travers ?

Peut-être que jusqu'à présent je n'avais pas compris aussi bien qu'Izumi la difficulté à vivre ensemble pour un couple homosexuel, l'ampleur des obstacles sociaux. J'étais convaincue que l'amour suffisait à les surmonter. Mais la réalité n'était ni aussi tendre ni aussi simple.

— Pour les gens du Machu Picchu, notre existence est une provocation, a gentiment murmuré Izumi en me frottant le dos.

Toute trace d'énervement avait disparu de sa voix.

— Du coup, quand nous avons débarqué ici, ça a dû leur causer un choc, tu ne crois pas ?

— Mais alors, qu'est-ce qu'on va faire ? Moi, j'adore cet endroit.

Rien qu'à l'idée de quitter le Machu Picchu, mes larmes qui s'étaient taries ont recommencé à couler. Je n'imaginais pas aller vivre ailleurs, après tout ce temps. Alors, Izumi a eu une réponse étonnante.

— Et si on ne changeait rien ?

— Ne rien changer ?

— Oui, on n'a qu'à continuer à vivre dignement, comme avant. Comme ça, je pense qu'ils comprendront que nous sommes une famille normale. Plutôt que de brailler et de s'agiter, je crois que la meilleure solution est de miser sur le long terme, de se faire accepter lentement mais sûrement. C'est la seule stratégie à adopter : l'allure de la tortue.

— L'allure de la tortue ?

— Ben oui, avancer très lentement, comme une tortue, pour ralentir le cours des choses.

Izumi a ri, des plis au coin des yeux. Devant son visage souriant, l'angoisse qui m'oppressait s'est envolée.

Moi, je veux toujours tout résoudre rapidement, mais pas Izumi. Elle temporise, mais au bout du compte, elle obtient les meilleurs résultats.

— Ce n'est pas la peine de s'affoler. On a toute la vie devant nous !

Elle m'a assené une claque dans le dos. Elle avait raison, affirmer haut et fort notre existence, dans ce contexte, c'était sans doute perdu d'avance. Les yeux sur la montagne de casseroles abîmées, j'ai demandé :

— Qu'est-ce qu'on va faire de ces gamelles ?

C'était peut-être le moment de se décider à les jeter. Mais elle m'a répondu d'une voix ferme :

— On les a, on les garde. Peut-être nous serviront-elles un jour. Mais à partir de maintenant, O-Choko…

Elle s'est interrompue et m'a regardée. J'ai tourné vers elle mes yeux gonflés de larmes.

— Chaque fois qu'une casserole sera jetée chez nous, tu me préviendras ? Tu ne dois pas garder ça pour toi, d'accord ?

Dès lors, les jours de beau temps, dans un coin de la prairie, nous avons pris l'habitude de récurer ensemble les casseroles brûlées. Izumi fredonnait une chanson improvisée sur les gamelles, et je l'accompagnais en faisant les chœurs. Elle parlait rarement d'elle, mais en briquant les casseroles, elle m'a raconté qu'à l'école primaire elle faisait partie d'une chorale. Depuis, quand elle passait un bon moment, elle avait envie de chanter.

Toutes les casseroles, indépendamment de leur état, finissaient par briller à force de les astiquer énergiquement, et bien qu'elles soient la preuve des vexations qui nous étaient infligées, au bout de plusieurs jours passés à les frotter, on finissait par s'y attacher.

Après en avoir discuté, nous étions arrivées à la conclusion que retirer le drapeau arc-en-ciel reviendrait à tomber dans le piège qui nous était tendu, et nous avons décidé de ne pas y toucher. Sur ce point, Izumi avait accepté de céder. Nous étions inquiètes pour Sôsuke et Takara, mais comme tout semblait bien se passer, nous avons préféré nous taire dans l'immédiat.

C'est ainsi que la famille Takashima a décidé de continuer à vivre sereinement, tournée vers l'avenir. Sans rien revendiquer, comme une petite plante qui prendrait discrètement racine dans le sol.

Puisque nous ne faisions rien de répréhensible, nous pouvions suivre la voie qui était la nôtre.

Là où j'ai été heureuse, c'est pour la fête des filles.

Je possédais une magnifique collection de poupées *hina* sur une estrade à sept niveaux que mes parents avaient achetée pour ma naissance. Mais je n'avais pas pu les emporter lors de ma fugue. A ce moment-là, mes poupées de la fête des filles, je m'en fichais éperdument, mais en tant que mère d'une fillette, j'enviais maintenant les foyers où on les installait sans se poser de questions. Cela m'attristait, quand Takara a rapporté à la maison des poupées en origami confectionnées au jardin d'enfants.

— C'est un cadeau pour maman et mam's ! a-t-elle annoncé en me tendant une feuille de papier à dessin pliée en deux.

Elle m'appelait maman et, comme Sôsuke, appelait Izumi mam's. Personne ne le lui avait appris, mais, d'elle-même, elle nous nommait différemment.

A l'instant où j'ai distraitement déplié la feuille que m'avait remise Takara, je n'en ai pas cru mes yeux. Eh oui, parce qu'il ne s'agissait pas d'un prince et d'une princesse, mais de deux princesses en origami, sagement serrées côte à côte.

— Ça, c'est mam's, et ça, c'est toi, m'a expliqué Takara en les montrant d'un minuscule doigt luisant de salive.

Celle en papier vert représentait Izumi, et celle en rose, c'était moi.

C'étaient les plus mignonnes poupées *hina* du monde. Takara avait eu du mal à bien aligner les coins des feuilles, apparemment. Leur envers blanc dépassait largement, le pliage en soi n'était pas très réussi, mais c'était l'œuvre de Takara. Je ne sais pas où elle avait trouvé cette idée, mais autour des poupées il y avait des cœurs dessinés aux crayons de couleur.

Elle s'était sûrement appliquée de tout son cœur à faire les pliages. Je la voyais dans mon esprit. Peut-être la maîtresse lui avait-elle conseillé de faire un prince. Mais Takara avait choisi deux princesses.

Plus je regardais leur visage, soigneusement dessiné au feutre, plus je les trouvais adorables, elles nous ressemblaient, à Izumi et moi. Comme c'était au moment où je déprimais à cause de l'affaire des casseroles, les origamis de Takara m'ont encore plus profondément touchée.

Takara nous comprenait. Si petite qu'elle soit, elle avait pris la mesure de notre relation.

Les deux princesses alignées me faisaient l'effet d'un puissant message délivré par Takara : ne te fais pas de souci, vis telle que tu es. Sans doute le Bon Dieu, les yeux grands ouverts, veillait-il toujours sur nous.

Dans les jours suivants, Sôsuke a fabriqué un cadre pour les poupées. Fait avec des brindilles et une planche de contreplaqué, c'était un cadre sans prétention, à son image. Mais il convenait parfaitement aux poupées aux couleurs vives.

C'était typique de lui. Depuis mon accouchement, notre attention à toutes deux était souvent accaparée par Takara qui était toute petite. Malgré tout, Sôsuke ne faisait pas de caprices, au contraire, il nous aidait. Il avait le génie pour faire exactement ce qu'il fallait au meilleur moment.

Ces poupées *hina* sont devenues, au pied de la lettre, le trésor de la famille Takashima.

Pour moi, c'était un trésor si précieux que j'aurais voulu m'endormir tous les soirs en le serrant contre ma poitrine.

Le dégel est arrivé subitement.

Le grand boss s'est présenté chez nous. Le village se trouvait en quelque sorte sous la coupe de ce personnage qu'avec Izumi et les mamans du jardin d'enfants nous surnommions ainsi en secret.

Le grand boss avait des cheveux d'un noir profond permanentés en bloucles serrées, un peu comme le grand Bouddha, et portait en toute saison un jean rouge vif. Dès que je l'apercevais, je me faisais toute petite ; je saluais d'un signe de tête lorsque je passais devant sa silhouette, mais je ne lui avais jamais parlé.

Par un paisible dimanche après-midi en famille, la sonnette a retenti. Sôsuke, le premier à l'avoir aperçu, a déboulé dans la cuisine, effaré.

— C'est le gr… le gr… le grand boss !

Il était tellement affolé qu'il en bafouillait.

— Bonjour !

Dans la panique générale, la voix grave du grand boss s'est élevée.

Cette visite inopinée m'a fait perdre mes moyens. Je l'ai fait entrer dans la pièce de plain-pied et Izumi s'est mise à préparer du café. Ses mains tremblaient imperceptiblement.

Dans la prairie, les carpes en tissu de la fête des garçons flottaient au vent. Elles n'étaient pas aussi splendides que celles des autres maisons, mais elles avaient été offertes à Izumi par le marchand de confiseries japonaises chez qui elle était passée en revenant du travail. Juste au moment où j'allais demander à Sôsuke d'aller jouer dehors avec Takara, à mon grand effarement, celle-ci a filé comme une flèche en direction du jean rouge du grand boss.

Etre imperméable à la peur, c'est exactement cela.

Takara, les deux mains sur les genoux du grand boss assis sur une chaise du salon-salle à manger, a levé les yeux vers son visage. Puis elle a soudain tendu la main vers sa poitrine et s'est enquise :

— Tu es un homme ou une femme ?

C'était la pire de toutes les questions.

Mais il n'y avait rien d'étonnant à ce que Takara s'interroge. Parce que pour Izumi et moi, et même pour les mamans du jardin d'enfants, c'était un mystère insondable. Rien dans son apparence ne permettait de déterminer le sexe du grand boss. Même sa poitrine laissait perplexe, il semblait y avoir un renflement, mais peut-être pas.

— Je n'ai pas de zizi, alors je dois être une femme, a répondu le grand boss de sa voix grave et éraillée, d'un ton bourru.

— Ben alors, fais voir ta poitrine.

Et Takara a essayé de soulever le pull du grand boss. Je l'ai vite prise dans mes bras. Elle pesait déjà presque quinze kilos, ce n'était pas une mince affaire de la soulever.

Izumi a servi une tasse de café au grand boss. Ses mains tremblaient encore. Dans ce genre de situation, on ne pouvait pas compter sur elle. Je m'apprêtais une nouvelle fois à demander à Sôsuke de s'occuper de Takara, pour que nous puissions discuter entre adultes, lorsque le grand boss m'a arrêtée de sa voix rauque, elle voulait nous parler à tous.

La famille Takashima au grand complet s'est retrouvée à lui faire face. Qu'était-elle venue faire ? Je n'en avais pas la moindre idée.

— Je suis désolée.

Nous étions à peine assis que le grand boss s'est incliné, le visage collé à la table.

Devant ce spectacle inattendu, je n'ai pu m'empêcher d'échanger un regard avec Izumi. Le grand boss nous présentait subitement ses excuses, mais je ne voyais pas pourquoi.

— Je vous enviais... a-t-elle prononcé avec effort, le visage toujours tourné vers la table. Vous vivez tellement librement que ça m'a rendue jalouse.

Elle luttait pour exprimer ses sentiments sans fard, cela se sentait à sa voix rauque. Mais qu'essayait-elle de nous avouer ? Je ne comprenais pas. Sans rien dire, nous avons attendu qu'elle continue. Après un long silence, elle a enfin repris la parole.

Née au Machu Picchu, elle était partie avec les autres jeunes du village travailler à Osaka, où elle avait épousé un homme de la région du Kansai. Lorsqu'elle était tombée enceinte, elle était revenue au village.

Seulement, ça n'avait pas été un mariage d'amour.

— Parce qu'il fallait bien vivre, j'ai fondé un foyer avec un homme que je n'aimais pas, a expliqué le grand boss, la tête baissée. Malgré tout, j'ai eu des enfants, les uns après les autres. Mon mari travaillait sans cesse, il n'était jamais à la maison, et les enfants, on a beau les élever, ils partent tous. Quand on a enfin pu respirer un peu, juste au moment où je me disais qu'on pourrait voyager ensemble, mon mari est mort. En fin de compte, jusqu'à la fin, on n'a jamais été proches.

J'ignorais tout cela. Tout ce que j'avais vu en elle, c'était une créature – homme ou femme – effrayante.

Aujourd'hui, seule dans sa grande maison du Machu Picchu, elle menait une vie paisible en compagnie de son chat.

— Quand vous vous êtes installées ici, ça m'a remuée, a-t-elle repris. Vous menez la vie que vous avez choisie. Avec la personne que vous aimez. Et en plus, vous élevez vos enfants ensemble, dans la joie. Si je pouvais refaire ma vie, c'est ce que je ferais…

Sôsuke l'écoutait attentivement. Même Takara, qui d'habitude ne tenait pas en place, était sagement assise sur les genoux de son frère. Au bout d'un moment, le grand boss s'est remis à parler en regardant Sôsuke droit dans les yeux.

— J'ai toujours eu le sentiment que ma vie était un mensonge. Mais maintenant, il n'est plus temps de repartir à zéro. Ça me minait, alors, pour me défouler, je vous ai lancé des casseroles. Parce que je vous enviais.

En l'écoutant, l'idée m'avait effleuré l'esprit ; c'était donc elle, l'auteur de ces vexations.

— Mais vous, ça ne vous a fait ni chaud ni froid. Quand je vous ai vues toutes les deux en train d'astiquer gaiement les casseroles dans le jardin, je me suis trouvée pitoyable de vous persécuter comme ça.

A ce point de son récit, le grand boss a enfin souri. Puis elle a discrètement essuyé une larme. Cette énigme maintenant résolue, malgré la surprise, un grand calme régnait en moi.

— Je vous comprends, a lancé Izumi à notre visiteuse qui s'apprêtait à boire une gorgée de café.

Celle-ci a attendu la suite, imperturbable. Pour encourager Izumi, j'ai allongé une jambe sous la table et lui ai doucement caressé les orteils. Elle a repris :

— C'est épuisant de se mentir à soi-même. Quand j'y repense, moi aussi, j'ai toujours vécu comme ça... Mais j'ai rencontré O-Choko, et j'ai découvert mon vrai moi...

Arrivée là, Izumi n'a plus trouvé ses mots.

— Mais nous aussi, nous avons souffert.

Je voulais que la coupable le sache, j'ai fait exprès de le dire.

— Nous n'avons certainement pas récuré les casseroles de gaieté de cœur. Sans chanter avec entrain, nous n'y serions pas arrivées.

Je me faisais le porte-parole d'Izumi aussi, me semblait-il.

— Je suis vraiment désolée.

Le grand boss s'est de nouveau profondément incliné.

— Mais je vous remercie de votre franchise. Désormais, soyez l'amie de la famille Takashima, s'il vous plaît, ai-je dit en rassemblant tout mon courage.

C'était l'ultime sentiment qui habitait mon cœur vis-à-vis d'elle.

Les doigts du grand boss, qui avait travaillé aux champs sans relâche depuis son retour au village, étaient incrustés de terre jusque sous les ongles, on aurait dit que des petits bourgeons allaient en émerger.

C'est à ce moment-là qu'un bruit étrange a résonné. Comme un interminable coup de sifflet.

Instinctivement, je me suis tournée vers Izumi qui, comme pour nier, a vivement secoué la tête. Dans ce cas, le coupable ne pouvait être que Takara.

— Ça pue, il faut ouvrir pour aérer.

Sôsuke, le premier à réagir, s'est levé et a ouvert la fenêtre. C'était peut-être à cause du steak haché du midi. Le pet émis par Takara était particulièrement odorant. Par la fenêtre ouverte s'est engouffrée une agréable brise venue de la prairie. Le printemps était enfin arrivé jusqu'au Machu Picchu. Le jaune des fleurs de colza et des jonquilles qui poussaient dans un coin de la prairie était éblouissant.

— Si ça vous dit, venez bientôt dîner chez moi. Pour me faire pardonner, je mettrai les petits plats dans les grands, a dit le grand boss.

Elle nous a salués et est repartie.

A compter de ce jour, plus jamais aucune casserole n'a atterri dans la prairie. En contrepartie, une amitié nouvelle s'est épanouie entre la famille Takashima et le grand boss. De temps à autre, elle nous apportait une montagne de pommes de terre braisées ou des beignets de plantes sauvages bien croustillants. Elle venait parfois dîner chez nous, ou bien Takara allait seule passer la nuit chez elle.

Le grand boss, en qui je n'avais vu qu'un vieil homme ou une vieille femme farouche, était en réalité, à ma grande surprise, une voisine charmante, assoiffée de compagnie et excellente cuisinière.

L'année entre le quatrième et le cinquième anniversaire de Takara s'est écoulée, paisible.

Nous ne subissions plus de vexations et Takara était moins exigeante qu'avant. Sa passion pour le rouge s'était affaiblie, ces derniers temps, elle se contentait d'une barrette ou d'un ruban avec une touche de rouge. Par rapport à l'époque où elle piquait des crises terribles si je ne l'habillais pas en rouge de pied en cap comme pour un soixantième anniversaire, c'était beaucoup plus reposant.

Elle adorait les livres d'images et nous lui en lisions un chaque soir à tour de rôle, Izumi, Sôsuke et moi. Son préféré racontait l'histoire de deux manchots mâles qui couvaient un œuf puis élevaient leur petit ensemble ; à peine le livre terminé, elle le réclamait encore une fois. Cette histoire, pour Izumi comme pour moi, était particulièrement encourageante. C'est ainsi que, petit à petit, nous avons expliqué notre relation à Takara, de façon naturelle.

Cela faisait déjà cinq ans que j'avais rencontré Izumi et nous connaissions nos qualités et nos défauts mutuels. Etre ensemble nous apparaissait désormais comme une évidence. On dit des vieux couples qu'ils sont l'un pour l'autre comme l'air qu'on respire, et pour moi, Izumi était exactement cela. Une présence invisible mais indispensable à la vie.

Sôsuke, en première année d'école primaire au moment de notre fugue, entrerait au collège l'année suivante. Il était habile aux jeux de balle, et Takara était très fière de son grand frère. Elle était tout le temps après lui à l'embêter.

Le plus drôle, c'est que Sôsuke et Takara, qui n'avaient aucun lien biologique, dormaient exactement dans la même position. Dans leurs lits superposés, par un drôle de hasard, ils adoptaient des poses semblables, c'était amusant : la jambe gauche tendue et la jambe droite pliée, comme un 4. Chaque fois que je les voyais ainsi, cela me faisait rire.

A mesure que Takara grandissait, nous avions davantage de liberté d'action, et beaucoup plus souvent l'occasion de sortir en famille. Quand j'y repense, dans les premiers temps de notre installation au Machu Picchu, nous avions tendance à rester cloîtrés. Serrés les uns contre les autres tous les trois dans notre nid, nous attendions la fin du rigoureux hiver comme des petits oiseaux qui partagent leur chaleur. C'étaient aussi des jours heureux, mais si nous avions continué à vivre ainsi, nous aurions sans doute fini par étouffer. Seule la sensation d'enfermement aurait grandi, et nous aurions suffoqué d'un coup en cours de route.

Mais Takara est tombée à pic. Même si au début j'ai été déconcertée par ce coup porté à une vie sans contrainte, Takara, à coups de pieds et de poings, a ouvert des trous d'aération dans l'espace confiné de notre famille, où elle a fait circuler l'air, c'est indubitable. Takara, c'est le poumon de la famille Takashima.

Maintenant que nous sommes habitués à sa présence, chaque membre de la famille soutient la maisonnée à sa manière. Takara avec sa joie de vivre, Sôsuke avec sa gentillesse, Izumi avec sa force, ils se complètent parfaitement. Quant à moi, je prépare chaque jour de bons repas pour leur remplir l'estomac.

Mais qu'est-ce qu'elle fabrique, déjà rangée à son âge ? Elle ne s'ennuie pas, à passer ses journées au fin fond de la montagne ?

Voilà peut-être ce que mes amies d'enfance, que je connais depuis la maternelle, penseraient de moi. Mais je ne m'ennuie pas le moins du monde. Et je ne dis pas cela par orgueil, j'aime du fond du cœur ma vie au Machu Picchu.

Le paysage qui s'offre à moi par la fenêtre paraît immuable, mais il change continuellement, y compris au cours de la journée. La prairie et la forêt, le ciel étoilé et le vent cachent plein de secrets et chaque journée est une suite de découvertes. Pour moi qui aime rester à la maison, attendre le retour des membres de la famille en faisant le ménage est un bonheur sans pareil.

Mon rêve – vivre avec Izumi là où les étoiles sont belles – s'était réalisé, quand j'y repensais. Rien que pour cela, j'avais l'impression d'avoir réussi ma vie.

En accord avec Izumi, j'ai commencé à révéler mon homosexualité à mon entourage le plus proche, petit à petit. L'affaire des casseroles m'y avait encouragée. J'avais vraiment envie de vivre ma vie, fidèle à moi-même. Izumi, qui était opposée à l'idée d'une annonce faite à un large public indéterminé, a accepté que je fasse mon coming out de personne à personne, prudemment.

— En fait, Izumi et moi, nous nous aimons.

Je l'annonçais à chacun de la même façon.

Certains restaient bouche bée, pensant avoir mal entendu, d'autres, étonnés, me dévisageaient, d'autres encore répondaient brièvement, ah bon, avant de passer à autre chose : les réactions étaient variées.

Les mères de mon âge disaient s'en être doutées, ou trouvaient que c'était une façon de vivre comme une autre, elles acceptaient généralement plutôt bien la situation. Mais avec certaines, à peine m'étais-je confiée à elles que nos relations se détérioraient, et nous finissions par ne plus nous fréquenter. Je m'y étais préparée, mais cela me déprimait parfois. Dans ces cas-là, comme avertis par magie, le grand boss m'apportait de bonnes choses à manger ou Izumi achetait un gâteau en rentrant du travail.

Là où j'ai été surprise, c'est quand je suis allée l'annoncer à l'instituteur de Sôsuke. Jusque-là, Izumi s'était rendue seule aux journées portes ouvertes comme aux réunions de parents d'élèves, c'était donc la première fois que je le rencontrais directement. J'étais censée être un membre éloigné de la famille qui vivait sous le même toit.

Nous avions prévenu que nous désirions lui parler et, après les cours, Izumi et moi nous sommes dirigées vers la salle de réunion, nerveuses. Dans cette petite école où il n'y avait qu'une seule classe par niveau, l'enseignant n'avait pas changé depuis le premier jour. C'était un homme doux, du genre à plaire aux élèves.

En réalité, nous avions décidé qu'Izumi parlerait, mais comme elle ne se décidait pas, je suis entrée dans le vif du sujet. Ce n'était pas comme faire son coming out devant quelqu'un qu'on connaît bien et j'étais un peu tendue, mais je suis parvenue à m'expliquer sans bafouiller. Je poussais un soupir de soulagement quand l'instituteur a dit :

— Je le savais.

Nous étions muettes de stupéfaction. Peu de temps après être entré à l'école, Sôsuke lui en avait parlé de lui-même. L'instituteur nous a raconté la scène, un brin nostalgique.

— Sôsuke est venu me voir, tout seul. Et il m'a dit, chez moi, j'ai deux mamans, mais s'il vous plaît, ne leur dites pas que vous le savez. Je pense qu'il cherchait à vous préserver, à sa manière.

Au début, j'ai eu peine à y croire, mais avec Sôsuke, tout était possible. Il anticipait toujours et était attentif à ne pas blesser les autres.

— J'ai d'abord été un peu dérouté, d'autant plus qu'il n'y avait pas de précédent, mais comme Sôsuke m'avait parlé de vous deux tout naturellement, je n'ai pas eu de mal à accepter la situation.

— Il n'a pas subi de brimades à cause de cet environnement familial particulier ?

Izumi, qui s'était tue jusqu'à présent, l'a interrogé, penchée en avant, mais l'instituteur a répondu par la négative, un sourire apaisant aux lèvres.

— Au début, je me faisais du souci, moi aussi, mais la classe a très vite accepté ce nouvel élève. Sôsuke est très attentif aux autres, et gentil. Dans la classe, il y avait un enfant qui n'arrivait pas à s'intégrer, et il est devenu son ami.

Izumi était visiblement soulagée de savoir que Sôsuke n'avait pas été malmené à cause de nous. Cette question qui la préoccupait depuis longtemps avait enfin trouvé une réponse.

Sôsuke n'invitait jamais de camarades à la maison, ce qui nous chagrinait, mais à le voir aller gaiement à l'école chaque jour, nous nous étions convaincues que tout allait bien. Mais là encore, la raison n'était pas qu'il n'avait pas d'amis, mais qu'il ne les amenait pas à la maison exprès, de crainte que leur réaction ne nous blesse.

Depuis notre visite à l'école de Sôsuke, Izumi aussi songeait sérieusement à faire son coming out. Occulter la vérité n'était pas la seule stratégie, elle semblait l'avoir compris grâce à Sôsuke. Un mois après notre rendez-vous avec l'instituteur, elle a dit la vérité à ses patrons, le couple qui dirigeait la station-service.

C'est quelques jours avant le cinquième anniversaire de Takara que j'ai reçu un faire-part de mariage.

Une enveloppe d'un blanc immaculé est arrivée, adressée à mon nom. Izumi, sortie réparer notre baignoire-baril, l'a reçue des mains du facteur qui arrivait tout juste et me l'a apportée. J'étais dans la cuisine en train de faire frire des donuts pour le goûter.

— C'est pour toi, O-Choko.

J'ai retourné l'enveloppe qu'Izumi m'avait remise : les noms d'une cousine et d'un homme qui m'était inconnu figuraient au dos. J'ai demandé à Izumi de me faire un café et j'ai ouvert l'enveloppe en goûtant aux donuts tout frais. C'était une invitation à un mariage.

Si c'était moi qui l'avais trouvée, je l'aurais sûrement cachée sans en parler à personne. Mais puisque Izumi l'avait vue, je ne pouvais pas faire comme si de rien n'était.

— Vas-y ! Tu t'entendais bien avec elle, n'est-ce pas ? Tu dois y aller.

Je lui avais parlé à plusieurs reprises de ma cousine Sakurako. Pour la fille unique que j'étais, Sakurako avait été comme une grande sœur à peine plus âgée que moi, avec qui je passais tous mes étés dans la maison de campagne de mes grands-parents. Je pouvais lui faire confiance et je lui avais dit sans détour que j'étais lesbienne et que j'avais une compagne, Izumi, avec qui je vivais au Machu Picchu.

— Non, je ne veux pas.

J'ai immédiatement refusé.

— Je serais trop triste de te quitter, même pour une seule journée.

— Oui, mais comme on ne peut pas y aller toutes les deux…

Izumi, tout en restant évasive, avait mis le doigt sur le problème.

C'était exactement cela. Nous rendre ensemble au mariage de Sakurako était parfaitement impossible. Parce que bien sûr, mes parents aussi y assisteraient.

Jamais de leur vie ils ne pardonneraient à Izumi de m'avoir entraînée à sa suite et en aucune circonstance elle ne franchirait leur porte. Ils étaient restés inflexibles depuis notre fugue.

— Dans ce cas, viens et attends-moi quelque part, juste le temps de la cérémonie. Et puis après, on pourrait faire quelque chose d'impossible au Machu Picchu, qu'est-ce que tu en dis ?

Je trouvais mon idée plutôt bonne. Rien que d'y penser, je me sentais subitement plus d'entrain.

— Quoi, par exemple ?

Après avoir brièvement réfléchi, j'ai proposé :

— Marcher fièrement dans la rue en se tenant par la main. Et une fois main dans la main, on ne se lâche plus. Qu'en penses-tu ?

A la réflexion, depuis plus de cinq ans que nous vivions au Machu Picchu, jamais nous n'étions parties en voyage. Une fois par an, au Jour de l'an, je retournais chez mes parents avec Takara, à contrecœur. Mais Izumi n'avait pas une seule fois quitté le village.

— Izumi, il faut sortir un peu de temps en temps ! Allez, on va partir en amoureuses. C'est l'occasion.

Dans mon esprit, l'événement principal, davantage que le mariage de Sakurako, c'était maintenant le voyage avec Izumi.

— Mais qu'est-ce qu'on va faire des enfants ? On ne peut pas les laisser tout seuls…

Izumi avait à peine commencé sa phrase que Sôsuke, entré au collège au printemps, a lancé d'une drôle de voix, prête à muer :

— Vas-y, m'man, je m'occuperai de Takara, te fais pas de souci.

— Pas de souci ! a renchéri haut et fort Takara, peut-être ravie à l'idée de rester seule avec son grand frère adoré.

— Allez, puisque même les enfants sont d'accord !

J'ai saisi la main d'Izumi et j'ai insisté. C'était une occasion inespérée.

— Bon, je vais demander à mon patron si je peux prendre des vacances…

Cette aventure qui tombait du ciel me donnait envie de me mettre à danser.

Bien qu'il ne s'agisse que d'un voyage d'une nuit et deux jours, Izumi s'est acheté exprès des vêtements et une paire de chaussures, et elle a fait rafraîchir sa coupe chez le coiffeur. A l'approche du départ, sa nervosité et son excitation ont commencé à me gagner.

En fin de compte, les enfants iraient chez le grand boss. Takara y avait déjà passé une nuit de temps à autre, mais c'était la première fois que nous laissions les enfants chez elle. Elle préparerait également le bento que Sôsuke emportait à l'entraînement de son club sportif. Elle se réjouissait plus que quiconque de notre voyage à deux.

— Pour une fois, allez respirer l'air de la capitale. Vous me raconterez.

Sous son œil bienveillant, nous avons quitté le Machu Picchu tôt le matin.

Après plusieurs changements de train, nous avons pris le Shinkansen pour Tokyo. Au début, Izumi avait proposé de faire le trajet en voiture. Parce que cela reviendrait moins cher et que nous serions entre nous. Mais moi, je voulais au contraire prendre un moyen de transport public où nous serions en présence d'autres personnes. J'avais l'impression que nous en avions besoin. Six ans après notre rencontre, je souhaitais rendre notre relation plus ouverte, plus libre.

Pendant que j'assisterais au mariage de Sakurako, Izumi irait acheter des cadeaux pour les enfants dans un grand magasin. Après avoir convenu d'un rendez-vous en fin d'après-midi dans un salon de thé en face de la gare, nous nous sommes séparées.

C'était un très beau mariage. Sakurako était magnifique dans son costume traditionnel d'un blanc immaculé, et son mari, à ses côtés, était aux petits soins pour elle. J'enviais terriblement ces jeunes mariés qui pouvaient recevoir en toute liberté la bénédiction de tous. Comme je serais heureuse si nous aussi, nous pouvions célébrer ainsi notre mariage !

En revanche, avec mes parents, assis à la même table que moi, cela s'est très mal passé. Alors que nous ne nous parlions presque pas lorsque je retournais chez eux pour la forme, pendant le repas de noces ils m'adressaient la parole tout sourire. Ils craignaient que notre mésentente ne soit remarquée, je le voyais bien, et cela m'a énervée. Vraiment, il n'était pas question que je leur présente Izumi.

Après avoir salué Sakurako et son mari, j'ai vite quitté la salle et je me suis dépêchée de rallier notre lieu de rendez-vous, où Izumi m'attendait déjà en buvant un café. Elle râlait, le café était exécrable mais coûtait drôlement cher. Nous avons payé sa consommation et sommes reparties immédiatement.

Nous étions chargées – j'avais reçu des cadeaux au mariage et Izumi avait fait pas mal de courses, semblait-il –, nous avons donc mis nos paquets à la consigne de la gare. Comme elle ne m'a posé aucune question sur la cérémonie, je ne lui ai rien raconté. Avant tout, j'étais préoccupée par ce qui nous attendait.

— On y va.

Devant la grande avenue, je me suis adressée à Izumi. Les yeux fixés droit devant elle, elle a acquiescé en hochant fermement la tête. J'ai tendu la main dans sa direction et, un par un, elle a glissé ses doigts entre les miens. Son assurance disait la fermeté de sa résolution. Enfin, la marche que j'avais appelée de mes vœux allait débuter.

Main dans la main, nous avons fièrement arpenté l'avenue bordée d'arbres qui s'étendait tout droit à partir de la gare. Qu'il s'agisse de croiser un groupe de jeunes au look voyant, de passer devant un étranger en train de fumer une cigarette ou de patienter au feu rouge pour traverser, nous sommes restées main dans la main.

Comme si nos paumes étaient soudées, nous n'avons pas lâché la main de l'autre. La main d'Izumi était ma ligne de vie.

Vraiment, cela faisait longtemps que j'en rêvais. Deux compagnes ne pouvaient même pas se tenir par la main en public. J'enviais tellement les couples hétérosexuels libres de se promener fièrement main dans la main, sans se poser de questions, sans se soucier du regard des autres.

Mais la réalité s'est avérée moins resplendissante que je ne l'imaginais, et même plutôt affligeante.

En nous voyant déambuler main dans la main, les gens détournaient ostensiblement le regard. D'abord ébahis, au bout de quelques secondes ils décidaient de faire semblant de rien et tournaient la tête. Au lieu de nous dévisager ouvertement comme les villageois du Machu Picchu, les gens de la capitale nous ignoraient souverainement. Nous étions deux femmes qui marchaient main dans la main, leur existence passée sous silence, niée.

Jusqu'à présent, j'étais persuadée que si nous ne pouvions pas sortir main dans la main, c'était à cause de l'esprit conservateur du Machu Picchu. Donc, dans une grande ville, ce problème serait évacué et nous serions libres, j'en étais convaincue. Mais la réalité était différente.

— Rien que pour ça, ça valait le coup, non ?

Nous dînions de tempuras au restaurant de l'hôtel, le soir même, quand Izumi a lâché cette remarque. A son ton, on aurait dit qu'elle savait dès le début à quoi s'en tenir.

Nous avions l'intention d'aller dans un bon restaurant, un endroit chic comme on n'en trouvait pas au Machu Picchu. Mais lorsque nous sommes enfin arrivées à l'hôtel après avoir effectué un aller-retour sur la grande avenue, récupéré nos affaires à la consigne et pris le train bondé, nous étions toutes les deux éreintées et, à l'instant où nous nous sommes allongées sur le lit, nous n'avons plus eu la force de nous relever. Rien que gagner le restaurant du rez-de-chaussée était exténuant.

— Je suis désolée.

Je me suis excusée du fond du cœur auprès d'Izumi qui, en face de moi, croquait des légumes marinés. Pour mettre à exécution notre marche, elle avait non seulement pris des vacances, mais aussi engagé des dépenses inutiles en transport et en hôtel. J'étais confuse de l'avoir embarquée dans ce projet irréfléchi, rien qu'à cette idée, les larmes me sont montées aux yeux.

— Tu ne vas pas pleurer pour ça.

Elle a tendu le bras pour essuyer mes larmes avec la serviette posée sur ses genoux.

— Mais quand même…

Je ne m'étais pas attendue à cela, j'étais assaillie de remords. Bien sûr, j'étais contente d'avoir été témoin du bonheur de Sakurako, mais j'avais encore une fois eu un aperçu des travers de mes parents, et puis mon désir de me marier avec Izumi s'était de nouveau ravivé, quand on additionnait le tout, c'était franchement négatif.

Passe encore si mon objectif premier, marcher main dans la main, avait été couronné de réussite, mais contre toute attente, le résultat avait été plutôt désespérant. Par-dessus tout, j'étais furieuse de mon manque de maturité.

— Je suis pressée de rentrer.

Alors que je m'étais fait une telle joie de ce voyage, je me suis surprise à prononcer ces mots étonnants. J'étais en voyage avec Izumi, et le Machu Picchu me manquait affreusement.

Après dîner, nous sommes vite retournées dans notre chambre où j'ai pris un thé en sachet et une douche avant de m'allonger sur le lit. Au Machu Picchu, j'avais toujours quelque chose à faire, la lessive ou le ménage, mais dans une chambre d'hôtel en ville, je ne voyais guère comment tuer le temps, à part devant la télévision. Mais j'avais beau zapper, tout m'apparaissait inepte. Chez nous, au Machu Picchu, comme nous n'avions pas la télévision, nous n'étions pas habituées à la regarder ensemble.

— Et si on se couchait ? ai-je proposé en enfilant mon pyjama.

Il n'était pas encore vingt-deux heures.

— Pourquoi pas ?

A la suite d'Izumi, je me suis glissée entre les draps. Comme c'était moins cher que des lits jumeaux, nous avions pris un grand lit double.

En fait, je m'étais dit que nous pourrions faire l'amour, cela faisait longtemps, et en secret j'avais apporté mes plus beaux sous-vêtements. Takara demandait beaucoup moins d'attention, c'était le moment de reprendre nos anciennes habitudes. J'avais pensé que cette soirée pourrait être une bonne occasion.

Mais maintenant que le moment était arrivé, je n'avais pas vraiment envie.

Main dans la main dans le grand lit, nous avons fixé le plafond. Quel besoin de le faire devant les autres, c'était suffisant ainsi. Je comprenais plus ou moins le point de vue d'Izumi.

Après avoir contemplé le plafond en silence pendant un moment, j'ai dit doucement :

— Tu crois que les enfants ont bien mangé ?

— Le grand boss doit être aux petits soins pour eux, non ?

— Ses tempuras sont drôlement meilleures que celles de luxe qu'on vient de manger, hein ?

Izumi a tendu un bras pour éteindre la lampe. Malgré tout, de la lumière filtrait de l'extérieur, baignant la pièce d'une vague clarté.

— J'espère que Takara est sage…

— La prochaine fois, on partira en voyage tous les quatre.

Les derniers mots prononcés par Izumi exprimaient parfaitement notre sentiment à toutes les deux.

Mon plaisir à l'idée de cette rare sortie en tête-à-tête n'avait duré que le temps de quitter la maison, après, je n'avais pas cessé de penser aux enfants restés au Machu Picchu. Partout je nous voyais revenir avec eux la prochaine fois, toute la journée j'avais eu l'impression de faire des repérages pour le vrai voyage, celui que nous ferions en famille. A notre insu, nous étions devenues des *parents*, c'était maintenant une évidence, une seconde nature. Nous avons fini par nous endormir en bavardant main dans la main.

Le lendemain, nous avons pris un Shinkansen plus tôt que prévu pour rentrer au Machu Picchu. Ensemble, nous sommes allées chercher les enfants chez le grand boss ; Takara a surgi de la maison en courant à toute allure. Ce n'est pas dans mes bras qu'elle s'est jetée, mais dans ceux d'Izumi. Cela m'a fait un plaisir fou.

Finalement, la famille, c'est ce qu'il y a de mieux. Je ne voyais nulle part de paradis plus accueillant que le Machu Picchu. Rien que pour cette découverte, ce voyage avait un sens. Même si la leçon avait été chèrement payée.

L'automne avançait ; j'étais en train de rapporter à la cuisine des patates douces ramassées dans le potager lorsque le téléphone a sonné.

J'ai décroché. C'était la patronne de la station-service où travaillait Izumi. Je l'avais rencontrée deux ou trois fois. Elle faisait partie des rares connaissances à qui Izumi avait révélé son homosexualité.

Je commençais à bavarder tranquillement du temps qu'il faisait quand elle m'a interrompue, Chiyoko, ce n'est pas le moment, puis elle a continué d'une voix tendue.

Izumi avait fait un malaise à la station-service. Le patron l'avait trouvée prostrée, roulée en boule par terre, et il avait immédiatement appelé une ambulance. Comme il devait assister à une réunion professionnelle, c'était sa femme qui avait accompagné Izumi à l'hôpital. Elle avait été transportée dans l'établissement où j'avais accouché de Takara. Pour l'instant, elle était là-bas, sous perfusion.

J'avais les jambes flageolantes, je ne tenais plus debout. Mes mains aussi tremblaient, je serrais fort le combiné pour ne pas le laisser tomber.

La patronne d'Izumi m'a expliqué que ses jours n'étaient pas en danger. Mais il va falloir l'hospitaliser, semble-t-il, a-t-elle ajouté d'une voix soucieuse.

J'ai raccroché, pris la carte de sécurité sociale d'Izumi, de l'argent, ma carte bancaire et des vêtements de rechange pour quelques jours, et j'ai enfourché mon vélo. Lorsque Takara était entrée au jardin d'enfants, j'en avais acheté un nouveau, à assistance électrique, et je m'en félicitais.

J'ai pédalé de toutes mes forces. Je voulais voir Izumi le plus vite possible. Si je ne voyais pas de mes propres yeux qu'elle était vivante, j'allais devenir folle.

Je m'appliquais à vivre chaque jour de façon à n'avoir aucun regret si cela devait être le dernier jour de ma vie avec Izumi. Mais ce n'était que théorique, je ne m'inquiétais pas, ce dernier jour n'arriverait que dans très très longtemps.

Ce matin, Izumi s'était violemment tapé un orteil contre une chaise que je n'avais pas rangée et elle avait râlé. Je ne voulais surtout pas que son visage en colère soit ma dernière image d'elle, gravée pour l'éternité dans mon esprit. Je voulais encore vivre longtemps avec elle.

J'ai garé mon vélo à côté de l'entrée de l'hôpital et je me suis précipitée à l'accueil. Après avoir vérifié le numéro de la chambre d'Izumi, j'ai traversé le couloir à toute vitesse. J'ai grimpé les marches deux par deux jusqu'au deuxième étage, où j'ai cherché sa chambre.

Dès que je l'ai trouvée, je m'y suis engouffrée en hurlant. Mais la principale intéressée, elle, feuilletait nonchalamment une revue féminine.

— Qu'est-ce qu'il t'arrive ?

En me voyant surgir, échevelée, c'est elle qui m'a dévisagée d'un air perplexe.

— Eh bien, tu as fait un malaise…

A peine avais-je ouvert la bouche que mes larmes ont coulé. J'avais envisagé le pire. C'est alors que la patronne est arrivée avec un bouquet de fleurs.

Une telle sérénité régnait dans la chambre que ma tension est retombée et, d'un coup, une grande fatigue m'a envahie. J'avais pédalé à toute vitesse. J'avais les jambes en coton, je transpirais de tous mes pores.

J'ai ravalé mes larmes et remercié la patronne d'Izumi. Quand je pensais qu'elle aurait pu perdre connaissance alors qu'elle était au volant ou toute seule, cela me faisait froid dans le dos. Izumi ne s'en faisait pas le moins du monde, tout simplement parce qu'elle ne saisissait pas la gravité de la situation.

— C'est juste de la fatigue, paraît-il. Il n'y a pas de quoi se ronger les sangs. J'ai mes règles, je pense que j'ai fait une petite chute de tension, c'est tout, a-t-elle dit comme si ce n'était rien.

Mais ce n'était pas rien.

Le résultat des examens pratiqués pendant ces quelques jours d'hospitalisation était pire que je ne l'imaginais. Sans être malade au point que sa vie soit menacée, ses taux de glycémie et de cholestérol étaient assez élevés et ses organes, à commencer par les reins, fatigués. Il n'était pas question de rester sans rien faire.

J'ai fait entendre raison à Izumi qui voulait y aller seule et j'ai écouté avec elle, en qualité de parente, les explications du médecin. Dans ces cas-là, Izumi était mal à l'aise, elle se souciait tellement du regard d'autrui qu'elle préférait éviter de m'avoir à ses côtés, mais ce n'était pas le moment de faire des histoires. Ce qu'on penserait de nous, le regard qu'on porterait sur nous, tout cela m'était égal à cet instant.

En écoutant les explications du médecin, j'ai pris une décision. C'était une résolution irrévocable.

Quand je rentrais à la maison après mes visites à l'hôpital, confrontée à l'absence d'Izumi, je ne faisais que pleurer. La vue de son mug provoquait mes larmes, rien qu'effleurer sa brosse à dents ou sa serviette de bain me faisait sangloter.

Et si Izumi mourait, ce chagrin serait perpétuel. Il me suffisait de l'imaginer juste un peu pour être incapable de me calmer.

Devant Sôsuke et Takara, je m'appliquais à faire bonne figure, mais le soir, seule au lit, le simple fait qu'Izumi ne soit pas à mes côtés me faisait monter les larmes aux yeux et je n'arrivais pas à dormir. Durant ces quelques jours, j'ai pleuré toutes les larmes de mon corps.

En y réfléchissant bien, nous avions seize ans d'écart. Donc, normalement, Izumi devait mourir avant moi. Au début, je pensais que l'amour n'avait rien à voir avec l'âge. Dans la vie de tous les jours, notre différence d'âge ne se faisait pratiquement pas sentir. Mais cet écart réduisait d'autant le temps que nous avions à passer ensemble.

Alors, je souhaitais qu'Izumi reste le plus longtemps possible auprès de moi, qu'elle vive la plus vieille possible.

C'était devenu un nouvel objectif dans mon existence.

Le jour de sa sortie, le patron d'Izumi a conduit jusqu'à l'hôpital notre voiture qui était restée à la station-service. Je n'étais pas très emballée à l'idée qu'Izumi, à peine remise, prenne le volant, mais puisque je n'avais pas le permis, elle était la seule à pouvoir conduire. Tu es trop étourdie, tu serais un vrai danger, disait-elle, et elle ne m'avait pas laissée passer mon permis. Mais c'était sans doute à cause de toutes ces petites obligations accumulées qu'elle était tombée malade. Je ne pouvais plus continuer à me reposer sur elle.

Une fois la voiture engagée sur la rocade, j'ai lancé, déterminée :

— Izumi, tu vas arrêter de travailler.

Ma décision était prise depuis plusieurs jours. Comme je m'y attendais, Izumi m'a ri au nez.

Mais j'avais grandi dans une clinique, alors je savais. Des gens qui étaient en pleine forme mouraient brusquement, des personnes encore jeunes tombaient malades et devenaient grabataires. La maladie pouvait toucher n'importe qui.

— En ce qui concerne l'alimentation, je m'en veux beaucoup. J'aurais dû penser davantage à ta santé.

— Alors, on va améliorer ce point et ça fera l'affaire.

Izumi ne s'en faisait toujours pas, du coup, j'ai haussé le ton.

— Tu es responsable de Sôsuke et de Takara, et tu es ma compagne. Et moi, je veux rester avec toi le plus longtemps possible !

Mon sentiment pour elle, a priori censé être de l'amour, a tourné en un clin d'œil à l'exaspération.

Et pourtant, aujourd'hui, je ne voulais surtout pas qu'on se dispute…

Comment lui faire comprendre ce que je ressentais ? Je l'avais toujours laissée me couver, je restais à la maison où je faisais ce qui me plaisait. A force, elle était tombée malade d'avoir trop travaillé. C'était un cri d'alarme de son corps, qui lui enjoignait d'arrêter.

Nous gardions le silence depuis un moment quand Izumi, les mains sur le volant, a murmuré :

— Mais si j'arrête de travailler, de quoi allons-nous vivre ?

Bien entendu, la réponse à cette question était déjà prête dans mon esprit.

— Cette fois-ci, c'est moi qui vais travailler.

A peine avais-je parlé qu'elle a secoué la tête.

— Ecoute-moi jusqu'au bout !

J'étais sérieuse. Je me suis reprise, et j'ai continué. J'y pensais depuis longtemps.

— J'ai une idée, on va ouvrir des chambres d'hôtes. Quelque chose comme une auberge. Dis, on a des pièces vides, n'est-ce pas ? On va les arranger un peu, pour y recevoir des gens. Tu te souviens, juste après notre arrivée au Machu Picchu, quand on retapait la maison ? On s'était dit que ce serait bien si un jour, on pouvait faire ça.

A vrai dire, cette conversation, je l'avais gardée au chaud dans un coin de mon cœur. Le moment était venu, me semblait-il.

— Ah bon ? a-t-elle répondu en faisant semblant de ne pas comprendre.

Peut-être ne s'en souvenait-elle vraiment pas, elle n'avait pas l'air emballée.

— Mais qui va venir dans un coin perdu comme le Machu Picchu ?

Je pensais qu'elle m'enverrait promener, mais contre toute attente, elle m'écoutait vraiment. J'ai poursuivi, c'était le moment ou jamais :

— Des gens comme nous. Bien sûr, nous ne serons pas ouverts qu'aux homosexuels, ce ne sera pas une sorte de *love hotel* spécialisé. Mais regarde-nous, même si nous avons envie de voyager ensemble, nous n'osons pas vraiment et nous sommes devenues assez casanières. Je pense qu'il y a beaucoup de couples dans ce cas. Alors, s'il existait un endroit où ils puissent se rendre le cœur léger, sans se soucier du regard d'autrui, ce serait chouette, non? Ce n'est pas une idée qui m'a traversé l'esprit parce que tu es tombée malade, cela fait très longtemps que j'y pense.

— Mais quand même…

Izumi a fait la moue d'un air dépité.

— Et moi, qu'est-ce que je vais faire là-dedans ?

Contrairement à son attitude, sa réponse était constructive. Je lui ai expliqué avec entrain :

— Tu pourras fendre du bois, nettoyer les vitres, m'aider à servir les repas, discuter avec les hôtes, ce genre de choses.

— Le dernier point, c'est pas mon truc.

— Eh bien, tu peux t'en dispenser. En restant à la maison, tu pourras passer plus de temps avec les enfants, ce serait bien. Rappelle-toi, dans les premiers temps, tous les jours, on faisait les travaux ensemble. J'ai adoré ces moments-là. Tu vois, les chambres d'hôtes, c'est un peu la même chose, mais avec plus de gens.

Plus je parlais, et plus j'étais enthousiaste. J'avais envie d'ouvrir immédiatement nos chambres d'hôtes.

— Nous avons quelques économies et Takara demande moins d'attention, si on réfléchissait pour de bon à commencer une nouvelle vie ?

Après avoir parlé d'une traite, j'ai regardé craintivement le visage d'Izumi qui conduisait.

— Tu me laisses y réfléchir un peu ? a-t-elle simplement dit, comme toujours.

Les choses sont allées plus vite que je ne l'imaginais.

Quelques jours après que je lui ai exposé mon idée, Izumi a expliqué la situation aux patrons de la station-service. Et ils se sont mis d'accord pour qu'elle quitte son poste. Elle continuerait à travailler jusqu'à ce qu'ils lui trouvent un remplaçant, mais, vu son état de santé, elle se ménagerait.

Il a été décidé que la soirée d'adieu aurait lieu à la maison. Organiser chez soi son pot d'adieu était une drôle d'idée, mais Izumi tenait à exprimer ainsi sa gratitude à ses patrons.

Comme le dîner avait lieu après la fermeture de la station-service, Takara était déjà au lit. Sôsuke est juste venu dire bonsoir avant de retourner dans sa chambre.

Déjà que nous recevions peu de gens, alors des invités du côté d'Izumi, c'était une première. J'ai mis les petits plats dans les grands pour eux, car Izumi leur devait beaucoup. C'était aussi un bon entraînement avant l'ouverture prochaine de nos chambres d'hôtes.

Crevettes panées, pot-au-feu *nikujaga*, salade de macaronis.

Depuis l'hospitalisation d'Izumi, nous mangions des plats peu caloriques, surtout des légumes, alors peut-être était-ce un retour de bâton. Je souhaitais tellement faire plaisir à ses patrons que j'avais préparé un menu roboratif. Mais ils l'ont savouré avec plaisir.

— Quand votre auberge ouvrira, on mettra des brochures d'information chez nous. Et on vous fera de la publicité auprès des gens venus d'ailleurs, on leur dira que c'est super chez vous.

Le patron d'Izumi avait bien bu, il était d'excellente humeur.

— Dans ce cas, nous vous invitons, vous viendrez passer une nuit ici, a gaiement proposé Izumi en lui versant à boire.

Voir Izumi, timide et gauche, parler ainsi en toute décontraction avec quelqu'un d'extérieur à notre famille était rafraîchissant. Du coup, j'ai interrogé la patronne :

— Comment était Izumi, au travail ?

Je voulais en savoir plus sur cette facette d'elle que j'ignorais.

Alors, la patronne qui buvait du jus d'orange a lancé un regard entendu à son mari.

— Au début…

Malgré leur âge, ils ne se comportaient pas comme un vieux couple, on aurait dit des jeunes mariés.

— C'est qu'elle a des manières brusques, cette fille.

Le patron, le visage tout rouge, a donné une pichenette à Izumi sur le front pour la taquiner.

— Elle est timide, Izumi, a rétorqué son épouse en prenant le parti d'Izumi.

— Mais au fur et à mesure que vous m'avez appris comment faire, le travail est devenu agréable, a commenté celle-ci avec un sourire ingénu.

— Tu vas nous manquer.

Peut-être ivre, le patron s'est essuyé les yeux avec son mouchoir. Son épouse, qui le regardait d'un air attendri, a ajouté avec une note d'émotion dans la voix :

— Quand j'annonce aux clients le départ d'Izumi, ils sont tous déçus.

— Mais y a pas à dire, a lancé le patron en vidant son verre d'un trait. Avec quelqu'un d'aussi mignon à la maison, ça ne donne pas envie d'aller travailler à l'extérieur. Et puis, il y a les enfants aussi.

En face du patron et de sa femme trônait une photo de Sôsuke portant à grand-peine Takara dans ses bras, prise il y a plusieurs années.

— Je suis rassuré, a murmuré le patron, puis il s'est lentement laissé tomber sur les genoux de sa femme, où il s'est endormi.

Son épouse s'est excusée à voix basse, mais elle ne l'a pas réveillé. Izumi s'est levée sans bruit et a délicatement posé une couverture sur lui. Peut-être était-ce assez courant.

Je voyais là Izumi évoluer dans un univers qui m'était inconnu. A sa manière, elle s'était implantée et épanouie ailleurs que dans la famille Takashima. En fin de compte, quand la soirée d'adieu s'est terminée, il était plus de deux heures du matin.

— A bientôt ! a lancé la patronne dans un sourire en guidant son mari vers la voiture.

— C'est un beau couple.

En les regardant avancer serrés l'un contre l'autre, je n'ai pas pu résister, j'ai doucement pris la main d'Izumi dans la mienne.

— Oui, si nous pouvions vieillir comme eux, ce serait bien.

Je pensais la même chose.

— Ils n'ont pas d'enfants ?

Avoir des parents qui s'entendent bien et se respectent, quel bonheur pour des enfants !

— Elle en voulait, mais ils ne sont pas arrivés à en avoir. C'est peut-être pour ça qu'elle m'a dorlotée comme sa fille.

Des étoiles brillaient ici et là dans le ciel. Quand Izumi avait été hospitalisée pour son malaise, j'étais désemparée, comment allions-nous vivre désormais ? Mais maintenant, mon espoir dans l'avenir s'illuminait de lueurs vives, comme le ciel étoilé du Machu Picchu.

Des tonnes de difficultés nous attendaient peut-être. Mais avec Izumi à mes côtés, j'étais certaine de parvenir à surmonter même les obstacles les plus hauts et les plus ardus. Tout irait bien, j'y croyais, envers et contre tout.

Nous avons consacré environ six mois aux rénovations. Tout d'abord, avant l'arrivée de la neige, nous nous sommes vite attelées aux réparations extérieures. Cela faisait six ans que nous vivions dans cette maison. Les travaux effectués à la hâte à notre emménagement laissaient franchement à désirer, nous avons donc décidé, pour l'occasion, de procéder à une réfection en profondeur.

La toiture a été complètement remplacée et les murs proprement repeints. Le drapeau arc-en-ciel lui aussi, qui avait perdu ses couleurs, a été refait à neuf.

La différence par rapport à il y a six ans, c'est que Sôsuke était maintenant opérationnel, il nous aidait pour les travaux de force. Alors qu'il était encore petit quand nous avions emménagé au Machu Picchu, il fréquentait aujourd'hui le collège local, où il s'entraînait quotidiennement au sein du club de baseball. Il avait beaucoup grandi aussi, il était plus grand qu'Izumi et ne tarderait pas à me dépasser. Sa voix avait mué, il était méconnaissable tellement il avait changé. Peut-être parce qu'il était entré dans l'adolescence, il était encore moins bavard qu'avant, mais sa gentillesse, elle, restait inchangée.

Dans un coin de la prairie, j'ai accroché un hamac entre deux arbres. Pour permettre à nos hôtes de se prélasser quand ils en auraient envie, j'ai aussi installé une balançoire et des bancs. Ils pourraient en profiter en couple, mais peut-être que, comme nous, certains viendraient avec des enfants.

Bien entendu, les hétérosexuels aussi étaient les bienvenus. Ce serait un endroit ouvert, où chacun serait accueilli tel qu'il était, sans discrimination. Je voulais en faire un espace de bien-être, où se retrouver soi-même, ne serait-ce qu'un bref instant.

A commencer par notre tasse de café matinale, Izumi et moi avons de nouveau pris tous nos repas ensemble, matin, midi et soir. Leur composition était pensée de façon à ne pas fatiguer son organisme. A l'époque où elle travaillait à la station-service, elle mangeait à toute vitesse principalement des aliments donnant des forces, mais depuis qu'elle avait arrêté, sa façon de se nourrir s'était beaucoup améliorée.

Son poids progressivement ramené à un niveau adéquat, elle était amincie et rajeunie. Ses taux de glycémie et de cholestérol ont fortement baissé en un bref laps de temps. L'approche diététique paraissait porter ses fruits.

Quand les premières neiges sont tombées sur le Machu Picchu, nous nous sommes consacrées à l'intérieur de la maison. Les travaux étaient de plus grande envergure qu'à l'extérieur. En tout, trois chambres seraient réservées à nos hôtes : l'ancienne chambre du gardien de nuit, recouverte de tatamis, et deux petites chambres à l'occidentale ; en ouvrant les cloisons coulissantes, les pièces n'en formaient plus qu'une grande. Nous pourrions accueillir dix personnes au maximum.

Lorsque nous avons enlevé les tatamis pour refaire la pièce japonaise, un foyer creusé dans le sol est apparu. L'hiver, en y mettant des braises, il ferait assez bon. On pourrait aussi y faire cuire des légumes et des gâteaux de riz, ou mettre de l'eau à chauffer pour tiédir du saké.

Nous avons également aménagé une nouvelle salle de bains à moitié à l'air libre, avec une baignoire chauffée par en dessous. Dehors, il y avait la baignoire-baril, mais pour les personnes qui répugneraient à l'utiliser, nous avions prévu une salle de bains intérieure. La pièce de plain-pied qui nous servait jusqu'à présent de salle de séjour, avec quelques aménagements, a été transformée en salle de réception où les hôtes prendraient leurs repas.

Une petite pièce d'une surface de trois tatamis, environ cinq mètres carrés, est devenue une bibliothèque en libre accès, où nous avons rassemblé les vieux mangas d'Izumi, les anciens numéros de magazines que j'avais commandés, les livres pratiques sur le baseball dont Sôsuke était friand et les livres d'images que Takara avait lus et relus. Bien sûr, parmi eux figurait le livre d'enfant sur les deux manchots mâles qui élevaient ensemble leur petit, même s'il était maintenant presque en lambeaux. Avec une chaise et une table sur laquelle poser une thermos d'eau chaude et des sachets de thé, cela devenait un espace où chacun pourrait à loisir prendre un thé en feuilletant un livre, ou se plonger dans ses pensées.

Je n'envisageais pas de proposer de services particuliers, pas plus que de servir des plats raffinés. Mon idée était d'intégrer nos hôtes à la vie de tous les jours de la famille Takashima. Il n'était pas question d'imposer quoi que ce soit, je voulais qu'ici, on accompagne les gens en douceur.

Comme nom, j'ai choisi L'Arc-en-ciel.

— Je trouve que ça colle parfaitement.

Izumi a immédiatement été d'accord.

— En hiver, on servira principalement des *nabe*. On ne manquera pas de casseroles pour servir tous ces pot-au-feu.

En m'entendant, Sôsuke et Takara, qui étaient dans les parages à nous écouter, ont levé les bras en l'air, un large sourire sur le visage. Tous les deux adoraient les *nabe*. J'avais réfléchi aux moyens de recycler les nombreuses gamelles qui avaient atterri chez nous à l'époque où nous étions harcelées. Celles qui étaient percées, j'avais l'intention d'en faire des pots de fleurs.

C'est ainsi que la famille Takashima s'est engagée avec un bel ensemble dans la deuxième étape de son histoire. C'est aussi à cette époque que la Constitution arc-en-ciel a vu le jour.

A l'issue de multiples réunions de famille, nous avions adopté la Constitution de la famille Takashima.

Ne jamais se mentir à soi-même.

Rire à gorge déployée une fois par jour.

Fêter nos joies et pleurer nos chagrins ensemble.

Ne surtout pas se forcer.

Quand ça va mal, hisser le drapeau blanc sans hésiter.

Rien que des choses évidentes, mais toutes essentielles.

C'est environ un mois après l'entrée de Sôsuke en deuxième année de collège, à la saison la plus vivifiante de toutes, lorsque le Machu Picchu est couvert de verdure, que L'Arc-en-ciel a ouvert ses portes.

Face à la montagne de procédures et de formulaires, je m'étais un instant demandé si j'allais m'en sortir, mais l'ouverture avait bien eu lieu et je débordais de joie.

Notre premier client historique était un photographe amateur venu immortaliser les rizières en terrasses du Machu Picchu. Connaissant mal les lieux, il était perdu quand Sôsuke, de retour de son club de baseball, l'avait croisé par hasard et amené chez nous dans la foulée. Il croyait pouvoir faire l'aller et retour dans la journée. Sans doute ignorait-il que le Machu Picchu, en termes de superficie, était un assez grand village.

Quand je lui ai annoncé qu'il était notre premier hôte, il a failli tourner les talons, mais je l'ai retenu presque de force. La nuit commençait déjà à tomber. Si jamais il lui arrivait un accident, ce serait terrible. Il restait de la neige dans les montagnes et, jusqu'à ces derniers jours, on signalait encore des ours.

Nous avons tous dîné avec notre visiteur, qui avait pris son bain dans la baignoire-baril. Comme plat principal, il y avait des spaghettis à la sauce tomate. Dans la famille Takashima, on les mange en accompagnement du riz. J'ai aussi servi des tempuras d'angélique du Japon et une salade de pommes de terre, de la soupe de miso et du radis *daikon* mariné. J'avais préparé une portion de légumes mijotés rien que pour Izumi.

Au début, l'homme semblait un peu nerveux. Mais au fil du repas, il s'est petit à petit détendu et il a commencé à parler de lui. Veuf, il vivait seul depuis la mort de sa femme. Son hobby était de prendre des photos des rizières en terrasses de tout l'archipel.

Le lendemain matin, avec son imposant appareil, il nous a pris en photo tous ensemble. A la réflexion, il était rare que nous soyons tous les quatre réunis sur un même cliché. Plus que rare même, peut-être bien que nous n'avions pas une seule photo de famille.

Quelques jours plus tard, il nous a envoyé un agrandissement du cliché qu'il avait fait encadrer exprès, pour fêter l'ouverture de L'Arc-en-ciel.

Nous étions debout à côté de la pancarte *Maison d'hôtes L'Arc-en-ciel* peinte par Sôsuke sur une planche, tous les quatre : Sôsuke à l'extrémité gauche, ensuite Takara, puis moi, et Izumi à droite. Nous nous tenions tous par la main. Takara, qui faisait le clown, avait les yeux révulsés, mais ça aussi, avec le temps, trouverait sans doute sa place parmi les bons souvenirs familiaux.

La maison se dressait derrière nous, avec la prairie autour. Sous la douce lumière matinale, tout ce qui composait la famille Takashima était là. Ni trop, ni trop peu, juste comme il faut.

Sans tarder, l'été est arrivé au Machu Picchu.

Chaque matin, à l'heure où l'eau était encore froide, Sôsuke allait au ruisseau voisin puiser de l'eau fraîche. Avec cette précieuse eau, je préparais la soupe de miso, faisais cuire le riz et infuser le café et le thé. Tout n'allait pas encore comme sur des roulettes, mais une année s'était écoulée depuis l'ouverture et, petit à petit, les visiteurs se faisaient plus réguliers. Avant d'ouvrir, j'imaginais que de nombreux couples comme le nôtre viendraient mais en réalité, les homosexuels étaient peu nombreux.

Les patrons de la station-service où avait travaillé Izumi étaient venus passer une nuit pour leur anniversaire de mariage. Et, comme ils nous l'avaient promis, ils faisaient amplement la publicité de L'Arc-en-ciel. Certains visiteurs attirés par nos brochures disposées dans la salle d'attente de la station-service sont revenus deux ou trois fois et, progressivement, nous avons eu davantage d'hôtes fidèles.

Nous n'hésitions pas à montrer notre quotidien, ce qui était peut-être assez original. Etre apprécié justement parce qu'on n'offrait pas de services conventionnels avait quelque chose de cocasse.

Et puis, notre inquiétude du tout début, des gens viendraient-ils jusqu'à un village perdu au fin fond des montagnes, s'était avérée totalement injustifiée. Précisément parce qu'il n'y avait rien au Machu Picchu, les gens faisaient le déplacement, parfois de loin, à la recherche d'une nature intacte. Je pensais qu'ils viendraient tous en voiture, mais non, certains arrivaient à moto ou à bicyclette, d'autres faisaient un long trajet en train et en bus.

Ceux qui utilisaient les transports en commun, Izumi allait les chercher à la gare ou à l'arrêt de bus les plus proches. Et les raccompagnait pour le retour. J'avais d'abord été inquiète de savoir Izumi, si timide, en voiture avec des inconnus, mais elle semblait bien se débrouiller.

En dehors du transport des hôtes, elle s'occupait aussi des menues réparations dans les chambres, de la maintenance de la baignoire-baril ou encore de fendre le bois, elle était presque tout le temps occupée. Et bien sûr, le matin, c'était elle qui préparait le café. Je n'avais pas été aveuglée par l'amour : le café d'Izumi était très apprécié de nos visiteurs.

Vous voilà de retour !

A tout à l'heure !

Pour accueillir nos hôtes comme pour leur dire au revoir, nous employions les mêmes formules qu'entre nous.

Nous nous attablions ensemble et partagions la même nourriture, cela suffisait à faire d'eux des membres de la famille. Si Takara avait envie de faire des feux d'artifice, nous invitions nos hôtes à les tirer ensemble dans la prairie, quand elle insistait pour jouer alors que nous étions occupées, ils se joignaient à elle pour capturer des insectes, patauger dans la rivière ou grimper aux arbres.

Sôsuke aussi, lorsqu'il n'avait pas d'entraînement et restait à la maison, se proposait volontiers pour faire visiter le Machu Picchu à nos hôtes, à qui il prêtait une oreille attentive.

Peut-être était-ce parce que nous montrions notre quotidien sans nous cacher. Etonnamment, depuis que nous avions ouvert L'Arc-en-ciel, plus personne ne cherchait à en savoir davantage sur notre relation, ni ne nous regardait d'un mauvais œil. C'est quand on cache quelque chose que cela excite l'attention. Sans doute que si tout le monde se promenait tout nu, les pervers et les voyeurs se lasseraient.

C'est par un matin où la prairie était enveloppée d'un brouillard cotonneux que ce visiteur a fait son apparition.

Takara était à l'école, Sôsuke au collège et les hôtes de la veille repartis, je soufflais un peu ; j'étais en train de boire un café avec Izumi dans la pièce de plain-pied en écoutant la radio. Lorsque j'ai relevé la tête, quelqu'un se tenait de l'autre côté de la vitre.

Mais au début, j'ai cru que mes yeux me jouaient des tours. Il avait si peu de présence, il paraissait évanescent. Il donnait l'impression qu'un coup de gomme suffirait à l'effacer.

Izumi et moi avons échangé un regard perplexe. Peut-être s'était-il perdu et passait-il simplement là par hasard.

— Aujourd'hui, quand j'aurai fini de couper le bois, j'irai faire des courses en ville.

— Dans ce cas, si tu pouvais acheter du savon pour la lessive, par la même occasion.

— Et toi, O-Choko, qu'as-tu prévu aujourd'hui ?

— Je vais peut-être faire du tricot, reprendre le pull de Sôsuke que j'ai abandonné en cours de route.

Nous étions en train de discuter lorsque c'est arrivé.

Quelqu'un a frappé à la porte de L'Arc-en-ciel. Surprises, nous avons eu un mouvement de recul instinctif. A l'instant où Izumi a ouvert la porte, un vent froid s'est engouffré dans la pièce.

Devant nos yeux se tenait l'homme de tout à l'heure, un dépliant de L'Arc-en-ciel serré dans son poing. Outre la station-service, d'autres établissements comme le fleuriste de la ville, par exemple, avaient la gentillesse d'en mettre à disposition chez eux, voilà sans doute comment il se l'était procuré.

— J'aimerais une chambre pour cette nuit…

A côté d'Izumi, la maigreur de l'homme se remarquait encore plus. Ses joues étaient creusées, il avait des cernes sous les yeux et le teint pâle.

— On a une chambre de libre ? m'a demandé Izumi.

Pour plus de sécurité, j'ai consulté le registre. Ce soir-là, la seule réservation était celle d'un groupe de fans d'astronomie qui occuperait la pièce avec un foyer creusé dans le sol, la dernière chambre à l'occidentale était libre.

— Oui, ai-je répondu.

L'homme, peut-être rassuré, a déposé son bagage à ses pieds. Mais il était encore tôt pour l'accueillir, la chambre n'était pas prête. Izumi le lui a expliqué et il a annoncé qu'il reviendrait quand ce serait l'heure. Je lui ai fait inscrire son nom et ses coordonnées sur le registre. Son nom, Suzuki, était écrit en *katakana* d'une écriture terriblement incertaine, abattue.

— C'est un peu inquiétant, non ? ai-je dit lorsque nous nous sommes retrouvées seules.

Les gens du Machu Picchu n'en parlaient guère, ils préféraient éluder la question, mais le village était sur le chemin d'un site célèbre pour les suicides.

Après une longue marche sur le versant ombragé de la montagne, on débouchait sur une falaise abrupte surplombant un lac, d'où se jetaient certaines personnes, paraît-il. Ces dernières années, avec le développement d'Internet, ce genre d'information se propageait rapidement. A peine quelques jours plus tôt, un triste accident s'était produit : un groupe de jeunes s'était rendu là-bas par curiosité, et l'un d'entre eux avait malencontreusement perdu l'équilibre et fait le grand saut. Chaque fois que cela arrivait, les habitants du village broyaient du noir. C'était la face sombre du Machu Picchu. Un jour, le grand boss m'en avait parlé à voix basse.

Seulement, même si nous étions sur le chemin, avant d'y arriver, il fallait compter une petite heure de marche pour un adulte, et le parcours était assez compliqué quand on ne connaissait pas les lieux. Des plans détaillés circulaient sur Internet, disait-on, mais sur place, il fallait suivre des sentes davantage que des chemins et, en général, les gens se perdaient et revenaient sur leurs pas.

— O-Choko, j'ai un mauvais pressentiment, a murmuré Izumi d'un air sombre.

Par-dessus la table, je lui ai serré fort la main. Ce n'était peut-être qu'une impression, mais il m'a semblé que ses doigts étaient anormalement froids.

— On l'accueillera comme d'habitude, en disant, vous voilà de retour !

Pour l'encourager, j'ai adopté un ton enjoué.

— Oui, d'accord.

Elle faisait visiblement un effort désespéré pour se dominer. Elle était davantage ébranlée que moi, semblait-il.

Nous ferions notre possible, voilà tout. Et après avoir fait tout ce qui était en notre pouvoir, nous lui dirions à tout à l'heure ! avec le sourire. Nous ne pouvions pas faire mieux.

Une fois d'accord sur ce point, nous nous sommes attelées à nos tâches.

J'ai passé l'aspirateur dans les chambres, fait la lessive, changé le linge et préparé les lits. Izumi, comme prévu, a pris la voiture pour aller faire les courses après avoir coupé du bois.

Dans ce genre de situation, il faut avant tout garder son calme. Mais au fond de nous, nous savions qu'il s'agissait de la plus importante péripétie depuis l'ouverture de L'Arc-en-ciel.

— O-Choko, j'ai quelque chose à te dire.

J'étais en pleins préparatifs pour le dîner quand Izumi a fait irruption dans la cuisine.

— C'est difficile à dire les yeux dans les yeux, alors donne-moi quelque chose à faire.

Puisqu'elle me le demandait, j'ai apporté le pilon et le mortier, que j'ai rempli de riz tenu au chaud.

— Tu peux préparer les quenelles de riz *kiritanpo* ?

Avec un bref hochement de tête, elle s'est mise à piler le riz. Le dos tourné, j'ai émincé de la grande bardane. Comme la température avait pas mal baissé, j'avais prévu un pot-au-feu au *kiritanpo* pour le dîner.

— C'est quelque chose dont je ne t'ai jamais parlé, a lancé Izumi en pilant le riz d'un mouvement régulier.

Elle a poursuivi :

— Tu sais, ma mère…

De surprise, j'ai failli me retourner.

Pas une seule fois Izumi ne m'avait parlé de sa famille. Quand je l'interrogeais, je voyais bien qu'elle éludait la question, alors, au bout d'un moment, je n'ai plus eu envie d'essayer d'en savoir plus. Pour le Jour de l'an elle affirmait n'avoir nulle part où aller et je n'avais jamais entendu parler d'un frère ou d'une sœur, elle paraissait être coupée de sa famille depuis longtemps.

Voilà donc qu'elle abordait d'elle-même le sujet de sa mère. Je l'ai écoutée attentivement, en m'interrompant parfois dans ma tâche.

— … Eh bien, elle est morte le jour où j'ai terminé l'école primaire, a-t-elle annoncé calmement.

Sa main autour du pilon ne s'est pas immobilisée.

— Elle devait assister à la cérémonie de fin d'études, mais elle n'est pas venue, je ne comprenais pas pourquoi. Je me suis dépêchée de rentrer à la maison pour lui montrer mon diplôme… C'est moi qui l'ai trouvée, ça a été vraiment dur.

J'avais envie de me retourner, là, tout de suite, et de la serrer fort dans mes bras. Mais je sentais qu'elle luttait de toutes ses forces, alors moi aussi, j'ai pris sur moi. Je n'ai rien pu dire.

— Mon père m'a imposé le silence, j'avais interdiction absolue d'en parler à l'extérieur, et moi je me disais que peut-être, si j'avais été plus gentille, maman n'aurait pas fait ça, j'étais rongée par le remords. A un moment, je n'arrivais plus à dormir, persuadée que tout était de ma faute. Ensuite, au contraire, chaque fois qu'il m'arrivait quelque chose de désagréable, j'imaginais que c'était la faute de ma mère, je me suis mise à lui en vouloir. Au collège, puis au lycée, je la haïssais et je me faisais des reproches tour à tour, j'étais mal dans ma peau. C'est pour ça…

A ce point de son récit, Izumi s'est tue.

— Oui ? ai-je répondu pour lui montrer que je l'écoutais.

— C'est pour ça que je t'ai comprise. Que j'ai voulu t'aider.

Incapable de me contenir davantage, je me suis retournée d'un bloc et je l'ai serrée dans mes bras. Les mots étaient inutiles. Je voulais simplement réchauffer son dos secoué de tremblements.

Au bout d'un moment, elle a dit :

— O-Choko, tu veux bien sécher mes larmes ?

J'ai docilement tiré sur ma manche, avec laquelle je lui ai tamponné les yeux.

— Ce serait dommage qu'il y ait des larmes dans le plat. Ça rendrait triste ceux qui en mangeront.

— C'est vrai.

La voir retenir ses larmes de toutes ses forces me donnait envie de pleurer moi aussi, mais ce n'était certainement pas le moment. Je comprenais parfaitement pourquoi elle avait soudain abordé ce sujet.

— On va lui préparer un dîner délicieux, et il va bien manger. Ensuite, il prendra un bon bain, et il dormira profondément jusqu'au lendemain matin. Et alors, peut-être qu'il changera d'avis. Cette fois-ci, je veux faire ce que je n'ai pas pu faire pour ma mère, a déclaré Izumi avec force.

Puis elle a murmuré, j'ai fini, et elle a soulevé le mortier des deux mains.

Chaque rencontre avec un hôte est un moment unique.

Peut-être ne reviendrait-il pas, c'était tout à fait possible. Mais le Bon Dieu nous a laissé une petite chance. Environ une demi-heure après l'ouverture, monsieur Suzuki s'est présenté à L'Arc-en-ciel.

— Vous voilà de retour !

Je l'ai accueilli comme je le faisais toujours. Cela m'a peut-être permis de surmonter mon trouble. Après, j'ai réussi à me comporter normalement.

Takara et Sôsuke de retour à la maison et les quatre fans d'astronomie rassemblés, monsieur Suzuki et Izumi ont pris place à table et le dîner a débuté normalement. Il était dix-huit heures trente et il faisait déjà tout noir dehors.

D'après l'équipe d'astronomes amateurs, les étoiles au Machu Picchu étaient effectivement d'un éclat exceptionnel. J'y étais tellement habituée que j'y faisais moins attention, mais le slogan du *village du Japon où les étoiles sont les plus belles* n'était pas exagéré, paraît-il. A un moment, j'ai constaté que Takara avait habilement pris place sur les genoux du plus beau des quatre jeunes gens.

Si je puis me permettre de le dire moi-même, le pot-au-feu au *kiritanpo* était succulent. Les *maitake* avaient été ramassés en forêt par le grand boss et le poulet venait de chez un éleveur du voisinage. J'avais mis les abats dans le pot-au-feu ; le cœur, le foie et le gésier enrichissaient les saveurs. L'œnanthe était bien croquante et, par-dessus tout, le riz des quenelles *kiritanpo*, qu'Izumi m'avait aidée à préparer, était pilé juste comme il faut.

Monsieur Suzuki a mangé de tout, bien qu'en petites quantités. Tout en prenant garde à ne pas le scruter trop ouvertement, Izumi et moi lui lancions des coups d'œil à tour de rôle. Sôsuke, sans doute affamé après son entraînement de baseball, s'est resservi un nombre incalculable de fois. Takara, décidée à ne pas être en reste, mastiquait avec ardeur.

Après le repas, une fois avalés les kakis servis en dessert, les quatre fans d'astronomie se sont immédiatement attelés à leurs préparatifs et sont partis avec leurs télescopes. Comme Takara aussi voulait regarder les étoiles, ils l'ont emmenée en forêt avec eux.

Izumi avait pris l'habitude dernièrement de siroter un verre d'alcool de prune maison après le dîner. Sôsuke était encore à table. Pendant que je rangeais, la voix d'Izumi est parvenue à mes oreilles.

— Vous prenez un verre avec moi ? L'alcool de prune d'O-Choko est délicieux, vous savez.

Qu'Izumi, qui aimait boire seule, invite quelqu'un à l'accompagner était incroyable. Sa sincérité se sentait, cela m'a serré le cœur.

— Je suis désolé, je ne bois pas d'alcool.

Alors qu'il n'avait rien fait de mal, monsieur Suzuki s'est excusé en se faisant encore plus petit, d'une voix pleine de confusion.

A première vue, il avait dans les trente, trente-cinq ans. Mais il pouvait tout aussi bien être plus jeune, ou plus âgé, c'était difficile à dire.

Puisqu'il ne buvait pas, j'ai décidé de lui préparer un cidre chaud sans alcool de mon invention. J'ai mélangé à du jus de pomme des tranches de pomme, du zeste de *yuzu*, une pincée de quatre-épices, et j'ai fait lentement chauffer le tout à feu doux. Sôsuke aussi aimait ça, j'en ai donc préparé une bonne quantité. Quand il fait froid, peut-être grâce aux épices, ce breuvage réchauffe si bien le cœur et le corps qu'on s'attendrait à voir de la buée s'en élever.

— Tenez.

Je lui ai tendu une tasse de cidre bien chaud et j'en ai disposé deux autres devant Sôsuke et moi.

Monsieur Suzuki a soufflé sur le liquide, il en a bu une gorgée et ses traits se sont détendus. Un sourire fugitif a éclairé son visage, comme une violette frémissant dans la brise sous le ciel froid.

— C'est bon, a-t-il dit dans un souffle.

Sôsuke buvait son cidre chaud en silence. J'y ai goûté à mon tour. Le jus de pomme agréablement sucré embaumait les épices, dès la première gorgée, j'ai senti la tension qui m'habitait retomber.

Le vent soufflait fort ce soir-là. Monsieur Suzuki, l'oreille tendue, a soudain levé les yeux vers le plafond.

— Qu'est-ce que c'est, ce bruit ?

Nous y étions habitués, mais les visiteurs étonnés d'entendre des claquements sonores n'étaient pas rares.

— C'est le drapeau arc-en-ciel qui claque au vent, a doucement répondu Izumi.

— Le drapeau arc-en-ciel ?

Monsieur Suzuki l'a regardée d'un air étonné.

— Vous ne connaissez pas le drapeau arc-en-ciel ?

La question d'Izumi a suscité un mouvement de tête interrogateur de sa part. Cette fois-ci, c'est moi qui lui en ai expliqué la signification. Monsieur Suzuki, absorbé, a hoché la tête plusieurs fois.

— C'est O-Choko qui l'a fabriqué tout de suite après notre arrivée.

— On s'est disputées parce que tu voulais que je l'enlève.

— Mais en fin de compte, il est toujours là.

— Et puis, quand on a ouvert L'Arc-en-ciel, le premier drapeau était méconnaissable tellement il était délavé, alors j'en ai cousu un nouveau avec du tissu neuf.

Nous évoquions gaiement nos souvenirs.

— On en rit maintenant, mais il s'en est passé, des choses. L'histoire des casseroles, par exemple, ai-je dit.

— C'est vrai, on a traversé plein d'épreuves, mais c'est parce que j'étais avec toi que j'ai réussi à les surmonter tant bien que mal, a acquiescé Izumi, plongée dans ses souvenirs.

A ce moment-là, Sôsuke m'a lancé un regard insistant.

J'ai réalisé que monsieur Suzuki pleurait. Nos innocents souvenirs avaient peut-être touché un repli précis de son cœur. Prises de court, nous ne savions pas comment réagir et nous sommes restées muettes.

— Pardon, a-t-il gémi, une main sur la bouche. L'Arc-en-ciel, cela voulait donc dire ça.

Un instant, il a semblé hésiter entre le rire et les larmes, mais, très vite, les larmes l'ont emporté. Intarissables, elles mouillaient silencieusement ses joues creuses.

— Ici, c'est une famille lesbienne.

Sôsuke, qui gardait le silence depuis le début, a pris la parole.

— Donc, j'ai deux mères.

J'étais remuée de voir Sôsuke expliquer fièrement notre relation. Mais ce n'était pas le moment de m'abandonner à l'émotion, j'en avais conscience.

Il avait beau tenter de se dominer, monsieur Suzuki laissait échapper des sanglots. Izumi a tendu le bras pour lui frotter le dos. C'était peut-être la première fois que je voyais un homme pleurer ainsi. Sôsuke a apporté une boîte de mouchoirs et en a tiré une poignée qu'il lui a tendue. Monsieur Suzuki a continué à pleurer, le visage enfoui dans les mouchoirs.

Sans doute s'était-il longtemps retenu. Les sédiments accumulés dans son cœur, figés comme les neiges éternelles, avaient peut-être commencé à dégeler.

Nous sommes restés silencieux, à attendre calmement que passe l'ouragan de tristesse qui submergeait monsieur Suzuki. Au bout d'un moment, il s'est mis à parler.

— Je ne peux pas avoir d'enfants.

Il s'était confessé en hoquetant. J'avais envie de lui dire qu'il pouvait se taire si parler était une souffrance. Mais parfois, s'ouvrir à quelqu'un est un réconfort.

Sôsuke s'est levé sans bruit et a quitté la pièce. D'habitude, il écoutait toujours ce que les visiteurs avaient à dire, mais aujourd'hui, peut-être avait-il deviné qu'il valait mieux s'effacer. Quand il est sorti, monsieur Suzuki a repris la parole.

— Comme nous voulions vite un enfant, nous faisions tout ce qu'il faut pour, mais plusieurs années se sont écoulées sans résultat. Par prudence, j'ai passé des examens médicaux et on m'a dit que je n'avais presque pas de spermatozoïdes. Alors que ma femme désire terriblement un enfant, je m'en veux d'être incapable de réaliser son rêve. A son âge, il ne lui reste plus beaucoup de temps, alors je me suis dit qu'il valait peut-être mieux qu'elle me quitte pour se remarier, elle serait plus heureuse ainsi. Mais j'ai été incapable de le lui dire, et j'ai fini par quitter la maison sans la prévenir.

Sa voix mêlée de sanglots résonnait mélancoliquement dans la pièce. Même en formant un cercle à nous tous, nous aurions eu du mal à soulever et soutenir ce chagrin pour l'emporter ailleurs. C'était du moins ce qu'il me semblait.

Mais Izumi voyait peut-être les choses autrement. Elle tentait désespérément de faire passer un message à monsieur Suzuki.

— Nous aussi, ça a été dur. Avant, O-Choko et moi, on se disputait souvent. Mon fils était encore petit, et puis, il y avait plein de choses que je ne comprenais pas. Mais vous savez, même si c'est un peu cru dit comme ça, le temps résout les problèmes. A force de rire et de pleurer des mêmes choses chaque jour, de partager les mêmes repas, on finit par se rapprocher de l'autre, par le comprendre. Mais ce que je vous dis ne vous aide pas, hein…

Izumi s'est mordu les lèvres. Elle était dépitée. Elle était surtout déçue d'elle-même, parce qu'elle n'arrivait pas à aider son interlocuteur. Mais son message semblait avoir fait son chemin. Monsieur Suzuki a relevé la tête et murmuré :

— Tout à l'heure, quand on a mangé tous ensemble, je me suis dit qu'une famille, c'était vraiment super. Je vous suis profondément reconnaissant de m'avoir accepté ainsi, sans rien dire.

Dans sa voix perçait un timide rayon de soleil. Encouragée par cette éclaircie, je me suis lancée.

— Et si vous essayiez aussi, avec votre femme ? Vous n'avez qu'à construire une famille à vos couleurs, en prenant votre temps. Parce que les liens du sang ne font pas tout.

Nous aussi, nous étions devenus une famille au fil du temps. Monsieur Suzuki a hoché la tête deux ou trois fois, avec l'air d'avoir découvert quelque chose qui existait en lui.

A cet instant, la porte s'est brusquement ouverte et Takara a déboulé dans la pièce.

— J'ai faim !

Malgré la portion de pot-au-feu au *kiritanpo* qu'elle avait engloutie, elle avait déjà faim, quel appétit !

Avec l'arrivée de Takara, l'atmosphère a radicalement changé. Le voile gris qui recouvrait la table a viré au rouge en un clin d'œil. Takara est vraiment une magicienne hors pair.

— Je vais me coucher. A vrai dire, hier, je n'ai pas fermé l'œil de la nuit.

Pleurer l'avait sans doute épuisé. Monsieur Suzuki paraissait avoir sommeil. Peut-être avait-il erré dans les environs toute la nuit. Si c'était le cas, nous avions vraiment eu de la chance.

— Bonne nuit ! ai-je lancé en priant de tout cœur pour qu'il dorme à poings fermés dans le futon impeccable.

De l'extérieur, son problème pouvait peut-être paraître mineur. Mais ce n'était pas aux autres d'en juger. Cela pouvait sembler négligeable aux yeux d'autrui, mais si le principal intéressé voulait mourir, c'était que pour lui il s'agissait d'un véritable problème. J'en avais moi-même fait l'expérience et je pensais être bien placée pour le comprendre.

Le lendemain matin, nous avons pris notre petit-déjeuner tous ensemble. Le repas se composait, comme toujours, de riz complet fraîchement cuit, d'une soupe de miso aux petites sardines séchées et enfin de *ganmodoki*, du tofu aux légumes frit, une recette spéciale que le grand boss m'avait apprise. C'était plutôt copieux, mais monsieur Suzuki a tout englouti, sans laisser un seul grain de riz.

Au moment de partir, il a dit, un doigt tendu vers la Constitution arc-en-ciel affichée dans l'entrée :

— Ça, c'est génial.

Il souriait. Son visage était détendu, comme sous l'effet d'une douce brise.

— Nous l'avons inventée en famille. Ce ne sont que des évidences. Mais c'est important, d'accumuler les petites choses évidentes.

Nous discutions ainsi quand Izumi est arrivée.

— Nous arrivons bien à nous en sortir, nous, alors ne vous inquiétez pas, ça ira pour vous aussi ! Ici, c'est le bout du monde, mais pour moi, c'est l'éden.

Sa voix était plus enjouée que jamais.

— Quoi qu'il en soit, je vais rentrer à la maison et parler franchement à ma femme. Vous voir ensemble m'a donné envie de vite la retrouver. Merci.

Méconnaissable par rapport à la veille, monsieur Suzuki était plein d'entrain.

— A bientôt !

— Revenez nous voir !

Nous l'avons conduit jusqu'à la gare, où nous lui avons fait au revoir de la main jusqu'à ce que sa silhouette disparaisse.

Sur cent clients, contenter chacun à cent pour cent est difficile. Certains repartaient en fulminant, jurant de ne jamais remettre les pieds dans un tel endroit. Il est impossible d'être toujours victorieux, c'est vrai dans tous les domaines.

Mais quand on fait de son mieux, il arrive, comme pour monsieur Suzuki, qu'on puisse changer un peu les gens. Malgré tout, comme la vie n'est pas tendre, sans doute connaîtrait-il encore des moments si durs qu'il aurait envie de mourir.

Après, d'autres personnes en difficulté ont fait leur apparition à L'Arc-en-ciel. Peut-être l'endroit possédait-il une sorte de force magnétique.

Chaque fois, nous nous sommes efforcées de faire tout ce qui était en notre pouvoir.

A ceux qui avaient soif, nous donnions de l'eau fraîche, à ceux qui avaient faim, du bon riz et de la soupe de miso, à ceux qui avaient froid, un bain bien chaud et une serviette moelleuse. Ensuite, nous les écoutions attentivement. C'était tout ce que nous pouvions faire.

Tous nos hôtes, quels qu'ils soient, venaient avec leur part de rires et de larmes, de souffrances et de joies.

Je me suis soûlée jusqu'au petit matin avec un jeune homme venu seul, fraîchement séparé de son compagnon qui devait l'accompagner, et qui se remettait de son chagrin d'amour ; un couple qui n'avait pas encore vingt ans est revenu nous annoncer que leur bébé avait été conçu ici ; un couple de transgenres est resté une semaine… chaque jour, toutes sortes de personnes venaient à L'Arc-en-ciel.

Que nous soyons lesbiennes finissait par me paraître insignifiant tellement elles étaient toutes différentes, semblables aux couleurs de l'arc-en-ciel. Et il n'y avait pas seulement six ou sept couleurs, elles se déclinaient en une infinité de nuances.

En guise de résultat inattendu, avec l'ouverture de L'Arc-en-ciel, mon rêve s'est finalement réalisé.

Dans l'après-midi, les enfants apparaissaient de nulle part, ils avaient pris l'habitude de venir jouer dans la prairie.

Tout a commencé quand Takara a ramené des camarades à la maison. Progressivement, des enfants qui n'appartenaient pas à son groupe d'amis sont venus eux aussi et, en fin d'après-midi, L'Arc-en-ciel était si animé que les clients en étaient surpris.

Quand on y réfléchissait, on avait beau être à la campagne, les endroits où les enfants pouvaient jouer en toute liberté étaient restreints. Il n'y avait pas tellement de jardins publics comme dans les grandes villes, et les grands parcs, eux, étaient inaccessibles sans voiture. On imagine que les enfants de la campagne sont proches de la nature, mais c'est plutôt le contraire, de retour à la maison, la plupart regardent la télévision ou jouent à des jeux vidéo, paraît-il.

De ce point de vue, la prairie de L'Arc-en-ciel était à la fois placée sous la surveillance d'adultes et équipée de jeux avec ses balançoires et ses hamacs. Les enfants pouvaient grimper aux arbres autant qu'ils le voulaient. Ils pouvaient aussi s'allonger sur un tapis de feuilles mortes, faire du catch, crier à pleins poumons, jouer tout leur soûl.

Chaque fois que je les voyais s'amuser ainsi, je ne pouvais m'empêcher de repenser à mon premier face-à-face avec Sôsuke dans un parc. Ce jour-là, il me suivait partout comme un chiot surexcité. Et maintenant, il avait grandi, c'était lui qui jouait avec les enfants. Après Takara qui lui en avait fait voir de toutes les couleurs, s'occuper d'autres enfants était trois fois rien pour lui. Il était en permanence entouré d'une mignonne nuée de petits.

Le week-end, j'ouvrais un restaurant de plein air pour eux, le soir, j'organisais des séances de lecture de poésie sous les étoiles, le grand boss venait leur donner des cours de cuisine… L'Arc-en-ciel a fini par devenir aussi un lieu de détente pour les enfants du Machu Picchu.

Je profitais du bref crépuscule, assise sur un banc dans la prairie, à l'heure où la fin d'après-midi cède la place à la nuit. C'est le moment de la journée où je me sens la plus sereine. Les feuilles des arbres alentour luisaient, parées de rouge et de jaune.

Izumi est arrivée sans crier gare et, à peine assise à mes côtés, elle a lâché :

— Tu n'as qu'à essayer.

C'était tellement inattendu que je n'ai pas compris de quoi elle parlait. Je me suis tournée vers elle, l'air interrogateur.

— Eh bien, le jardin d'enfants, tu sais bien, a-t-elle dit, comme un peu surprise que je ne comprenne pas. Ton rêve, c'était bien de devenir puéricultrice ?

Oui, c'est vrai. Mais tant de choses s'étaient présentées à moi, j'avais eu envie d'essayer ceci et cela, honnêtement, je l'avais presque oublié. J'étais encore plus désarçonnée qu'Izumi s'en souvienne.

— Oui, mais, regarde, là, c'est déjà presque un jardin d'enfants, ai-je répondu en contemplant les enfants qui couraient en poussant des cris de joie.

— Mais tu devrais le faire pour de vrai, je crois. C'est le bon moment. Je pourrais te soutenir, et puis Sôsuke aussi est fait pour ce métier-là, j'ai l'impression.

Takara, qui avait trouvé un chat je ne sais où, jouait à se rouler par terre avec lui.

— Ça, il faudrait lui en parler pour savoir. Peut-être qu'il a envie de faire autre chose, non ? ai-je répliqué avec une pointe d'irritation.

Dans tous les domaines, je suis profondément opposée au fait que les parents décident égoïstement de l'avenir de leur enfant. Les miens avaient voulu le faire et, par leur faute, j'avais souffert, alors je ne voulais surtout pas faire subir la même chose à mes enfants.

— Oui. Mais si Sôsuke décrochait son diplôme d'éducateur et que tu devenais directrice, à vous deux, vous pourriez y arriver, non ?

— Oui, c'est sûr.

Rien que de m'imaginer ouvrir un jardin d'enfants, je me sentais tout chose.

— Si c'est compliqué ici, on pourrait trouver un terrain quelque part.

Izumi semblait envisager la question assez sérieusement.

— Je ne sais pas, mais j'aimerais que tu ailles au bout de ton envie initiale. Je crois que c'est l'occasion.

Cependant, devant son profil qui s'échauffait, une question m'a soudain frappée.

— Mais, et toi ? Tu n'as pas de rêve ?

En y repensant, je parlais toujours haut et fort de ce que je voulais faire, mais j'avais l'impression de ne jamais avoir réellement demandé à Izumi quels étaient ses rêves.

— Hum, bonne question.

Elle a penché la tête sur le côté.

— Je n'ai jamais réfléchi à un avenir si lointain,

a-t-elle murmuré comme pour elle-même, et son visage s'est rembruni.

Les yeux sur les enfants qui gambadaient devant nous, j'ai patiemment attendu que les mots jaillissent du plus profond d'elle-même.

Dans le ciel qui commençait à s'assombrir, l'étoile du berger brillait fièrement. Comme si elle avait laissé passer une bourrasque de vent froid, Izumi a doucement repris :

— Que demain encore, je me réveille auprès de toi, peut-être. Qu'on dîne tous ensemble, qu'on prenne notre bain et qu'on se réjouisse, ah ! aujourd'hui encore on a passé une bonne journée, avant de se mettre au lit et de dormir. Que ces jours paisibles continuent éternellement. Tu vois, mon rêve, il est déjà réalisé.

Prendre de l'âge aux côtés de ceux qu'on aime, vivre paisiblement en famille.

C'est banal, mais existe-t-il un plus grand luxe ?

Si nous devenions deux vieilles femmes heureuses, et si quelqu'un était témoin de notre bonheur, sans doute serait-ce une lueur d'espoir.

Même en marge, il était possible de prendre racine et de s'épanouir, je voulais le démontrer dans ma propre chair. Je souhaitais prolonger le rêve d'Izumi, ne serait-ce que d'une journée supplémentaire.

Lune de miel et arc-en-ciel nocturne

L'anniversaire de mes sept ans, il m'arrive encore d'y repenser.

J'avais entassé de force dans le placard les affaires qui traînaient partout et j'avais invité mes copains. Maman avait acheté une tonne de poulet frit et de *chirashi-zushi*, mes plats préférés. Au début, elle avait dit qu'elle ferait un effort et qu'elle préparerait elle-même le repas, mais j'ai refusé. Ma mère, elle ne cuisine pas très bien.

Malgré tout, ce matin-là, elle a préparé un gâteau d'anniversaire, un gâteau chiffon acheté dans le commerce qu'elle a décoré de crème chantilly et de tranches d'ananas. Elle croyait opérer en secret. Quand je l'ai vue tôt le matin, les sourcils froncés, se battre avec le gâteau alors que je ne lui en demandais pas tant, j'ai eu pitié d'elle. Du coup, quand elle a fait son apparition avec son gâteau maladroitement décoré, j'ai joué la surprise comme mes copains, pour lui faire plaisir à fond.

Ensuite, elle a solennellement apporté mon cadeau. Comme on était allés l'acheter ensemble, évidemment, je savais ce qu'il y avait dans le paquet. Pourtant, un cadeau, si ce n'est pas une surprise, ça n'a aucun sens…

A l'époque, entre les tâches ménagères, mon asthme et le reste, maman était fatiguée, et ce genre de choses lui échappait. Maintenant, je comprends que ce qui lui arrivait, c'était une sorte de dépression maternelle. Mais à l'époque, en la voyant comme ça, je me sentais désemparé. Parfois, elle était complètement vidée, j'avais beau lui parler, elle ne faisait même pas mine de me regarder. Un beau jour, papa, qui était censé vivre avec nous, n'est plus rentré à la maison.

A cause de tout ça, à l'intérieur de moi, j'avais envie de lui crier, laisse tomber !

Laisse tomber tout ça, tout ce que tu n'as pas envie de faire, le ménage, la vaisselle. Reste avec moi et souris-moi de temps en temps, ça me suffit. Je t'aiderai autant que je pourrai.

Mais cela avait beau être mon anniversaire, j'avais beau avoir sept ans, je n'arrivais toujours pas à le lui faire comprendre.

J'ai cérémonieusement défait le ruban et ouvert le paquet avec soin. Le paquet cadeau coûtait plus cher, mais après une brève hésitation, maman en avait demandé un à voix basse.

Devant mes copains, et pour faire plaisir à maman dans la mesure du possible, quand j'ai sorti la boîte de son emballage, j'ai écarquillé les yeux de surprise. Les autres ont laissé fuser des exclamations d'envie. C'était une maquette de voiture de sport.

Ensuite, pendant les grandes vacances, je suis parti en colonie.

En mon absence, quelle magie avait bien pu opérer ? Maman, quand elle est venue me chercher à l'aéroport, était méconnaissable. Tant et si bien que j'ai cru que c'était quelqu'un d'autre et que je suis passé devant elle sans m'arrêter, il a fallu qu'elle m'appelle. Quand je l'ai dévisagée, elle a ri. Elle était tout sourire, pour la première fois depuis longtemps. Quelque chose de nouveau était arrivé.

C'est quelques jours plus tard que la nature de la magie m'a été révélée. Nous prenions notre bain ensemble quand soudain, maman me l'a dit. Elle était amoureuse. Et en plus, d'une fille. A ce moment-là, j'avais déjà compris que papa aimait quelqu'un d'autre que maman. Du coup, je me suis dit qu'ils étaient à égalité. Bah oui, puisque maman aussi était tombée amoureuse de quelqu'un d'autre que papa.

Il me semble bien que très vite, j'ai rencontré Chiyoko. Mais je ne m'en souviens pas très nettement. Ce dont je me souviens, c'est du jour où, avec maman et Chiyoko, nous avons quitté la ville. Le jour de cet événement à marquer d'une pierre blanche, qu'elles ont ensuite baptisé « la fugue ».

Ce jour-là, maman m'a emmené dans un salon de thé de la rue commerçante. Depuis notre départ de la maison, elle n'avait pas dit un mot. Je faisais de mon mieux pour suivre son pas rapide. Elle s'est immobilisée, puis elle a ouvert la porte du salon de thé d'un air résolu.

Nous avons pris une table au fond et nous avons immédiatement commandé de quoi boire. Moi, j'ai choisi un soda à la crème glacée. C'était la première fois que j'allais dans un salon de thé avec maman, et aussi la première fois que je commandais un soda à la crème glacée.

— Je vais essayer de refaire ma vie avec Chiyoko. Tu veux bien ? a demandé maman en refermant la carte.

Le sens profond de ses paroles m'échappait, mais je comprenais parfaitement qu'elle était sérieuse et, sans hésiter, j'ai dit oui en hochant la tête.

Alors que je buvais mon soda à la crème glacée, Chiyoko est arrivée. Moi aussi, comme maman, j'étais tombé sous son charme. En faisant exprès d'aspirer bruyamment mon soda, j'ai écouté la conversation des adultes. Elles avaient déplié une grande carte, sur laquelle elles paraissaient vérifier une destination.

Seulement, le soda à la crème glacée, à cause de sa couleur vert foncé, me donnait l'impression de boire du savon liquide pour les mains. Depuis, je n'en ai plus jamais bu.

C'est arrivé quand maman m'expliquait que nous allions partir loin d'ici. Soudain, Chiyoko m'a tendu sa main, pour que je la serre.

— Sô, on va bien s'entendre, hein ?

Moi aussi, j'ai tendu la main, et elle l'a serrée fort. Je ne savais pas quoi lui répondre, alors j'ai fait une courbette. Chiyoko ne lâchait plus ma main.

Maman s'est levée en premier, puis moi, et enfin Chiyoko. Nous avons parcouru la rue commerçante à sa suite ; dans un parking proche était garée une voiture. Elle était d'une couleur vert mousse inhabituelle, toute en rondeurs, comme un petit bus.

Maman a pris la place du conducteur et je me suis assis à l'arrière, en diagonale. Sur le siège passager étaient posés deux sacs. C'étaient les affaires de maman et de Chiyoko. Chiyoko s'est installée à côté de moi. La voiture a démarré, nous avons quitté le parking et sommes retournés à la maison. Maman, au volant, s'est tournée vers moi et m'a dit d'un air plus grave que jamais :

— Sôsuke, s'il y a des choses auxquelles tu tiens, va les chercher à la maison. Nous, on t'attend ici, dans la voiture. Tes affaires sont toutes rangées dans des cartons.

Maman a lentement sorti la clé de la maison de la poche de son pantalon et me l'a tendue.

— Tiens, pour ouvrir la porte. Et puis, quand tu auras verrouillé après être ressorti, tu voudras bien glisser la clé par la fente de la boîte aux lettres ? Papa s'occupera du reste plus tard, il est d'accord.

J'ai immédiatement ouvert la portière et je suis descendu de voiture. Si je traînais, elle partirait peut-être sans moi, j'étais inquiet. Bien entendu, j'aimais autant papa que maman. Peut-être que je ne le reverrais plus jamais. A cette idée, j'avais beau être en train de courir, j'ai pleuré.

Maman m'avait dit d'emporter ce qui me tenait à cœur. Mais qu'est-ce qui me tenait à cœur ? J'ai gagné la maison en y réfléchissant très fort, et j'ai farfouillé dans les cartons. Alors que jusqu'à tout à l'heure j'étais ici chez moi, inexplicablement, je sentais comme une distance. J'ai trouvé mon gant de baseball au fond du carton et je l'ai glissé dans mon cartable.

C'était le gant que mes parents m'avaient offert pour fêter mon entrée à l'école primaire. Ce jour-là, je ne savais pas ce qu'était mon cadeau, alors cela avait été une véritable surprise. J'ai cherché la balle en caoutchouc que j'avais reçue en même temps. Dessus, il était écrit de la main de papa : *Sôsuke, félicitations pour ton entrée à l'école.*

Il restait encore un peu de place dans mon cartable. Mais je ne savais pas quoi y mettre d'autre. Les figurines de monstres, les cartes à collectionner, même la maquette de voiture de sport que je venais de recevoir pour mon anniversaire, ce n'étaient pas des « choses auxquelles je tenais ».

Sans doute ma mère ignore-t-elle que ce jour-là, j'ai choisi mon gant de baseball. Mon cœur d'enfant sentait qu'il valait mieux le taire. Même dans notre nouvelle maison, je l'ai caché dans un endroit discret.

Autrefois, mon père jouait au baseball, paraît-il. Au lycée, il était tellement bon qu'un été, il avait même participé au championnat national de baseball inter-lycées au stade Kôshien. Il m'avait plusieurs fois montré ce qui était, disait-il, de la terre du Kôshien, qu'il conservait comme une relique. C'était tout doux sous les doigts, et j'avais eu l'impression d'être debout sur le monticule du lanceur au Kôshien, sous les vivats de la foule.

Depuis qu'il avait quitté l'équipe de son entreprise, il entraînait celle de Little League de la région. Mon rêve, c'était d'intégrer cette équipe. Mais sûrement que ce serait maintenant impossible. Alors, je voulais au moins prendre le gant avec moi. Grâce à lui, il me semblait que je conserverais un lien avec papa. Ce gant, pour moi, était comme la paume de la main de mon père.

Lorsque j'ai glissé la clé dans la boîte aux lettres, elle a tinté plus fort que je ne l'avais imaginé. Ma main avait beau être menue, il m'était impossible de récupérer la clé tombée de l'autre côté.

Dehors, la lumière de l'été était éblouissante. J'ai sprinté pour rejoindre la voiture où attendaient maman et Chiyoko. Mes larmes avaient séché. Si on devait séparer ma vie en un avant et un après, la démarcation se situerait ce jour-là, sans doute possible.

Jusque-là, mes souvenirs sont nets.

Après, Takara est née et nous avons été quatre. Sans que je m'en rende compte, c'est devenu normal. Et puis maman et Chiyoko ont ouvert L'Arc-en-ciel. Au bout d'un moment, je n'ai plus réussi à me rappeler le visage de papa, sa voix, son odeur.

Si je me souviens clairement de ce jour-là, c'est sans doute à cause du gant de baseball. Quand maman et Chiyoko n'étaient pas là, je le sortais en cachette et je l'enfilais. Je jouais à lancer la balle contre un mur ou vers le ciel et à la rattraper.

Le gant, dans lequel ma main nageait quand j'étais entré à l'école primaire, m'allait parfaitement en troisième année. Comme c'était à partir de la troisième année de primaire qu'on pouvait intégrer l'équipe qu'entraînait papa, peut-être mes parents avaient-ils choisi la taille en conséquence. Mais hélas, au Machu Picchu, il n'y avait pas d'équipe de Little League.

En quatrième et en cinquième année, j'arrivais encore à écarter les doigts dans le gant. Mais en sixième année, forcément, il est devenu trop petit, et quand j'ai fini l'école primaire, j'avais beau recroqueviller le plus possible mes doigts, il m'était difficile de glisser la main à l'intérieur.

J'ai remarqué aussi que le mot *félicitations* écrit sur la balle était maintenant illisible, presque effacé.

A mon entrée au collège, je voulais faire du baseball pour de bon. Mais, de peur de blesser maman, je n'ai pas osé en parler. Pour moi, le baseball c'était papa, et annoncer que je voulais intégrer l'équipe de baseball serait peut-être revenu, aux yeux de maman, à nier l'existence de Chiyoko, c'est ce qui m'inquiétait.

Si maman et Chiyoko s'étaient rencontrées un peu plus tôt… pensais-je parfois. J'aurais été plus petit et, comme Takara, j'aurais pu croire sans me poser de questions qu'elles étaient mes vrais parents.

Pour finir, je n'ai pas pu résister et je me suis inscrit au club de baseball en cachette. On ne peut pas dire, même par gentillesse, que mon équipe était forte. Malgré tout, il y avait des entraînements le matin et après les cours, et des matchs le week-end, je passais presque tout mon temps à jouer au baseball. Les relations hiérarchiques entre aînés et cadets étaient un peu dures, mais après l'entraînement, l'atmosphère était détendue. Bien sûr, je m'entraînais sérieusement, mais plus que gagner ou perdre, c'était jouer au baseball qui me plaisait.

Au Machu Picchu, l'hiver est long et quand il neigeait, le terrain de baseball était inutilisable. En hiver, pour s'entraîner, on faisait aussi du foot sur neige avec le club de foot et des batailles de boules de neige terribles, autre chose que du baseball. Du coup, le simple fait de pouvoir utiliser le terrain quand il n'y avait pas de neige, c'était le bonheur.

Ma famille a très vite su que je m'étais inscrit au club de baseball, mais maman ne l'a pas du tout mal pris et quand il y avait des matchs d'entraînement ou de championnat, souvent, toute la famille venait m'encourager. A cette époque, le fait que j'aie deux mères était déjà connu. Maman, en particulier, avait peur que mes camarades de classe s'en prennent à moi à cause de ça, mais même à l'école primaire, cette situation qu'elle redoutait ne s'est jamais présentée. Il y a bien eu quelques moqueries, à moitié pour rire, mais rien de si grave que je ne veuille plus aller à l'école.

Simplement, sans lien avec le fait que mes parents soient deux femmes, du point de vue général d'un collégien en pleine crise d'adolescence, que toute la famille débarque pour m'encourager ne m'enchantait pas vraiment.

Ma mère, ça allait encore, mais Chiyoko ne comprenait rien aux règles du baseball. Elle prenait une simple balle frappée pour un home run et éclatait de joie, une erreur de l'équipe adverse lui semblait un coup de maître de notre part qu'elle saluait d'acclamations incompréhensibles, c'était la cata. Ses réactions me perturbaient tellement que je n'arrivais plus à me concentrer sur le jeu.

Le plus drôle, c'est qu'elle était persuadée, sans que le moindre doute l'effleure, qu'une frappe en champ centre-droit était une frappe chance-entre-droit, qui filait tout droit jusqu'au ciel. Chaque fois que j'y repensais, même au beau milieu d'un match serré, j'étais à deux doigts d'éclater de rire. Je devais contracter les muscles de mes joues pour me retenir.

Assurément, des trois femmes de la famille Takashima qui venaient m'encourager, celle qui s'y connaissait le mieux en baseball était Takara, qui était encore au jardin d'enfants ! Elle seule se réjouissait au bon moment quand je réussissais un bel amorti sacrifice et comprenait la différence entre une balle passée et un lancer fou.

Takara-le-miracle.

Je ne sais plus qui en a eu l'idée mais c'est ainsi qu'un beau jour, nous nous sommes mis à appeler Takara entre nous.

Takara me suivait partout et m'imitait en tout. Nos mères en riaient, elle lui colle aux basques !, mais c'était vrai, un véritable pot de colle. Honnêtement, quand on est collégien, on préfère s'enfermer dans sa chambre pour y faire ce qu'on a envie de faire, mais avec Takara c'était impossible. Si j'allais dans ma chambre, elle voulait venir aussi, si j'en sortais, elle me suivait. On aurait dit un gratteron, cette petite boule végétale qui colle aux vêtements et ne se décroche plus.

J'en ai profité pour lui apprendre à échanger des balles. Bien sûr, au début, je ne lançais pas la balle, je la faisais simplement rouler par terre. Quand je lui envoyais une balle, Takara se faisait un plaisir d'aller la ramasser. Et elle me la renvoyait de son mieux. C'était maladroit, mais c'était quand même jouer à la balle.

J'ai cédé à Takara le gant de baseball que j'avais apporté autrefois comme une « chose à laquelle je tenais ». Née en avril, elle était grande pour son âge et en dernière année d'école maternelle, le gant lui allait déjà parfaitement. Les balles qu'elle lançait manquaient encore de puissance, mais elles atterrissaient bien dans ma main. Takara apprenait vite, elle était douée.

C'est autour de sa deuxième année d'école primaire que nous avons pu échanger des balles dignes de ce nom. Cette année-là, je suis entré au lycée.

A ce moment-là, pour être franc, j'ai beaucoup hésité à continuer le baseball. A la différence du club du collège du Machu Picchu, dans celui du lycée départemental que j'avais intégré, c'était du sérieux. Comme je savais déjà que je n'étais pas doué, je me suis dit qu'en rejoignant l'équipe, je risquais de devenir un boulet.

Mais finalement j'ai continué. Le lycée était encore plus éloigné que le collège et, pour me muscler, j'y allais à bicyclette sur les routes de montagne. Je me suis rasé le crâne et je me suis consacré au baseball de l'aube jusqu'à la nuit. Je ne rentrais à la maison pratiquement que pour dormir, et je ne pouvais plus aider à L'Arc-en-ciel comme avant.

Le terrain de baseball du lycée était illuminé la nuit et, l'hiver, les entraînements avaient lieu en intérieur. Comme il y avait aussi plusieurs machines à lancer, on pouvait s'entraîner autant qu'on voulait. Le club comptait près de cinquante membres et les relations hiérarchiques étaient strictes. En plus de l'entraîneur, il y avait un instructeur et parfois les anciens venaient assister aux entraînements. Le week-end, nous partions pour des matchs dans d'autres départements; je ne pensais qu'au baseball, vingt-quatre heures sur vingt-quatre.

Aux alentours de mon passage en première, j'ai endossé de moi-même le rôle de manager en plus de celui de joueur. Il y avait déjà deux filles à ce poste, j'étais le seul garçon. Comme certains soins ne peuvent être confiés qu'à une personne du même sexe, un manager homme est précieux. Seulement, dans mon cas, comme je réussissais avec précision l'amorti sacrifice, quand il fallait en réaliser un au cours d'un match, il m'arrivait parfois d'investir le rectangle du batteur en tant que frappeur d'urgence.

Pendant les entraînements, j'apportais les balles à l'entraîneur, et à la fin, j'allais ramasser celles qui avaient roulé de l'autre côté du talus. Quand, à force d'utiliser la machine à lancer, la couture des balles se défaisait, je la recousais avec deux aiguilles. Assurer le ravitaillement en bandages adhésifs, pansements et cataplasmes, sans oublier les vessies de glace pour refroidir l'épaule des lanceurs, et pendant les stages intensifs, laver la tonne d'uniformes portés par les joueurs : il y avait toujours à faire. Pour les matchs officiels, j'étais sur le banc des joueurs où je notais les résultats ; au moment des éliminatoires régionales pour le championnat annuel au Kôshien, avec les deux filles, je pliais à n'en plus finir des grues en origami pour faire une guirlande de mille grues en vœu de victoire.

Ratisser le terrain après l'entraînement ou arranger la plaque du lanceur à mains nues, c'était pour moi aussi important que jouer un match. Même si je ne pouvais pas participer aux rencontres, la simple proximité avec le baseball me rendait heureux. Pendant ce temps, j'arrivais à tout oublier. Un beau jour, j'ai fini par être plus grand que ma mère, et que Chiyoko aussi, je devais baisser les yeux pour les regarder.

Dès que j'ai terminé le lycée, j'ai quitté la maison.

Je ne pouvais plus rester. Ce n'est pas que je ne supportais plus ma famille, loin de là. Mais je n'en pouvais plus. Je ne pouvais pas rester éternellement le petit Sô, et si je pouvais dire mam's à maman, il m'était impossible de continuer à appeler Chiyoko maman. Dormir dans la même position que Takara, une jambe pliée, avait aussi fini par me devenir insupportable.

Ces petits décalages avaient peu à peu creusé un fossé qui avait fini par devenir infranchissable.

J'ai trouvé du travail dans le centre d'assistance téléphonique d'une ville au bord de la mer, à une heure de voiture du Machu Picchu. C'était bien payé, les avantages sociaux étaient solides, et comme il y avait beaucoup d'employés, on pouvait facilement prendre des vacances, paraît-il. J'avais avant tout envie d'être utile aux autres, et puis, tout simplement, j'aimais bien écouter les gens, alors j'ai pensé que ce travail me conviendrait. D'après certains de mes camarades, travailler dans une plateforme téléphonique était dur, mais si je voulais mon indépendance, je n'avais pas le choix.

Sans surprise, mes deux mères se sont opposées à mon départ. Elles voulaient absolument que la famille Takashima reste unie. Maman m'a suggéré de passer mon permis et de faire le trajet en voiture. Chiyoko avait les larmes aux yeux, si tu pars, Sô, la maison va être trop triste.

Mais je n'ai pas lâché prise, je les ai convaincues que ce serait plus simple pour moi de prendre une chambre dans le dortoir de l'entreprise. J'aurais pu faire le trajet depuis la maison, ce n'était pas si loin, mais je n'aurais pas été défrayé de mes frais de transport, et avec des horaires irréguliers, je préférais dans la mesure du possible habiter tout près du travail.

Le jour où j'ai quitté la maison, Chiyoko a versé dans le pathétique, à croire que je partais pour le front.

— S'il t'arrive quelque chose, reviens quand tu veux. Préviens-nous, on laissera la porte ouverte quelle que soit l'heure.

La voiture conduite par maman avait commencé à rouler qu'elle nous suivait encore en courant à petites foulées, en agitant la main.

— O-Choko, elle en fait trop, a dit maman, les mains sur le volant et des larmes perlant aux yeux.

Takara n'est pas venue me dire au revoir. Parce que quand je lui avais annoncé que je quittais la maison, elle s'était fâchée et depuis elle boudait. Mais je préférais qu'elle ne sorte pas de sa chambre. Si elle aussi s'était mise à pleurer, j'aurais peut-être fini par renoncer à cette décision difficilement prise.

En même temps que je me suis installé dans mon studio, j'ai arrêté le baseball. Ou plutôt, cela s'est arrêté tout seul. Le baseball et moi, c'était terminé.

Même si on aime écouter les gens parler, lorsqu'il s'agit d'en faire son métier, les choses sont différentes. Répondre au téléphone qui sonne sans cesse, passer toute la journée à écouter les autres, un casque sur la tête, ça fait mal au crâne et aux oreilles, et je ne m'habituais pas à prendre des notes sur l'ordinateur au fil de la conversation. Se faire traiter de crétin d'emblée était monnaie courante, mais il fallait rester poli et s'excuser indéfiniment, même si on n'avait rien fait de mal.

La durée de la communication, le nombre d'appels pris, les formules de politesse, la façon de répondre, le nombre de fois où l'on quittait sa place pour poser une question au chef, jusqu'au temps passé aux toilettes pendant lequel on n'avait pas pu prendre d'appel, tout était comptabilisé à la seconde près et enregistré. A la fin de la journée, j'étais littéralement vidé et, de retour à mon studio, je n'avais envie de rien faire. Pendant le mois de formation, parmi les dix nouveaux arrivés en même temps que moi, sept ont abandonné pour cause de maladie.

Nos interlocuteurs, à l'autre bout de la ligne, semblaient parfois prendre les opérateurs pour des punching-balls sur lesquels on pouvait frapper sans se priver. Avec un parfait inconnu dont ils ne connaissaient même pas le visage, ça ne les gênait pas de proférer des insultes qu'ils n'auraient jamais osé dire en face. Mais même si on ne nous voyait pas, nous étions aussi des humains. Un bon coup de poing, ça fait mal, il arrive qu'on saigne, ou même qu'on fasse une hémorragie interne. Si le coup porte au mauvais endroit, il peut aussi être fatal.

Dans ces cas-là, ce qui me sauvait, c'était ma famille, dont j'avais pourtant tellement voulu m'éloigner. De l'autre côté du fin voile de larmes qui m'emplissait les yeux, ce que j'apercevais, c'était le Machu Picchu sous la neige, et en tendant l'oreille, j'entendais les rires gais de maman, Chiyoko et Takara. Honnêtement, j'ai failli craquer un bon nombre de fois, mais j'ai tenu bon dans la perspective du jour où je les reverrais, je me forçais à continuer de travailler jusque-là.

Pendant la Golden Week de début mai, j'ai obtenu un jour de congé et je suis retourné à la maison pour la première fois depuis que j'avais commencé à travailler. J'avais hâte de leur offrir les cadeaux achetés avec ma première paye. Et je voulais aussi donner un coup de main à L'Arc-en-ciel. Au Machu Picchu, le printemps arrive enfin autour de la Golden Week et les touristes sont plus nombreux. C'est la haute saison.

Les jeunes pousses printanières étaient éblouissantes. Les villageois les plus impatients avaient déjà commencé à travailler dans les rizières. La fatigue accumulée jusqu'à la veille s'est imperceptiblement écoulée de mon corps.

Ce jour-là, L'Arc-en-ciel était complet, trois groupes y étaient descendus. Une famille avec des enfants en bas âge, un couple de lesbiennes et un autre de personnes âgées venues cueillir des plantes sauvages au Machu Picchu. Le soir, en comptant la famille Takashima, nous étions nombreux pour un dîner bien animé.

Pour la première fois depuis longtemps, j'ai eu une conversation normale avec des gens en chair et en os. Une discussion vivante, pourrait-on dire. Me faire crier dessus, m'excuser, fournir avec force politesses et égards des explications à un interlocuteur invisible, tout cela était devenu mon quotidien sans que j'y prenne garde. Mon travail terminé, je n'avais plus envie de parler ni d'entendre la voix de quelqu'un. Peu à peu, mes sentiments s'étaient engourdis, je ne ressentais plus rien.

Voilà où j'en étais, et pouvoir regarder en face le visage de celui à qui je parlais m'a rasséréné, m'a permis de renouer avec la normalité. Le bavardage léger était paisible et agréable, j'y prenais plaisir. Même les récriminations de maman envers Chiyoko m'emplissaient de nostalgie et me réchauffaient le cœur.

La famille, le couple de lesbiennes et celui de personnes âgées : s'ils n'étaient pas venus ici ce jour-là, nous ne nous serions peut-être jamais rencontrés. Et tout ce monde-là buvait et discutait ensemble. Cela me paraissait formidable, je ne sais pas pourquoi. Peut-être parce que j'avais quitté la maison, je me sentais à moitié comme un hôte de L'Arc-en-ciel.

Les plats de saison alignés sur la table étaient tous délicieux : sushis de fronde de fougère, beignets de bourgeons d'aralie japonaise, pousses de pétasite du Japon à la sauce miso à la noix et grande fougère à l'huile d'olive. Il y avait aussi du *konnyaku* et du tofu apportés par le grand boss. Je m'étonnais de trouver ce genre de repas meilleur que d'habitude, mais c'était peut-être justement parce que j'avais quitté la maison que je l'appréciais autant. En un mois, le Machu Picchu était devenu mon pays natal.

Après avoir fini de ranger, Chiyoko s'est jointe à maman qui prenait un verre. Maman avait ouvert le vin rouge que je lui avais offert et le dégustait lentement. Takara, sans doute ravie d'avoir maintenant pour elle seule la chambre que nous partagions jusque-là, s'y était retirée dès le dîner achevé en emportant le bracelet de sport rouge vif que je lui avais donné. Moi aussi, j'ai décidé de rester un peu avec maman qui sirotait son verre.

Chiyoko ne buvait pas la moindre goutte d'alcool, mais lorsqu'elle voyait maman boire, elle avait l'impression de boire elle-même et cela l'enivrait, disait-elle. Ensemble, elles entonnaient gaiement des chants populaires.

Devant maman qui riait aux éclats, les larmes me sont soudain montées aux yeux. Chiyoko aussi riait à gorge déployée, d'une voix de tête. Quand elles s'amusaient toutes les deux ainsi, elles étaient comme les enfants qui venaient jouer dans la prairie en fin d'après-midi.

Le lendemain matin, j'ai quitté la maison sous le regard des trois femmes de la famille Takashima. Etait-ce l'effet des nuits calmes du Machu Picchu ou le soulagement d'être de retour à la maison, j'avais bien dormi pour la première fois depuis longtemps et j'étais en forme.

— Prends bien soin de toi !

— A bientôt !

— Rapporte-nous encore des cadeaux !

Comme elles continuaient à me faire signe de la main, je me suis moi aussi arrêté à plusieurs reprises dans la côte pour me retourner et leur faire signe. Chiyoko portait déjà les chaussettes à orteils pour améliorer la circulation sanguine que je lui avais offertes la veille.

La « magie arc-en-ciel » dont parlaient les clients fidèles, c'était peut-être ça. Alors qu'elles ne m'avaient rien dit de spécial, moi aussi je me sentais plein d'entrain.

Au début, je prenais tout ce qu'on me disait pour argent comptant. Si on me traitait d'imbécile, je me trouvais vraiment stupide et incapable et je déprimais, si on me traitait de feignasse, je me demandais comment faire pour répondre plus rapidement et j'y réfléchissais la nuit au lieu de dormir. Lorsque mon interlocuteur me prenait à partie, je me croyais vraiment fautif et je me faisais des reproches du fond du cœur, et quand un petit malin m'appelait pour s'amuser, ça m'énervait vraiment.

Mais au bout de trois mois, progressivement, j'ai compris que je faisais fausse route.

Ce n'était pas parce que j'étais en faute qu'on me critiquait ; d'abord, mon interlocuteur ne savait même pas qui j'étais. Les opérateurs d'assistance téléphonique, du fait qu'on ne voit pas leur visage, sont souvent la cible de vexations faciles.

Les après-midi de semaine en particulier, les appels désagréables étaient plus nombreux. Cela aussi, je l'ai compris au fil du temps. Sans doute ceux qui m'appelaient rencontraient-ils des difficultés dans leur travail. Peut-être qu'eux aussi étaient confrontés aux réclamations absurdes de la clientèle.

Ainsi, j'ai réussi à prendre du recul. Et puis, si me houspiller leur permettait de se sentir un peu mieux, je servais au moins à quelque chose, ai-je fini par penser.

L'exemple est peut-être extrême, mais admettons qu'une personne qui s'apprête à en tuer une autre change d'idée en me parlant et décide de ne pas passer à l'acte, ce serait un motif de se réjouir. Si je pouvais faire diminuer le nombre de personnes assassinées, ce serait la preuve que je contribuais à la paix dans le monde, que j'agissais pour le bonheur des gens.

Lorsque j'en avais assez d'écouter indéfiniment des histoires aberrantes, je repensais aux journées d'hiver passées en famille.

Au Machu Picchu, en hiver, la couche de neige dépasse les cinq mètres. Les rizières en terrasses et les champs disparaissent totalement sous un épais manteau neigeux. Comme les visiteurs aussi se faisaient rares, nous passions beaucoup de temps en famille. Alors, lorsque je me rappelle mes souvenirs heureux, il neige toujours en toile de fond.

Le pique-nique dans la neige était l'un des événements hivernaux traditionnels de la famille Takashima. A travers la plaine enneigée à perte de vue, nous avancions en file indienne. En général, c'était maman qui ouvrait la marche. Puis venaient Chiyoko, Takara et moi. La neige du Machu Picchu est humide, ce qui fait que même avec des raquettes, on s'y enfonce profondément, lourdement, à chaque pas.

Alerté par le bruit, un lièvre se montrait parfois. Il sortait de son terrier, croyant faussement que le printemps était arrivé. Il cavalait vivement en tous sens sur la neige puis disparaissait en un clin d'œil, pareil à une étoile filante ; chaque fois, nous nous arrêtions pour le chercher du regard.

Arrivés en haut d'une petite colline, nous dévorions nos *onigiri* debout. Ils étaient confectionnés avec le riz cultivé dans la rizière en terrasses de la famille Takashima en suivant les conseils des personnes âgées du voisinage, à commencer par le grand boss. Afin de pouvoir les manger d'une main, les boulettes de riz étaient fourrées de morceaux d'omelette, de saucisse ou encore de daikon en saumure. Ces *onigiri* géants, spécialement inventés par Chiyoko pour le pique-nique dans la neige, nous les mangions en admirant la vue majestueuse.

Une brise rafraîchissante venait bercer nos corps agréablement fatigués. Les *onigiri* étaient presque aussi gros que le visage de Chiyoko, mais chacun engloutissait le sien sans en laisser une miette. Takara y ajoutait même ce qu'elle appelait le dessert, du lait concentré versé sur la neige, qu'elle lapait à quatre pattes. On aurait dit un scarabée-rhinocéros en train de se nourrir de sève, parfaitement immobile. Parfois Chiyoko l'imitait, si je me souviens bien.

Au retour, nous descendions le versant d'une traite, en luge. On pouvait aussi se laisser rouler sur la pente enneigée, faire des culbutes, s'amuser tout son soûl.

Lorsque je repensais ainsi à nos pique-niques dans la neige, j'arrivais à n'écouter que d'une oreille la plupart des récriminations et des plaintes. Non, repenser n'est pas le bon mot. Dans ces moments-là, tout en répondant au téléphone, j'étais en train de pique-niquer dans la neige.

Quand la plaine de neige d'un blanc immaculé s'ouvrait devant moi, un bref instant, j'y faisais quelques pas en silence, libéré du temps et de l'espace. Cela ne m'empêchait pas de répondre convenablement ni de prendre des notes sur l'ordinateur. Il ne fallait pas raccrocher tant que l'interlocuteur n'était pas convaincu. C'était la règle de la plateforme téléphonique. Un beau jour, j'ai fini par être capable de répondre avec le sourire même aux clients qui déversaient leur colère sur moi sous des prétextes fallacieux.

Je venais de fêter mes vingt ans, environ un an et demi après avoir commencé à travailler, lorsque j'ai pris cet appel. Sur cette plateforme téléphonique où les employés démissionnaient à la chaîne, avec plus d'un an d'ancienneté, je faisais déjà figure de vétéran.

L'appel est arrivé tôt le matin. Lorsque j'ai décroché, j'ai entendu des sanglots. Ils semblaient émaner d'un homme âgé.

— Merci de votre appel, ai-je lancé d'une voix calme et enjouée.

Mais il continuait à pleurer sans répondre.

Lorsqu'un incident se profilait, nous ne devions prendre aucune décision par nous-mêmes mais lever la main depuis notre siège pour appeler un responsable, c'était la règle.

Ma main droite était levée depuis quelques secondes. On m'a tapé sur l'épaule et je me suis retourné, mon responsable m'a tendu une feuille de papier. Dessus, quelques mots écrits à la main m'enjoignaient de continuer à écouter mon interlocuteur. J'ai décidé d'attendre en silence qu'il se mette à parler.

Quand quelqu'un pleure sous vos yeux, vous pouvez lui tendre un mouchoir, lui frotter le dos, serrer sa main dans les vôtres. Mais la personne qui appelait, je ne l'avais sûrement jamais rencontrée et j'ignorais son visage. Dans ces cas-là, on se sent impuissant. Le téléphone ne transmet que la voix et les mots. Même si on veut intervenir, les options sont limitées.

— Ma vache est morte.

Près de dix minutes s'étaient déjà écoulées depuis le début de l'appel quand l'homme, qui sanglotait silencieusement, a parlé.

— Votre vache était précieuse, ai-je dit avec sollicitude.

— Avec ma femme, on l'avait élevée de tout notre cœur.

Il avait lâché ces quelques mots à travers ses larmes. Je me suis tu, attendant qu'il continue à parler.

— Mais un éboulement a emporté l'étable et l'a écrasée, je n'ai pas pu la sauver.

Il avait un léger accent, une intonation particulière à la fin des mots. J'ai repensé aux terribles inondations qui s'étaient produites quelques semaines auparavant. Seulement, elles n'avaient fait aucun mort.

— Je l'avais promis à ma femme. Que je m'occuperais bien de notre vache…

Son épouse était peut-être déjà décédée, c'était possible. La vache aurait donc été sa seule famille. Même si aucun mort n'était à déplorer, certaines personnes qui avaient perdu un bien précieux étaient désemparées, loin des regards.

— Hanako ira-t-elle au paradis ?

Après avoir pleuré un moment encore, l'homme m'a interrogé. J'ai répondu calmement :

— Bien sûr. Elle ira certainement au paradis. Ne vous faites pas de souci.

Puisque toutes les conversations téléphoniques étaient surveillées, celle-là aussi l'était sûrement. Mais cela ne me dérangeait pas. En essuyant les larmes qui coulaient sur mes joues, j'ai repris :

— Gardez courage.

— C'est bien beau, jeune homme, mais mon courage, à quoi il va me servir ? Du courage, j'en ai toujours eu.

— Malgré tout, ne renoncez pas. Ne vous laissez pas abattre.

C'était tout ce que je pouvais dire pour le réconforter.

— Merci, jeune homme.

Pour finir, l'homme m'a remercié et il a coupé la communication. On m'avait dit merci, c'était rare dans ce travail. Comme un doux coup de poing, ce mot a profondément pénétré en moi, au creux de l'estomac. J'ai soudain levé les yeux vers mon ordinateur : il s'était déjà écoulé trente minutes depuis le début de la conversation.

C'était un appel qui faisait chaud au cœur, comme j'en recevais un sur cent, non, un sur mille. Dans ces cas-là, j'avais l'impression d'avoir gagné au loto, je me réjouissais de tout mon être. C'était précisément parce qu'on recevait aussi des appels comme celui-là que j'arrivais à continuer ce travail.

A compter de ce jour, petit à petit, je me suis davantage impliqué vis-à-vis de mes interlocuteurs. Si j'entendais un bébé pleurer à l'autre bout de la ligne, je voulais savoir si tout allait bien, lorsqu'une sonnette retentissait, j'attendais un instant au bout du fil. Ces petites attentions adoucissaient les gens, apaisaient leur colère, les rendaient plus gentils.

Résultat, mon travail a été de mieux en mieux noté. Ma sollicitude semblait appréciée, et je suis passé responsable. Alors qu'au début j'étais en contrat à durée déterminée, j'ai fini par décrocher un CDI.

Progressivement, j'en suis arrivé à trouver une sorte de motivation dans mon travail. Le contenu était toujours aussi dur, mais c'était peut-être un boulot fait pour moi. A cette idée, moi qui n'avais jamais été particulièrement bon ni à l'école ni en sport, je me sentais comme élu par ce métier, et j'en étais fier.

Conscient que le téléphone imposait des limitations, pendant mes congés, j'ai commencé une activité d'écoutant bénévole dans un centre du troisième âge près de chez moi. Là, j'écoutais des gens qui se trouvaient devant moi et c'était vraiment agréable. En leur touchant parfois la main, l'épaule ou le dos, je prêtais l'oreille à leurs paroles. Qu'ils ressassent la même histoire ou profèrent des litanies de mots incompréhensibles ne me dérangeait pas le moins du monde. Le simple fait de les écouter était une thérapie pour moi.

Si j'améliorais mes capacités d'écoute, peut-être pourrais-je me rendre encore plus utile auprès des gens en difficulté. Par exemple, si des gens perdaient leur maison et leur famille dans une catastrophe naturelle, je pourrais aller sur place pour les écouter. Si cela permettait de les soulager ne fût-ce qu'un peu, je serais ravi de le faire. Je voulais rendre service à la société, j'y songeais sérieusement. Imaginer que ce jour viendrait me permettait aussi de surmonter la réalité du moment, c'est-à-dire les humiliations et les invectives.

Le grand jour est arrivé sans crier gare.

De retour du travail, j'avais dîné seul et j'étais en train de me brosser les dents devant la télé quand on a violemment frappé à la porte, en même temps qu'on criait frangin ! frangin !

J'ai défait la chaîne de sûreté et ouvert : Takara, en jogging, se tenait devant moi, l'air affolé. Depuis qu'elle était au collège, elle avait drôlement grandi, elle me dépasserait bientôt.

— Qu'est-ce qu'il t'arrive ?

Jusque-là, elle était parfois passée avec maman en voiture mais elle n'était jamais venue seule jusqu'à mon studio, et puis il était tard. Elle semblait avoir fait le trajet à bicyclette, son vélo était garé devant l'immeuble.

— Laisse-moi entrer ! a-t-elle lancé d'un ton brusque, et elle a pénétré dans la pièce en trombe.

Après m'être rincé la bouche avec un verre qui traînait dans l'évier, je me suis assis au *kotatsu* du salon, face à elle. La table basse chauffante était minuscule et j'avais le visage boudeur de Takara sous le nez.

— Tu as mangé ?

Elle arrivait sûrement directement de cours. Sans avoir dîné, donc. Elle a secoué la tête en silence ; je m'apprêtais à aller lui préparer quelque chose lorsque soudain, elle a empoigné la manche de mon pull.

— Dis-moi la vérité !

Je l'ai attentivement regardée, une aura inquiétante émanait de son corps. Le dîner pouvait attendre, j'allais d'abord écouter ce qu'elle avait à dire.

Malgré tout, Takara ne se décidait pas à parler. Tour à tour, elle ouvrait la bouche, prête à se lancer, puis la refermait. Dans ces cas-là, il n'y a qu'à attendre patiemment. J'avais l'impression qu'il y en aurait pour un bon bout de temps.

Je pouvais au moins lui servir une tasse de thé et, une nouvelle fois, je me suis apprêté à quitter mon siège.

— Je ne suis pas la fille de maman et de mam's ? a-t-elle soudain lancé. Ça veut dire que nous ne sommes pas réellement frère et sœur ?

Les larmes aux yeux, elle s'est effondrée sur la table.

J'étais convaincu que ce jour viendrait. Cette crainte couvait en moi depuis la quatrième année d'école primaire de Takara, environ. C'est à cette période que débutent les cours d'éducation sexuelle et que les filles ont leurs premières règles, avais-je entendu dire. A tous les coups, les conversations entre filles de cet âge-là finissaient par porter sur ce genre de sujets.

Mais Takara était entrée en sixième année de primaire, puis en première année de collège, sans aborder la question. J'étais soulagé. Je m'imaginais qu'elle avait compris et digéré les faits à sa façon, qu'elle avait accepté la situation, sans faire d'étincelles. Mais je m'étais trompé, semblait-il.

— Non mais, Takara…

Pouvoir parler naturellement, sans formules de politesse, ça faisait du bien.

— Jusqu'à aujourd'hui, tu as cru que tu étais leur fille ?

Je n'ai pas caché ma surprise, et Takara m'a soudain lancé un coussin. Au collège, elle s'était mise au softball. Le coussin m'a atterri dessus avec une force impensable pour une fille.

— Pardon, je ne me moque pas de toi. Mais j'étais persuadé que tu le savais déjà…

Je la pensais plus mûre. Peut-être était-elle bien plus naïve et innocente que je ne l'imaginais. Comme elle ne faisait pas mine de répondre, il ne me restait qu'à continuer.

— Tu as bien dû l'apprendre en cours de sciences de la vie, non ? Un enfant, ça naît de l'union d'un spermatozoïde et d'un ovule. Et il n'y a que les hommes qui ont des spermatozoïdes, et que les femmes qui ont des ovules. Ce qui veut donc dire que…

J'en étais là quand Takara, qui n'avait plus rien à me lancer sous la main, m'a mis son poing sous le nez.

— Deux femmes ne peuvent pas faire un bébé ensemble, c'est ça !

J'ai arrêté son bras in extremis.

— Ce qui me dégoûte… a-t-elle murmuré avec effort.

Des larmes coulaient sur ses joues.

— C'est que tu ne m'aies rien dit. Tu savais tout, hein ? On est dans la même barque, pourquoi tu ne m'as rien dit ?

— Pardon.

— C'est facile de s'excuser !

J'avais attisé sa colère.

— Tu te demandes qui est ton père ?

J'ai timidement posé la question, mais Takara a immédiatement secoué la tête.

— Alors, pourquoi es-tu si en colère ? C'est vrai, biologiquement parlant, ma mère n'est pas la tienne, mais elle est là depuis ta naissance. Elle et maman Chiyoko t'ont élevée ensemble, de tout leur cœur. Elles ont changé tes couches, t'ont bercée, t'ont portée sur leur dos. C'est comme ça qu'elles sont devenues tes vrais parents. Ecoute-moi bien, Takara.

J'ai continué.

— En effet, toi et moi, nous ne sommes pas leurs enfants à toutes les deux, c'est une réalité. Mais toi et moi, nous sommes tous les deux leurs enfants, leur véritable famille, c'est ça, la vérité.

— C'est quoi la différence entre la réalité et la vérité ?

Takara, les yeux rouges et gonflés, m'a lancé un regard mauvais. J'ai gardé mon calme et j'ai repris la parole.

— La réalité est parfois trompeuse, je dirais. Mais la vérité est universelle, même si tout change autour. Ce à quoi il faut s'attacher, c'est la vérité, je crois.

Cette conception des choses était la mienne depuis que j'étais devenu Takashima Sôsuke. Je m'appelais peut-être Takahashi en réalité mais en vérité mon nom était Takashima. C'est ainsi que j'avais toujours rectifié les discordances que je ressentais.

— Ça ne te fait pas de la peine ? m'a demandé Takara en se mouchant bruyamment avec les mouchoirs que je lui tendais.

— De la peine ? Pourquoi ?

— Eh bien, parce qu'on n'est pas liés par le sang. Parce que maman et moi…

— Tu veux dire que nous sommes de parfaits étrangers ?

— Ben oui, c'est quand même le cas.

Takara se mordait les lèvres d'un air rageur.

— Dire que cela ne me fait pas de peine serait peut-être un mensonge. Mais j'ai déjà dépassé ce stade, c'est oublié, tout ça. Parce qu'être tous les quatre ensemble, c'est une évidence pour moi.

C'était ce que je pensais réellement, me semblait-il.

— Et moi qui trouvais que je ressemblais beaucoup à mam's…

Takara a fait une moue indignée.

— Eh bien, à force de vivre ensemble, on finit par se ressembler. Regarde mam's et maman Chiyoko, c'est pas un bon exemple ? Elles n'ont aucun lien biologique, hein ? Mais elles se ressemblent pas mal. Les gens, quand ils sont tout le temps ensemble, ils finissent par se ressembler. C'est ça, une famille.

Et j'ai puisé dans mes souvenirs pour lui raconter des anecdotes sur la naissance de la famille Takashima.

Takara a écouté avec bonheur, parfois en riant, l'histoire de la fugue de nos deux mères et de sa naissance. Ce jour-là, maman, effrayée, n'avait pas pu assister à l'accouchement de Chiyoko. A sa place, c'était moi, qui venais tout juste d'entrer en deuxième année d'école primaire, qui étais resté à ses côtés dans la salle d'accouchement.

Takara, à sa naissance, m'était vraiment apparue brillant de mille feux. La fillette si minuscule à ce moment-là avait maintenant quatorze ans, c'était incroyable.

Je me suis soudain demandé quelle heure il pouvait bien être ; quand j'ai ouvert mon téléphone portable, plusieurs messages m'attendaient. Je me suis dépêché de les écouter : c'était maman. Takara n'était pas rentrée à la maison, si je savais quelque chose, merci de l'en informer, elle se faisait du souci.

Je l'ai rappelée sur-le-champ et lui ai expliqué la situation. Maman voulait immédiatement venir chercher Takara en voiture, mais celle-ci refusait fermement de rentrer ce soir. Au bout du compte, il a été décidé qu'elle passerait la nuit chez moi.

— T'exagères quand même, faut pas causer de soucis aux parents.

Je lui ai donné une pichenette sur la tête.

— Pardon.

Takara devait quand même se sentir coupable, car malgré son air boudeur et sa bouche en cul-de-poule, elle s'est excusée.

Comme elle a soudain annoncé avoir faim, je lui ai préparé des nouilles en sachet. J'ai ajouté des germes de soja et des algues *wakame,* un œuf pour finir, et c'était prêt. Elle semblait affamée. Elle a vidé le bol d'une traite, sans un mot, avant d'en réclamer un autre ; en fin de compte, elle a englouti deux parts sans sourciller. Elle avait un appétit prodigieux. Même en ayant très faim, je n'étais plus capable de manger autant. Depuis trois ans que j'avais commencé à travailler, je mangeais nettement moins.

C'est arrivé quand je préparais les lits.

— Tu as un gant, n'est-ce pas ? a tout à coup lancé Takara.

Elle avait vu juste, je n'avais pu me résoudre à jeter mon gant et ma balle, j'avais emporté avec moi ceux que j'utilisais au lycée.

— On va s'entraîner à lancer des balles.

— Quand ?

— Maintenant, qu'est-ce que tu imagines ! a-t-elle répondu comme si c'était une évidence.

— Il fait noir, on verra mal la balle, et puis il fait froid, on jouera plutôt demain matin.

J'ai eu beau renâcler, Takara n'a pas cédé. Elle m'a attrapé par le bras et m'a traîné dehors.

Nous nous sommes dirigés vers un parc sur les berges du fleuve, en faisant un crochet par une supérette où j'ai acheté un dessert pour Takara et une canette de café pour moi. C'était la première fois que j'échangeais des balles depuis l'été de la terminale, quand nous avions perdu aux éliminatoires régionales pour le championnat du Kôshien.

La sensation de la balle qui venait se loger au creux du gant avec un bruit mat a réveillé des souvenirs en moi. Takara n'était pas lanceur pour rien, elle envoyait de sacrées balles. Et son style s'était encore amélioré.

C'était par une magnifique nuit de pleine lune.

A compter de ce jour, Takara a pris l'habitude de débouler chez moi sans prévenir. C'était un dortoir réservé aux hommes où il était en principe interdit d'amener des femmes, mais malgré cette appellation de dortoir, il s'agissait en réalité de studios loués par l'entreprise et il n'y avait aucun contrôle.

Suite à cet épisode, Takara a fait une crise d'adolescence dans les règles de l'art. De temps à autre, Chiyoko me téléphonait longuement pour me demander conseil. Face à Chiyoko qui se désolait de ne pas savoir quelle attitude adopter avec Takara, moi aussi, j'étais désemparé.

Le mal-être de Takara paraissait ciblé à cent pour cent contre Chiyoko. Elle s'était teint les cheveux, c'était vraiment l'ado typique.

Elle clamait qu'elle ne pardonnait pas à ses parents de lui avoir menti, mais le fait que jusqu'à sa deuxième année de collège elle ait cru dur comme fer qu'elle était vraiment l'enfant de ses deux mères était, à vrai dire, un miracle en soi. Maman, Chiyoko et même moi, nous avions peut-être jeté un sort bienheureux à Takara. Le charme s'était rompu et maintenant, elle luttait de toutes ses forces contre son destin.

Ce jour-là, Takara s'est pointée un après-midi de semaine. Elle aurait pu me prévenir, mais non, elle débarquait toujours à l'improviste. Elle espérait peut-être me surprendre avec ma copine. Hélas, je n'étais pas en mesure de satisfaire ses attentes.

Comme j'avais travaillé de nuit ce jour-là, j'étais encore au lit. Depuis que j'avais été nommé responsable, même dans mes rêves, le téléphone sonnait et je me faisais crier dessus, je m'excusais en permanence. Mon sommeil n'était absolument pas réparateur. La frontière entre songe et réalité s'effaçait et, du coup, je souffrais d'insomnie chronique. Je n'arrivais même plus à assurer mon activité d'écoutant bénévole, qui me plaisait pourtant.

Surmontant ma migraine et mes bourdonnements d'oreilles, je me suis traîné jusqu'à l'entrée pour ouvrir la porte.

— Tiens, des *takoyaki*.

Takara m'a brusquement mis dans les mains un sac en plastique. Dans l'instant, un fumet de boulettes au poulpe s'est élevé du sac et j'ai instinctivement détourné la tête. Ces derniers temps, je n'avais presque plus d'appétit.

— Paraît que tu arroses de sauce Worcestershire tout ce que tu manges, les parents n'arrêtent pas de le répéter.

— C'est quand j'étais gosse, cette histoire.

J'ai mis de l'eau à bouillir pour le thé et, par égard pour Takara qui se trouvait à un âge délicat, j'ai décidé d'échanger mon pyjama contre des vêtements.

— Si je mettais de la sauce sur tous les plats, c'est pas particulièrement parce que j'aimais ça.

Tout en enfilant mon jean dans la salle de bains exiguë, je parlais à Takara à travers la porte.

— Ah bon, alors pourquoi ?

— Parce que la cuisine de maman était infecte. A l'époque, elle avait perdu le goût. Mais je ne pouvais quand même pas le lui dire en face.

— C'est pour ça que tu continues à faire semblant d'aimer la sauce ?

Ben oui, ai-je répondu en ouvrant la porte de la salle de bains ; Takara avait préparé une tisane. Chiyoko m'avait envoyé exprès des plantes cultivées et séchées par ses soins.

— Dis-moi plutôt, qu'est-ce que tu comptes faire pour le lycée ?

J'ai mis fin à la conversation sur la sauce Worcestershire et, assis côte à côte par terre adossés au lit, je suis entré dans le vif du sujet.

Contrairement à moi, Takara était douée pour le softball. En réalité, elle aurait voulu faire du baseball dès le collège. Mais le club avait refusé d'intégrer une fille et, à contrecœur, elle s'était reportée sur le softball. Aujourd'hui, elle lançait déjà des balles plus puissantes que les miennes. Sans doute que si nous avions joué ensemble pour de bon, j'aurais eu du mal à toucher ses balles avec la batte.

Takara semblait hésiter quant au choix d'un lycée, je le savais par Chiyoko. Le conseiller de son club de softball lui avait paraît-il suggéré d'intégrer un lycée du département dont l'équipe évoluait à un haut niveau. Elle pourrait peut-être y entrer sur sa recommandation, lui avait-il dit.

— Ouais, mais bon…

Takara n'était pas convaincue.

— Si j'y vais, ce sera en internat. Si on quitte la maison tous les deux, tu crois que ça va aller ?

— Qu'est-ce que tu racontes maintenant ?

Qui est-ce qui se plaignait d'en avoir ras-le-bol des parents et qui n'arrêtait pas de les critiquer ?

— Et puis, là-bas, si ça se trouve, je ne serai pas titularisée. Dans ce cas, je ferais peut-être mieux d'intégrer une équipe moins forte, où je jouerais pour le plaisir, comme tu l'as fait, c'est un choix aussi.

— Attends…

J'avais envie de lui balancer un *takoyaki* au visage.

— Moi, j'étais à fond dans l'équipe. On s'est battus pour notre place au Kôshien.

— Mais tu étais manager.

— Le manager aussi est important.

Mais je voyais quand même plus ou moins ce que Takara voulait dire. Il s'agissait de décider dans quelle voie elle allait s'engager.

— Tu as réfléchi à ce que tu veux faire après le lycée ? lui ai-je demandé en jouant les grands frères.

— Aucune idée.

— Mais si tu veux vraiment continuer le softball, tu dois aller dans un club réputé. Tu n'as pas un rêve, comme faire partie de l'équipe olympique de softball, par exemple ? ai-je demandé.

Takara m'a ri au nez.

— Alors, laisse-moi te retourner la question, a-t-elle riposté. Tu as réussi à réaliser ton rêve, toi ? Ton travail actuel te satisfait ? Tu n'en avais pas, des rêves ?

Sa tirade achevée, elle a baissé la tête, le visage caché entre ses genoux encerclés de ses bras. D'un coup, j'ai eu envie de lui dire la vérité, à elle seule.

— J'en ai un, de rêve.

Peut-être sous l'effet de la surprise, elle a relevé la tête et m'a regardé.

— C'est quoi ?

— De vivre à deux, peut-être ? Avec la personne que j'aime…

J'avais à peine parlé qu'un silence s'est installé. Je commençais à regretter d'avoir été honnête, quand le visage de Takara s'est adouci et un rire lui a échappé.

— C'est tout ? C'est facile, non ! Tu es trop modeste. Quand même, c'est tellement banal !

Je n'ai rien pu lui répondre.

— Si ça se trouve…

— Quoi ?

— Tu es amoureux ? Dis, c'est qui ? Allez, dis-le-moi. Si ton rêve c'est de vivre à deux, ça veut dire que c'est une femme mariée, peut-être ? Alors, c'est un adultère ? Vas-y, pique-la à l'autre !

Takara, collée à moi, me pressait de questions saugrenues, j'ai fini par me dépêtrer d'elle et je me suis levé.

— Elle ne sait rien.

En réponse, Takara a lancé, comme si c'était tout simple :

— Eh ben alors, dépêche-toi de lui déclarer ta flamme !

En fin de compte, j'aurais peut-être mieux fait de me taire.

Une fois les *takoyaki* avalés, Takara a semblé aller mieux ; moins d'une heure plus tard, elle a annoncé qu'elle partait. Ces derniers temps, elle dormait ici et là, chez des amis, apparemment. Je lui ai fait une remarque, le plus délicatement possible.

— Maman Chiyoko se fait du souci, tu sais.

Lorsque la conversation tournait à son désavantage, Takara faisait tout de suite semblant de n'avoir rien entendu.

— Tu sèches aussi l'école, il paraît ?

— Je vais aux entraînements.

— Mais tu as bientôt des concours à passer, tu devrais travailler un peu.

— Bah oui, mais les cours sont trop durs, je suis complètement larguée.

Cela m'avait frappé pendant que nous discutions. Takara avait complètement arrêté de porter du rouge. Et, c'était peut-être une idée que je me faisais, mais son coefficient de miracle aussi avait pas mal baissé.

C'était peut-être ça, devenir adulte. Mais les frasques de Takara n'ont pas duré longtemps.

Environ un an après que Takara a découvert la réalité sur sa naissance, un conseil de famille a été convoqué. Au téléphone, l'urgence perçait dans la voix de Chiyoko, il faut absolument que tu viennes aussi, Sô.

— Je voudrais faire mon coming out.

Devant la famille au grand complet, Chiyoko a pris la parole d'un ton calme.

— C'est un peu tard pour le coming out, on est tous au courant, l'a taquinée maman.

— Pff, c'est pour nous dire que vous êtes des lesbiennes, c'est ça ? Et que vous ne pouvez pas avoir d'enfants.

Takara aussi a détourné le visage, elle avait l'air de mauvaise humeur. Le simple fait d'être là lui était insupportable, ça se voyait.

— Hélas, ce n'est pas ça. Si je vous ai réunis aujourd'hui, c'est pour parler de ma santé.

Cette annonce soudaine nous a tous plongés dans le silence.

— J'ai un cancer. Un cancer de l'utérus, a dit Chiyoko.

Elle l'avait annoncé si sobrement qu'au début, cela ne m'a pas semblé plus grave qu'un rhume ou une poussée des dents de sagesse.

Un cancer ? Chiyoko ?

Le vide s'est fait dans ma tête, j'étais incapable de réfléchir.

— … Mais c'est un dépistage précoce, n'est-ce pas ?

Je ne sais pas combien de temps s'était écoulé ; c'est maman qui a brisé le très long silence. D'une voix chevrotante, comme si elle grelottait, elle a craintivement posé la question. Chiyoko a secoué la tête sans rien dire.

— Mais tu peux en guérir, il y a des opérations, des traitements.

Maman était au bord des larmes. Ses lèvres tremblaient. Takara, le visage fermé, regardait fixement un point sur le mur. Moi, je luttais de toutes mes forces contre la nausée.

— Je ne guérirai pas, a affirmé Chiyoko d'une voix pleine d'assurance.

— Mais avec une ablation, tu survivras, n'est-ce pas ?

Le mot survivre avait un poids terrible.

— Mais je ne veux pas qu'on m'enlève l'utérus.

— Qu'est-ce que tu racontes ? a crié maman.

Je partageais sa réaction. Si on peut extraire l'organe touché par la tumeur pour chasser les cellules cancéreuses du corps, normalement, on le fait. Mais pas Chiyoko.

— Non. Il est hors de question qu'on me retire l'utérus.

Sur ce sujet, le flegme qu'elle affichait jusqu'à présent s'était brutalement évaporé.

— Pourquoi ? Ce n'est quand même pas quelque chose à protéger au prix de ta vie ?

Maman a frappé la table de la paume de la main.

— Comment ça ? Si on me le retire, je ne pourrai pas porter ton enfant, a protesté Chiyoko en pleurant.

— Comment peux-tu blaguer dans un moment pareil ? Nous sommes lesbiennes, de toute façon, nous ne pouvons pas avoir d'enfants ensemble. Arrête de nous faire rire.

— Ce n'est pas impossible. Je t'assure. Regarde ! a rétorqué Chiyoko en tirant une coupure de presse d'une enveloppe.

Elle l'a posée sur la table. C'était un article sur l'application des technologies de clonage aux

Etats-Unis grâce auxquelles, à l'avenir, on pourrait peut-être obtenir un ovule fécondé à partir des ovules de deux femmes. Outre cet article de journal, Chiyoko en avait découpé d'autres, semblait-il, sur les couples homosexuels comme le leur. Il y avait plusieurs coupures de presse dans l'enveloppe.

— Mais là, ce n'est pas le moment de penser à ça !

J'étais totalement de l'avis de maman.

— Mais peut-être que dans un avenir proche cette technologie sera au point et que même les homosexuels pourront avoir un enfant porteur de leur propre ADN. Ce jour-là, si je n'ai pas d'utérus, je le regretterai. Et ça, je ne veux pas.

Chiyoko insistait.

— Et si tu crèves d'ici là, ça te fera une belle jambe ! Arrête de penser seulement à ta gueule !

Takara s'est levée et a donné un formidable coup de pied dans sa chaise. C'était la première fois que je la voyais faire preuve d'une telle violence. Après son éclat de colère, elle s'est enfermée dans sa chambre. Elle a claqué la porte avec fracas, on aurait dit que la maison allait s'écrouler. Je me suis demandé si depuis mon départ de la maison, c'était cela le quotidien de la famille Takashima.

Puisque Takara avait quitté la pièce, nous avons repris le conseil de famille à trois.

— Mais tu vas te faire soigner, hein ?

Maman a précautionneusement interrogé Chiyoko.

— Non. Il est hors de question que je subisse une chimio ou une radiothérapie. Ça ne servirait qu'à raccourcir mon espérance de vie.

— Arrête de dire des bêtises ! Takara s'est énervée il y a un instant, mais elle a raison, il ne s'agit pas que de toi. J'ai une idée, tu vas en parler à ton père. Il pourra te recommander un bon hôpital. Oui, voilà ce qu'on va faire. Sôsuke, appelle immédiatement les parents d'O-Choko, a dit maman d'une voix prête à craquer.

Moi aussi, je trouvais que c'était une bonne idée. Après tout, le père de Chiyoko était médecin. Au lieu de se creuser la cervelle entre gens qui n'y connaissaient rien, il valait mieux demander son avis à un spécialiste. Mais Chiyoko s'y est violemment opposée.

— Jamais de la vie ! Quoi qu'il arrive, ne dis rien à mes parents. Si tu fais ça, je ne pourrai plus jamais revenir ici. Tu ne me reverras plus, tu comprends ? Je t'en supplie, tout mais pas ça. Je veux rester avec ma famille jusqu'à la fin. Parce que ma maison, c'est ici.

A la fin, les pleurs rendaient sa voix inaudible.

— Dans ce cas, tu te fais opérer, d'accord ? a demandé maman d'un ton conciliant en frottant le dos de Chiyoko en larmes. Je ne dirai rien à tes parents. Je te le promets. Alors, c'est d'accord ?

Tu le feras, pour nous ? Comme ça, le cancer quittera ton corps, ce sera bien, hein ?

Maman faisait tout son possible pour la convaincre.

Elle a guidé Chiyoko toujours en larmes vers la chambre et l'a fait s'allonger. Quand elle est revenue, elle a lentement pris la cafetière et le moulin à café sur l'étagère. Elle a versé du café en grains dans le moulin qu'elle m'a tendu en silence.

Le café était moulu depuis longtemps. Et pourtant, je continuais à tourner la manivelle, sans rien remarquer. Maman s'est doucement approchée de moi et m'a pris le moulin des mains. Son visage était luisant de larmes. J'aurais voulu remonter le temps, revenir à la famille Takashima d'avant le coming out de Chiyoko.

— Dans l'ordre des choses, ça devrait être moi. Pourquoi c'est O-Choko en premier ?

Maman, le dos tourné, faisait passer le café. Le bruit des gouttes qui tombaient une par une faisait écho à celui de ses larmes.

— Mais il y a des gens atteints d'un cancer qui se font opérer et qui guérissent.

J'ai tenté tant bien que mal de la consoler, et de me consoler aussi. Parmi mes collègues de bureau, il me semblait bien que quelqu'un avait eu un cancer de l'estomac, on lui en avait retiré la moitié. Malgré tout, il continuait à travailler.

Mais ce qu'a dit maman a douché mes vains espoirs.

— Si O-Choko meurt, comment je vais faire…

A l'instant où tout est devenu noir devant mes yeux, un souvenir fugitif m'a traversé. J'ai fouillé ma mémoire à sa recherche, c'était celui des crises d'asthme de mon enfance. Un peu avant, on sent venir la crise. Elle arrive, le compte à rebours est enclenché, et on se sent soudain oppressé, prêt à défaillir.

Cette fois-là, je n'ai pas fait de crise d'asthme. Je n'en avais pas fait une seule depuis notre installation au Machu Picchu. Mais pour le coup j'aurais préféré, elle aurait pu réduire en miettes le désespoir qui avait pris d'assaut ma poitrine.

J'étais affalé sur la table quand maman m'a servi une tasse de café. J'ai relevé la tête, ce n'était pas ma mère que j'avais sous les yeux, mais une femme.

— Peut-être que je n'aurais pas dû faire boire autant de café à O-Choko. A cause de ça, elle a un cancer…

— Ça n'a rien à voir.

Je l'ai contredite, un peu agacé.

— Peut-être qu'elle a trop pris sur elle. Depuis l'ouverture des chambres d'hôtes, elle n'arrête pas. Pour me soulager, elle a travaillé jusqu'à s'en rendre malade. C'est mal, ce que j'ai fait…

Maman parlait toute seule, d'un air absent.

Son café ce jour-là n'était pas bon, loin de là. Non, je suis désolé de le dire pour elle qui avait eu la gentillesse de le préparer, mais il était vraiment immonde. Il avait le goût de toute la colère, la rage et la tristesse du monde réunies, brassées au hasard et infusées. L'arôme léger qui en émanait toujours était absent. Etaient-ce mes papilles et mon odorat qui déraillaient, ou la façon dont maman l'avait préparé ? Je l'ignore. Sans doute les deux.

Pour la première fois, je n'ai pas bu son café en entier. Elle aussi, alors qu'elle adorait ça, elle l'a jeté dans l'évier sans même en boire la moitié.

Hé, Takara !

Toi qui fais des miracles, occupe-toi donc de la maladie de maman Chiyoko !

Voilà ce que j'avais envie de dire à Takara enfermée dans sa chambre. Mais Takara n'était plus aussi forte. C'était évident, mais elle aussi avait subi un choc, comme maman et moi. Car c'était Chiyoko qui l'avait mise au monde.

Sur l'insistance de maman, Chiyoko est entrée à l'hôpital général du département. Pour finir, elle y a subi une ablation totale de l'utérus, une intervention chirurgicale qui a duré sept heures.

Dans les établissements hospitaliers, la volonté du patient prime avant tout, dit-on. Mais si le patient n'est plus en état d'exprimer sa volonté, c'est à la famille de prendre les décisions. La famille est ici entendue au sens des liens biologiques. Takara était la fille de Chiyoko mais elle avait à peine quinze ans. Alors, afin d'éviter les complications s'il lui arrivait quelque chose, avant l'opération, Chiyoko a informé sans détours le médecin et les infirmières de sa relation avec ma mère.

L'intervention chirurgicale a été un succès.

Ce jour-là, maman et moi avons attendu à l'hôpital. Takara est d'abord allée au collège, avant de nous rejoindre. Depuis le coming out de Chiyoko, elle avait reteint en noir ses cheveux décolorés et rentrait tous les soirs à la maison.

Chiyoko avait déjà des métastases dans tout l'utérus. Seulement, par bonheur – si l'on peut dire –, elle n'en avait nulle part ailleurs. Un résultat dont elle-même s'est réjouie sans réserves.

Malgré tout, sa décision de ne pas se soigner était inébranlable. Le chirurgien lui a conseillé un traitement par chimiothérapie et radiothérapie, mais elle a refusé, c'était hors de question. Honnêtement, nous non plus, nous ne savions pas si nous devions faire confiance au médecin ou respecter sa volonté. Elle a refusé de céder, c'était son corps.

Comme elle semblait vraiment en forme, nous aussi, nous voulions croire en ses capacités de rétablissement. Avec les traitements nous redoutions qu'au contraire, les effets secondaires ne la fassent souffrir. Et au bout du compte, suivant son souhait, elle n'a suivi ni chimiothérapie ni radiothérapie.

Pendant l'hospitalisation de Chiyoko, le grand boss et les patrons de la station-service sont bien sûr venus lui rendre visite tour à tour, mais aussi les enfants, avec de mignons cadeaux faits main. C'étaient tous les enfants qui venaient jouer dans la prairie en fin d'après-midi. Quand ses petits visiteurs arrivaient, même lorsqu'elle souffrait, Chiyoko relevait le dossier de son lit et les recevait le plus gaiement possible.

C'est arrivé un jour où les enfants venaient de repartir.

J'étais parti disposer dans une bouteille à lait les fleurs des champs qu'ils lui avaient apportées, et à mon retour, Chiyoko se tenait à la fenêtre, d'où elle contemplait le coucher du soleil en fredonnant. En tendant l'oreille, sa voix me parvenait faiblement. Ce qu'elle chantait, c'était une vieille mélodie, un succès d'une chanteuse d'airs populaires qui portait le même prénom qu'elle. Elle s'amusait souvent à la chanter à pleine gorge avec maman quand celle-ci avait trop bu.

Peut-être avait-elle senti ma présence, elle a soudain cessé de fredonner et s'est retournée. Etait-elle embarrassée que je l'ai entendue, elle avait un petit sourire gêné aux lèvres. Moi, j'aurais bien aimé l'écouter encore un peu.

Chiyoko s'est lentement dirigée vers le bord du lit, où elle s'est délicatement assise. Ensuite, elle m'a dit :

— Sô, tu veux bien me passer les livres que tu as apportés tout à l'heure ?

Je les avais empruntés à la bibliothèque municipale près de mon studio, à sa demande. Comme il y en avait beaucoup, je les avais laissés dans le sac en papier, que j'avais rangé dans le placard. J'ai posé le sac près de son oreiller et Chiyoko en a sorti un livre.

— Tu as trouvé celui-là, c'est un miracle ! Merci, Sô !

Le livre dont elle s'était emparée était un ouvrage sur le ciel, avec des explications simples pour les enfants. Il avait déjà été noirci par de nombreuses mains, les coins de la couverture étaient cornés.

— Ce livre, il était à la bibliothèque de mon école, je l'adorais.

Le livre serré contre sa poitrine, Chiyoko arborait une expression nostalgique. Ensuite, comme pour des retrouvailles avec un vieil ami, elle s'est mise à tourner lentement les pages.

De l'autre côté de la fenêtre, le soleil couchant commençait à darder des feux éblouissants. La chevelure de Chiyoko, baignée d'une lumière couleur de miel, luisait comme des épis de roseau de Chine.

J'ai contemplé en silence son profil pendant qu'elle tournait les pages avec ardeur. A l'école aussi, sans doute avait-elle tourné les pages du même livre avec le même visage, le même regard.

Je n'arrivais pas à imaginer Chiyoko écolière, mais si cela m'avait été donné, j'aurais aimé la rencontrer.

Et alors, elle a soudain relevé le visage et m'a demandé :

— Sô, tu as déjà entendu parler des arcs-en-ciel lunaires ?

A ses yeux, sûrement, j'aurais beau grandir et mûrir, je pourrais même devenir un vieillard au dos voûté, je serais éternellement l'écolier de première année de notre première rencontre. Dans sa voix, il y avait toujours cette nuance.

— Un arc-en-ciel lunaire ?

C'est gênant, mais sur le coup, je me suis demandé de quoi elle parlait.

— C'est un arc-en-ciel qui apparaît la nuit. La légende veut que cela porte bonheur d'en voir un.

— Un arc-en-ciel, la nuit ? On peut en voir au Japon aussi ?

J'avais du mal à imaginer la chose, je l'ai pressée de questions.

— Oui, si les conditions climatiques sont réunies, c'est très rare mais c'est possible, paraît-il. Mais au Japon, je ne sais pas… Ceux dont j'ai entendu parler, c'est à Hawaï. Depuis que je suis toute petite, je rêve d'en voir un. Avant de mourir, j'aimerais bien en voir un, rien qu'une fois. Et puis, peut-être qu'un miracle se produirait…

— Qu'est-ce que tu racontes ! L'opération a réussi, alors tu pourras y aller quand tu veux, si tu en as envie.

Je me suis concentré sur le fait que j'étais son fils et j'ai fait exprès de lui parler rudement.

— Oui, tu as raison.

Chiyoko a affiché un pâle sourire. C'était un sourire si fragile, on avait l'impression que l'effleurer du bout des doigts suffirait à le briser.

J'allais partir, j'étais sur le point de quitter la chambre d'hôpital.

— Dis, Sô…

Chiyoko m'a interpellé, son ton était pressant.

Je me suis retourné.

— Je voudrais te demander quelque chose.

Elle semblait anxieuse, je ne savais pas ce qu'il se passait.

— J'aimerais que tu me donnes ta main, un instant.

Elle a levé la tête vers moi, un peu gênée.

Je suis retourné près de son lit et je lui ai tendu ma main droite, qu'elle a délicatement prise dans sa main gauche.

Autrefois, nous marchions souvent ainsi, main dans la main. Mais, un beau jour, je n'avais plus pu toucher la main de Chiyoko. Ce n'était pas seulement que je ne pouvais plus, je la fuyais, même.

Je ne savais pas quoi faire, lorsque Chiyoko, les yeux fermés, a murmuré d'une voix pareille à une flaque de lumière :

— Pas de doute, le petit garçon de ce jour-là, c'était bien toi. En ce moment, je le vois souvent en rêve. Merci de m'avoir sauvée, à l'époque. En fin de compte, ma vie s'est déroulée comme l'avait prédit la diseuse de bonne aventure. Mais il ne faut pas dire à Izumi que c'était toi ce petit garçon. Parce que ça la rendrait sûrement jalouse.

De quoi tu parles ? J'ai failli lui poser la question, mais j'ai ravalé mes paroles. Car ses cils étaient humides. J'avais l'impression de plus ou moins comprendre de quoi il s'agissait.

Peu après, Chiyoko est sortie de l'hôpital. Comme elle n'arrêtait pas de répéter qu'elle voulait rentrer à la maison, son retour était un vœu enfin exaucé.

Les chambres d'hôtes ont également rouvert, à titre expérimental. Eu égard à l'état de santé de Chiyoko, c'est maman qui, en première ligne, dirigeait les opérations.

Moi aussi, lorsque j'avais des congés, je faisais en sorte de rentrer à la maison. J'avais passé mon permis moto, grâce à quoi le temps de trajet entre mon studio et la maison avait fortement raccourci. Takara, qui entamait enfin sa période de concours, faisait de son mieux pour mener de front ses révisions et le travail à L'Arc-en-ciel.

Lorsqu'elles avaient du temps libre, maman et Chiyoko faisaient souvent des promenades à travers le Machu Picchu. C'était bon pour la rééducation de Chiyoko aussi. Ni l'une ni l'autre ne se souciaient plus du regard d'autrui. Elles se promenaient ouvertement main dans la main, et personne ne trouvait à y redire.

Quand Chiyoko était en forme, leurs promenades duraient une, voire deux heures. Lorsque je commençais à m'inquiéter, craignant qu'il ne leur soit arrivé quelque chose en cours de route, elles réapparaissaient en badinant.

C'était un bonheur. Si les voir ainsi suffisait à me procurer un tel bonheur, alors Chiyoko et maman devaient être encore plus heureuses.

Depuis la maladie de Chiyoko, leurs liens s'étaient encore resserrés, me semblait-il. Entre elles, il n'y avait plus de place ni pour moi, leur fils, ni pour Takara, leur fille. Comme l'érable qui produit du nectar sucré au printemps, de leurs corps de femmes amoureuses émanait en permanence une légère fragrance pareille au miel.

Elles étaient inséparables. J'étais persuadé que ces heures douces dureraient éternellement.

C'est à la fin octobre, quelques mois après que Chiyoko avait quitté l'hôpital, que maman m'a téléphoné.

Mes deux mères m'avaient toujours téléphoné de temps à autre, cela n'avait rien d'exceptionnel. Mais cette fois-ci, c'était un peu différent.

— Dis-moi, tu peux venir la prochaine fois que tu as un jour de congé ? Elle recommence à raconter des sottises, impossible de lui faire entendre raison.

Au bout du fil, maman parlait à toute vitesse. Quand elle disait froidement « elle » de Chiyoko, c'était en général mauvais signe. Mais elle m'expliquerait les détails de vive voix.

Quelques jours plus tard, après le travail, j'ai pris ma moto et je suis rentré à la maison. J'allais ouvrir la porte d'entrée lorsque je les ai entendues se disputer violemment.

— Je t'ai déjà dit de la ranger !

C'était la voix de maman. La mauvaise habitude qu'avait Chiyoko de laisser sa chaise tirée la faisait encore râler.

— Quand tu t'en aperçois, tu pourrais le faire pour moi, non ? Arrête de me casser les pieds avec ça.

— C'est pas vrai, comment est-il possible que tu sois aussi désordonnée ?

— Qu'est-ce que tu as en ce moment, tu es tout le temps fâchée. Tu es hystérique. C'est la ménopause ?

— Arrête de te moquer de moi parce que je suis vieille !

— Je n'ai jamais dit que tu étais vieille.

— La ménopause, c'est bien ce que ça veut dire !

Leur dispute semblait partie pour durer, alors je me suis installé sur un banc dans la prairie, où j'ai décidé d'attendre une accalmie.

Un quart d'heure plus tard, le calme revenu, j'ai ouvert la porte. Maman, l'air bougon, est immédiatement venue à ma rencontre.

— Ça va ? ai-je demandé à voix basse.

— C'est la débandade. Je t'en prie, essaie de convaincre O-Choko. Parce que toi, elle t'écoute.

Comme pour signifier son impuissance, maman a ostensiblement soupiré. Elle avait beaucoup plus de cheveux blancs que la dernière fois que je l'avais vue.

En reconstituant l'histoire à partir des explications renfrognées de maman, il apparaissait que Chiyoko s'était mis dans la tête de célébrer leur mariage. Nous discutions à voix basse lorsqu'elle est revenue, du linge dans les bras.

Dès l'instant où elles se sont trouvées face à face, la bataille a repris.

— Puisque je te dis que tu pourrais attendre d'être complètement remise ! Quand tu seras en forme, on pourra aller où tu veux. Le médecin a bien dit que tu devais te reposer et te ménager.

Seulement, Chiyoko avait du répondant. Elle a rétorqué du tac au tac :

— Non, ça n'a pas de sens. C'est à la fin de l'année que je veux partir à Hawaï en famille. Puisque je te dis que je veux qu'on se marie !

C'est le vœu de toute une vie, tu pourrais quand même l'exaucer !

La fin de l'année à Hawaï ? Moi aussi, j'étais estomaqué. En effet, c'était peut-être prématuré. Maman a repris la parole.

— Le vœu de toute une vie, n'exagère rien, quand même !

— Mais je ne supporte plus ces hivers si froids et si sombres. Je veux passer les fêtes de fin d'année dans un endroit chaud et lumineux.

— Jusqu'à présent, tu disais pourtant que tu adorais l'hiver au Machu Picchu.

— Mais maintenant, ça me donne le cafard. J'en ai ras-le-bol des hivers lugubres.

— On ira au vrai Hawaï un jour, alors pour l'instant, tu pourrais te contenter du Hawaiian Center. Parce qu'au Japon aussi, il y a plein d'endroits chauds. Il y a même les îles du Sud.

— Vraiment, Izumi, arrête de dire n'importe quoi, pour une fois. Hawaï et le Hawaiian Center, ça n'a rien à voir !

N'est-ce pas ? Chiyoko s'est soudain tournée vers moi. J'ai vaguement hoché la tête, pris au dépourvu. Tout à l'heure, quand elle avait évoqué Hawaï, ça m'avait rappelé quelque chose, mais je n'avais pas le loisir de creuser davantage. Maman avait déjà rouvert les hostilités.

— Tu crois que c'est le moment opportun pour se marier, alors que nous sommes enfin acceptées ?

On est bien comme ça, non ? Qu'est-ce qui ne te convient pas ?

Effectivement, maman n'avait pas tort. Moi non plus, je ne pouvais m'empêcher de trouver cela inutile. Mais Chiyoko a insisté avec une énergie propre à balayer toutes nos réticences.

— C'est là, maintenant, que je veux porter ma robe de mariée ! Nous ne pouvons pas nous marier aux yeux de la loi, mais je veux quand même que notre union soit bénie. Nous avons toujours vécu au jour le jour. Maintenant je veux mettre les choses au clair. Je t'en prie, Izumi, comprends-moi.

— Non, c'est incompréhensible. On pourrait faire ça à un autre moment, non ? Pas en pleine convalescence… Et si tu rechutes, qu'est-ce qu'on fera ?

— C'est pas que j'ai envie de le faire maintenant. C'est que c'est maintenant ou jamais !

La discussion ne menait nulle part. Incapable d'intervenir dans leur différend, je restais simplement planté là.

— En plus, pour les fêtes, il y a du monde, on ne trouvera pas de billets d'avion. Et puis, Takara a ses concours. Tu es sa mère, tu devrais être raisonnable, a repris maman, la voix un peu plus calme.

— Voir ses parents heureux me paraît bien plus important que de réviser ses examens.

Chiyoko ne cédait pas. Dans mon esprit, elle avait toujours vécu en se laissant porter au gré du vent, c'était l'image que j'avais d'elle. Du coup, j'étais surpris de la voir défendre son point de vue avec autant d'acharnement.

— L'avenir de Takara est en jeu, c'est quand même un peu plus compliqué que ça.

Pour le coup, l'opinion de maman me paraissait en effet plus sensée. Pourquoi s'acharner à vouloir y aller maintenant, une autre occasion se présenterait sûrement.

A cet instant, j'ai soudain repensé à l'arc de lune dont elle m'avait parlé dans sa chambre d'hôpital.

— Si ça se trouve, tu veux voir un arc-en-ciel lunaire ? ai-je doucement demandé à Chiyoko.

— Oui, il y a ça aussi. Ce serait chouette d'en voir un tous ensemble, a-t-elle répondu d'une toute petite voix.

Mais maman a détourné le visage, sans daigner répondre.

Le soir, quand Takara est rentrée, je lui ai expliqué l'affaire.

— Ah, c'est pour ça qu'en ce moment, ça ne va pas entre elles.

Moi, j'étais sérieux, mais Takara m'a répondu d'un ton léger. Puis elle a ajouté :

— Hawaï… Ça me dirait bien.

— La question n'est pas ce que chacun a envie de faire, il faut d'abord penser à la santé de maman O-Choko.

Takara avait si facilement pris parti pour le voyage à Hawaï, j'étais dépité. Elle aurait quand même pu s'inquiéter un peu pour ses examens, ou pour la santé de sa mère, par exemple. Sans doute a-t-elle senti mon mécontentement, elle a dit d'un ton un peu grognon :

— Ben quoi, c'est elle qui a envie d'y aller. Dans ce cas, on réalise son vœu, c'est ça la famille, tu crois pas ? Et puis, maman, elle n'a pas l'air comme ça, mais elle est têtue.

— Mais ce n'est peut-être pas le bon moment… ai-je lancé, hésitant.

— Au contraire, c'est pile le bon moment, je crois. En plus, grand-père et grand-mère commencent à se faire vieux, peut-être que maman s'est décidée à jouer les filles aimantes ? a suggéré Takara d'un air entendu.

Pour elle, ils étaient sans conteste ses grands-parents, mais pour moi, c'était juste une présence lointaine.

— Mais ils n'ont toujours pas pardonné à mam's, non ?

— C'est clair. Mais j'ai l'impression que chacun de son côté cherche une porte de sortie. Tu sais, avec son caractère, grand-père ne demandera jamais à maman d'amener Izumi à la maison. Et maman, de son côté, s'est butée à cause de ça, je crois. Peut-être qu'ils commencent tous les deux à en avoir assez.

Etait-ce lié au fait que le voile avait été levé sur le secret de la naissance de Takara, maintenant, elle appelait parfois maman « Izumi ».

— Tu crois ?

Si possible, j'aurais aimé que les parents de Chiyoko pardonnent à maman. Et dans ce cas, un voyage à Hawaï aurait peut-être une réelle portée.

— Vraiment, tous deux, nous sommes voués à subir les caprices de nos parents. Je veux vite grandir. Quand je serai adulte, j'irai vivre ailleurs qu'au Machu Picchu. Y en a marre du froid et de l'obscurité. Et le Jour de l'an chez les parents de maman, c'est pas fun. Alors, Hawaï, à fond ! Pour Noël, tu m'offres un joli maillot de bain, d'accord ?

Pff, quelle écervelée ! Pour être aussi décontractée malgré ses concours à passer, peut-être Takara-le-miracle était-elle encore bien présente.

Après bien des péripéties, finalement, il a été décidé que nous irions à Hawaï.

Jusqu'à la fin, maman a tenu bon pour le Hawaiian Center, mais sa proposition était hors jeu.

Nous nous sommes réparti les tâches et les préparatifs ont avancé d'un bon train.

Je me suis occupé des réservations pour l'avion et l'hôtel, Chiyoko a préparé la cérémonie de mariage, Takara s'est procuré des informations concrètes sur les sites touristiques et maman s'est chargée de l'aspect financier. Parallèlement, tous les membres de la famille ont déposé une demande de passeport. Chiyoko était la seule à en posséder un, mais comme depuis sa rencontre avec maman elle était toujours restée au Machu Picchu, il était périmé.

Le plus gros problème était bien sûr l'argent. Mais on s'en sortirait. Maman et Chiyoko avaient un pécule à elles, mis de côté petit à petit sur les revenus tirés de L'Arc-en-ciel, et de mon côté, le compte d'épargne sur lequel j'économisais dans le but de m'acheter prochainement une voiture avait atteint une jolie somme.

Enfin, la pension alimentaire que mon père avait versée tous les mois jusqu'à ma sortie du lycée a joué un grand rôle dans le financement de notre voyage en famille.

Maman m'en avait caché l'existence jusqu'à mes vingt ans. Le montant mensuel était faible, mais comme elle n'y avait jamais touché, cela faisait un complément non négligeable. Nous élever elles-mêmes, Takara et moi, sans l'aide financière de quiconque, avait clairement été pour nos mères un objectif important.

En raison de l'état de santé de Chiyoko, un voyage de sept jours et cinq nuits était le maximum envisageable. Plus court aurait été fatigant, plus long aussi. Notre projet était, après avoir célébré le mariage sur l'île d'Oahu, de gagner tous les quatre l'île d'Hawaï. Les quatre journées sur cette île seraient la lune de miel de nos mères avec leurs enfants, et aussi un voyage à la recherche de l'arc-en-ciel lunaire.

Dès que j'avais du temps, je dévorais des livres sur Hawaï. Voilà comment la famille entière s'est attelée aux préparatifs.

A la fin de l'année, maman et Chiyoko ont célébré leur mariage dans une petite église sur une colline au bord de la mer, un peu à l'écart du centre-ville d'Oahu.

Chiyoko avait dès le début opté pour une robe de mariée longue et vaporeuse. Mais maman avait hésité jusqu'à la dernière minute. Cela remontait à plus de vingt ans, mais pour son premier mariage, elle avait porté une robe de mariée, et elle paraissait répugner à s'habiller de la même façon.

Pour finir, elle a choisi un tailleur aux lignes douces, dans le même tissu crème que la robe de Chiyoko. Chiyoko était coiffée d'une simple couronne de feuilles et de fleurs, et maman du panama que je lui avais offert pour Noël. A tous points de vue, elles formaient un couple parfait.

L'union de mes deux mères a été solennellement célébrée par un pasteur ouvert aux mariages homosexuels.

Au son majestueux de l'orgue, Chiyoko a fait son apparition au bras de son père. Tous deux se sont approchés lentement de l'autel, pas à pas.

Ensuite, maman et Chiyoko, debout devant le pasteur, ont énoncé leurs vœux d'amour devant Dieu et échangé leurs alliances. A l'intérieur des anneaux étaient gravés leur nom et la date du mariage. Pour finir, maman est repartie avec Chiyoko à son bras, et la cérémonie s'est achevée sans accroc.

Sous les joyeux coups de cloche, elles sont sorties de l'église bras dessus bras dessous. Le chatoiement de la mer les enveloppait tendrement, comme un voile.

— Félicitations !

— Chiyoko, tu es magnifique !

— Izumi aussi, tu es belle !

Les compliments fusaient ici et là.

Les patrons de la station-service où maman avait travaillé avaient fait le long voyage depuis la ville voisine du Machu Picchu. Il y avait également les parents de Chiyoko, ses proches, ses amis d'enfance que je n'avais jamais vus.

J'ai rencontré pour la première fois le père de maman, c'est-à-dire mon grand-père. J'avais deviné qu'il était encore en vie, mais maman évitait ce sujet, elle ne m'avait presque jamais parlé de lui.

Bien entendu, avant le jour J, il s'en était passé, des choses. Chiyoko souhaitait inviter la totalité de ses proches, ce à quoi maman s'était obstinément opposée. Après des disputes homériques, à deux doigts de la catastrophe, maman avait fini par céder.

Chiyoko a écrit à ses parents et au père de maman, en mettant tout son cœur dans chaque lettre. Au bout du compte, sans doute ses missives avaient-elles guidé vers le ciel d'Hawaï le cœur de ces personnes confites dans leurs certitudes.

Des roucoulements et sifflements aigus retentissaient, même les oiseaux gazouillaient un chant de bonheur. Nul ne s'insurgeait contre le mariage de maman et Chiyoko, qui étaient du même sexe. Dans le lot, il y avait même des gens du coin qui passaient et s'arrêtaient exprès pour crier leurs félicitations en anglais.

A la demande générale, maman et Chiyoko ont échangé un baiser devant tout le monde. La foule qui les entourait grandissait sans cesse. Quelqu'un leur a passé autour du cou une guirlande de fleurs.

Les vagues sur la grève se sont faites encore plus douces, soulevant une brise légère. Emanant de nulle part, un parfum sucré, comme du nectar concentré de fleurs, s'est répandu dans un murmure, nous emplissant encore plus de bonheur.

J'ai enfin compris Chiyoko. C'était cela qu'elle voulait. Je n'avais pas fait le déplacement jusqu'à la lointaine île d'Hawaï pour rien. Le visage souriant de Chiyoko récompensait tous mes efforts.

En repensant à la longue histoire qui était la leur depuis leur fugue jusqu'à ce jour, j'ai failli me mettre à pleurer. Mais ce n'était pas le moment. J'avais été désigné photographe du voyage, et je devais sans faute immortaliser chaque instant unique.

Après la cérémonie, nous avons gagné le café du parc botanique voisin, où nous attendait un buffet tout simple.

Takara courait dans tous les sens, surexcitée comme si c'était son propre mariage, alors que ce n'était pas elle l'héroïne du jour. Le kimono qu'elle avait revêtu pour l'occasion avait l'encolure complètement défaite tellement elle remuait. En réalité, c'était le kimono acheté pour la cérémonie de passage à l'âge adulte de Chiyoko. Mais comme celle-ci avait fugué avec ma mère pour aller vivre au Machu Picchu, elle avait manqué la cérémonie. Ce kimono lourd d'histoire voyait enfin la lumière du jour grâce à Takara, sous le ciel d'Hawaï.

Et maintenant la turbulente Takara, se plaignant que les sandales *zôri* lui faisaient mal aux pieds, avait ôté sandales et chaussettes et courait pieds nus sur la pelouse. A ce moment-là, Takara-le-miracle était bel et bien de retour.

Tout en sirotant un cocktail, j'ai dégusté les nombreux mets hawaïens présentés sur de grandes feuilles végétales. Pendant que les musiciens invités pour l'occasion jouaient de leurs instruments, des danseuses apparues de nulle part dansaient élégamment le *hula*.

Chiyoko s'est jointe à elles et s'est mise à danser. J'étais fasciné par ses mouvements langoureux, on aurait dit qu'elle jouait avec l'esprit du vent.

Chiyoko a appelé maman à plusieurs reprises, l'invitant à danser avec elle. Maman a fini par céder, elle a rejoint la file de danseuses et a dansé de son mieux, maladroitement. Ce qui est drôle, c'est que quand Chiyoko dansait, c'était du *hula*, mais avec maman, cela devenait de l'*awa-odori*, la danse des fêtes japonaises.

En dernier, chacune a lu un message adressé à l'autre.

Chiyoko a seulement dit « Izumi, merci de m'avoir trouvée » et, la voix coupée par l'émotion, elle n'a pas pu continuer, c'est Takara qui a lu le texte à sa place.

Ma timide maman a pour l'occasion lu à voix haute une belle et fruste lettre. Et elle a aussi chanté une chanson, parce qu'elle trouvait ses propres mots insuffisants. Où ma mère, si réservée, puisait-elle ce courage ? Je l'ignorais.

Sa chanson, c'était *L'Hymne à l'amour*. La salle qui, au début, bruissait du murmure des conversations, a été gagnée par le silence au fur et à mesure que la chanson de maman résonnait. On ne peut pas dire qu'elle chantait bien, ni qu'elle avait une belle voix. Mais son chant envoûtant captait l'attention malgré tout.

A l'idée des efforts qu'elle avait dû fournir en s'entraînant en secret, je n'ai pu me retenir de l'encourager. Dans ces moments-là, je trouve maman vraiment formidable.

J'ai lancé un coup d'œil aux parents de Chiyoko, ils pleuraient. Ils avaient l'air bien plus gentils que Takara ne l'avait laissé entendre, j'étais rassuré.

Tout le monde souhaitait le bonheur de Chiyoko et de maman. Chacun en avait reçu une petite portion, qui lui avait rempli l'estomac et le cœur. Moi-même, j'étais à deux doigts de défaillir. J'étais fier d'avoir été élevé par ces deux mères. Takara aussi paraissait émue, elle essuyait une larme de temps en temps.

Au moment où les invités ont commencé à partir, j'ai levé les yeux vers le ciel. Très loin, en pleine mer, un arc-en-ciel s'esquissait.

— Il y a un arc-en-ciel ! ai-je crié bien fort avec toute la fierté du découvreur d'un trésor.

Les personnes encore dans la salle ont toutes tourné la tête dans la même direction. Chiyoko et maman aussi regardaient l'arc-en-ciel, un sourire aux lèvres.

— C'est de bon augure, a murmuré maman, toujours bras dessus bras dessous avec Chiyoko.

— Oui, et je suis sûre qu'on verra aussi un arc-en-ciel lunaire, a ajouté Takara d'un ton convaincu.

Takara-le-miracle.

C'est le moment ou jamais de faire usage de tes pouvoirs, jusqu'à la dernière étincelle.

J'étais prêt à sacrifier toute ma chance à venir pour que Chiyoko voie un arc de lune. Pour leur mariage, je voulais leur offrir à toutes deux un arc-en-ciel lunaire miraculeux. En tant que fils, c'était tout simplement mon devoir, j'en étais convaincu.

— Hier, c'était vraiment une journée remplie de bonheur. Merci du fond du cœur.

Le lendemain de la cérémonie, à l'aéroport où nous attendions notre vol pour l'île d'Hawaï, Chiyoko nous a remerciés avec émotion. J'avais l'impression d'être encore dans un rêve, comme un agréable arrière-goût dans la bouche. Quand j'y repensais, j'étais à deux doigts de chavirer de bonheur.

— Au bout du compte, je suis contente qu'on l'ait fait, a renchéri maman avec gravité en buvant le café Kona de ses rêves.

Tout du long, elle était restée réticente à l'idée de célébrer leur mariage. Mais maintenant que c'était fait, peut-être avait-elle changé d'avis.

— C'était la première fois en cinquante ans que tout le monde me félicitait ainsi. Les mots, c'est magique, hein. Nous sommes les personnes les plus heureuses du monde, je l'ai vraiment ressenti. Alors, O-Choko…

La voix de maman s'est soudain brisée.

— Pardon de t'avoir dit plein de choses blessantes. Tu veux bien me pardonner ?

Maman s'est excusée en prenant tendrement dans sa main celle de Chiyoko.

— Moi aussi, je m'excuse de vous avoir imposé mon désir à tous.

Chiyoko a baissé la tête d'un air réellement contrit.

— Enfin, puisque grâce à ça on fait un voyage à l'étranger tous les quatre, tout est bien qui finit bien. J'aurais quand même bien aimé faire un peu plus les magasins au centre commercial Ala Moana… a lancé Takara d'un ton puéril tout en faisant claquer ses tongs.

L'embarquement a été annoncé et nous sommes montés dans l'avion. Notre destination était l'aéroport d'Hilo, sur l'île d'Hawaï. Les quatre membres de la famille Takashima ont investi une rangée de sièges. Et alors, Chiyoko, qui était assise près du hublot, a regardé sa montre d'un air troublé et réfléchi gravement. Puis, élevant brusquement la voix, elle a crié à la cantonade :

— Bonne année !

C'était vrai, avec dix-neuf heures de décalage horaire entre le Japon et Hawaï, la nouvelle année avait déjà débuté au Japon.

— Bonne année !

Je leur ai moi aussi souhaité une bonne année, à voix basse par égard pour nos voisins.

— *Happy new year !*

— Bonne année !

Takara et maman se sont jointes à nous. Pour être précis, au Japon, la nouvelle année était déjà entamée depuis quelques heures, mais à quoi bon s'en soucier ? C'est ainsi que, pour la première fois dans l'histoire de la famille Takashima, nous avons passé le Nouvel An tous les quatre ensemble.

Comme hébergement, j'avais choisi non pas un hôtel, mais une petite maison d'hôtes familiale, parce que maman voulait absolument séjourner dans un établissement comme celui qu'elle tenait avec Chiyoko. Nous y passerions trois nuits.

Je ne le savais pas lorsque j'avais réservé, mais, drôle de surprise, les propriétaires étaient un couple gay. Michael, un costaud à la tête rasée, et Manu, un petit homme au visage d'ange, tenaient ensemble, dans la jungle, la maison d'hôtes Double M. Le nom était sans doute inspiré du M de Michael et Manu. Que l'endroit où mes mères lesbiennes descendaient pour leur lune de miel soit une chambre d'hôtes tenue par un couple gay m'a paru être un signe du ciel.

Nous avons quitté l'aéroport à bord de la vieille jeep où ils étaient venus nous chercher. Tout en découvrant un peu l'île, nous roulions vers la maison d'hôtes. En chemin, Chiyoko et Takara ont commandé des robes dans une étoffe hawaïenne colorée, chez un marchand de tissus bon marché où nous nous sommes arrêtés sur un coup de tête.

Elles drapaient l'étoffe sur leur corps, jugeaient de l'effet devant le miroir, et recommençaient. Maman, agacée, est partie vers un autre magasin et, à sa place, c'est moi qui ai subi ce défilé de mode sans fin.

Lorsqu'elles ont enfin arrêté leur choix, cela faisait plus d'une heure que nous étions entrés dans la boutique. Après avoir hésité tant et plus, toutes deux se sont décidées pour l'étoffe qui leur avait plu en premier. Takara a opté pour un tissu rouge avec un imprimé d'oiseaux rappelant des perroquets, et Chiyoko pour un tissu jaune parsemé de fleurs.

Les robes seraient prêtes le surlendemain et livrées chez Double M. En guise de cadeau pour le grand boss qui n'avait pas pu venir à Hawaï, nous avons aussi fait confectionner un sac à provisions dans le même tissu que la robe de Takara.

La maison d'hôtes Double M de Michael et Manu se trouvait au cœur de la jungle ; au bout d'un moment, nous nous sommes retrouvés sur une sente tracée au milieu de plantes géantes. Avec son sourire serein accroché aux lèvres, Manu paraissait très doux de caractère, mais au volant sa conduite était énergique. La jeep bringuebalait en tous sens, je tremblais à l'idée qu'elle se renverse. Il fallait bien s'accrocher aux poignées, sous peine de risquer d'être projeté hors du véhicule. Maman, un bras dans le dos de Chiyoko, la soutenait.

— *Maika'i, maika'i*, a lancé Michael en se retournant pour nous jeter un coup d'œil.

Au début, j'ai cru qu'il s'essayait au japonais et qu'il disait *maikai* – chaque fois – pour nous informer que c'était toujours comme ça. Mais *maika'i*, c'est un mot hawaïen qui signifie « tout va bien ».

La voiture s'est arrêtée et j'ai relevé la tête : la jeep était garée devant un petit bâtiment cerné par la jungle luxuriante. Des fleurs aux couleurs vives qui m'étaient inconnues s'épanouissaient fièrement.

Dès que je suis descendu de voiture, un parfum sucré m'a embrassé. Ce n'était pas une franche accolade, plutôt une étreinte vaporeuse. Je n'étais sur place que depuis quelques heures mais déjà totalement sous le charme d'Hawaï. J'étais comme amoureux, j'adorais le ciel, le vent, la verdure de cette île. A mes pieds gisaient des noix de macadamia.

Dans le lobby ouvert aux quatre vents, sous une simple toile imperméable tendue au-dessus d'un énorme manguier, nous avons dégusté un cocktail de bienvenue à la saveur forte, un peu amère, puis nous avons immédiatement gagné notre chambre.

Le bungalow aussi était étonnant. A Oahu, nous avions pris deux chambres séparées dans un hôtel moderne, mais à partir d'aujourd'hui nous dormirions tous les quatre dans la même pièce, en famille. Chez Double M, c'était l'unique bungalow réservé à la clientèle, la maison d'hôtes accueillait donc un seul groupe par jour.

Dans la pièce d'une bonne centaine de mètres carrés étaient disposés çà et là des lits, chacun décoré de superbes fleurs. Le plafond était haut, les abords verdoyants, et il y avait une large véranda, un *lanai*, avec des rocking-chairs et des tables basses, et même un hamac. Des pépiements cristallins d'oiseaux parvenaient jusqu'à nous, la brise était douce, cet endroit était une véritable oasis.

Nous avons laissé le lit double géant à maman et à Chiyoko, et Takara et moi avons pris chacun un lit simple. Ils étaient bien assez grands, presque trop. La pièce était si vaste qu'on n'entendait pas les conversations des autres. En goûtant aux rayons du soleil qui se glissaient entre les feuilles des arbres, je me suis allongé pour me reposer un instant.

Takara aussi somnolait sur son lit près d'une fenêtre. J'ai failli rire en voyant ses jambes, disposées comme toujours en forme de 4.

Mon travail au centre d'appels me semblait irréel. Pas de téléphone qui sonne, rien que pour ça, c'était le paradis.

Le soir, nous avons fait un barbecue aux lueurs du soleil couchant. Les trois chiens du Double M nous ont tenu compagnie pour un dîner animé, à deux familles. Les propriétaires du Double M avaient quatre enfants adoptifs ; les aînés, une fille et un garçon déjà adultes, travaillaient et vivaient sur le continent américain. Pendant que Michael préparait le dîner, Manu nous a fièrement montré leur photo. Les quatre enfants avaient tous une couleur de peau différente.

Chiyoko a engagé en anglais une conversation assez pointue avec Michael, j'ai décroché en cours de route et je me suis concentré sur le repas. Pouvoir laisser les autres parler sans les écouter avait aussi quelque chose de rafraîchissant.

Une fois le soleil couché, les alentours ont été plongés dans les ténèbres. Après le dîner, en buvant le thé au lait sucré agrémenté de tapioca préparé par Manu, avec mes quelques notions d'anglais et des mots japonais faciles à comprendre, je l'ai interrogé sur les arcs-en-ciel lunaires. J'avais l'intention, s'il existait un endroit d'où on en voyait souvent, de lui demander de nous y emmener en jeep plus tard. Ce soir-là, c'était justement la pleine lune, j'avais choisi les dates du voyage en conséquence. Les arcs de lune apparaissent beaucoup plus souvent les nuits de pleine lune, paraît-il.

Mais la réponse de Manu m'a déconcerté.

— Un arc-en-ciel lunaire ? Ça fait longtemps que je vis à Hawaï et je n'en ai jamais vu.

Je n'en croyais pas mes oreilles. Bien sûr, c'est un phénomène rare, je le savais parce que je m'étais renseigné. Mais je pensais qu'à Hawaï, les habitants en avaient tous déjà vu un ou deux. Michael, qui vivait ici depuis encore plus longtemps, affirmait lui aussi n'en avoir jamais vu en vrai. C'est dire si cela relève du miracle.

Malgré tout, plein de sollicitude, Manu m'a écouté. Et il m'a promis de mettre à contribution son réseau d'amis et de connaissances pour être averti si un arc-en-ciel lunaire apparaissait. Seulement, même dans ce cas, le phénomène était si bref qu'à moins d'être tout près, on risquait de ne pas arriver à temps.

— *Good luck !*

Manu m'a souhaité bonne chance avec le sourire et il m'a assené une puissante tape dans le dos.

Cependant, cette première nuit, la chance ne s'est pas manifestée.

Le lendemain, il était prévu d'aller chez un *kumu*, Chiyoko en avait envie depuis longtemps. Un *kumu*, c'est un ancien, dépositaire de la sagesse hawaïenne transmise de génération en génération, un personnage à part à Hawaï. Il devait lui faire un *lomilomi*, un massage traditionnel. Outre le massage, la séance portait sur le corps et l'esprit, on méditait et on lui demandait conseil aussi. Maman devait accompagner Chiyoko.

Pendant ce temps, conduits par Manu, Takara et moi sommes partis pour une randonnée dans le parc national où se trouve le Kilauea. C'est le volcan le plus actif du monde, qui continue à vomir de la fumée et que les Hawaïens surnomment affectueusement *volcano*. Le *volcano* est le haut lieu spirituel d'Hawaï, et c'est aussi un site du patrimoine naturel mondial.

A la tombée du jour, depuis la plateforme d'observation, nous avons pu embrasser du regard l'endroit où la lave s'écoule dans la mer. Le voir pour de vrai était réellement impressionnant. Il m'a semblé comprendre les habitants qui viennent déposer des offrandes pour tenter d'amadouer Pélé, la déesse du volcan. L'homme peut déplacer la neige, mais il est impuissant face aux coulées de lave, dont il ne peut même pas s'approcher.

On aurait dit du sang jaillissant du corps de la Terre.

— La Terre est vivante, à la minute présente, a lâché Takara, les yeux sur la lave.

Au Machu Picchu, on vivait enfoui sous la neige en hiver, mais à Hawaï, on vit sur la lave brûlante.

J'étais tellement sidéré par ce spectacle que je n'ai pas pu faire de photos. Même si j'avais pu en fixer l'image, jamais je n'aurais pu capter cette présence titanesque. A cette idée, j'ai renoncé.

Sur le chemin du retour plongé dans l'obscurité, à la lueur de ma lampe torche, j'ai découvert à quelques pas des toilettes une plante qui avait poussé là. Entre les interstices des roches volcaniques craquelées comme de la peau d'éléphant, émergeait une petite tige, comme en rampant. A son extrémité s'épanouissait une fleur rouge échevelée semblable à un chardon.

Lorsque mon regard s'est posé dessus, je suis resté cloué sur place. Même dans les lieux les plus ingrats, la vie prospérait. Cette vérité m'a renversé. Elle s'enracinait, poussait, résistait de toutes ses forces. J'aurais voulu que maman et Chiyoko aussi puissent la voir.

Pendant que nous étions sortis, Michael avait cuisiné en nous attendant un assortiment de plats qui paraissaient bons pour la santé.

— Votre corps vient justement d'être purifié, alors, il faut l'embellir encore par la nourriture.

Au début, j'avais trouvé Michael un peu effrayant, mais après quelques échanges, j'ai compris que c'était quelqu'un de profondément compatissant. Peut-être Chiyoko lui avait-elle parlé de sa maladie.

Après un crochet par le bungalow pour prendre une douche, lorsque je suis retourné dans la salle à manger, les mets aux couleurs vives s'alignaient déjà sur la table. C'était ce qu'on appelle de l'alimentation vivante, où les plats sont préparés sans faire cuire les aliments. Ce soir-là, maman non plus n'a pas bu d'alcool, nous avons tous trinqué avec un smoothie.

De retour au bungalow, avant de dormir, nous avons étalé nos tapis de yoga sur le *lanai* et nous avons fait du yoga en famille. A part Chiyoko, nous manquions tous de souplesse. Takara, qui faisait du sport et était jeune, aurait dû avoir le corps délié mais ce n'était pas le cas, de façon surprenante. Maman, elle, semblait avoir mal aux reins. Et moi qui travaillais tout le temps assis à part pour aller aux toilettes, j'avais des problèmes de sciatique.

Après avoir fait travailler notre corps, nous sommes restés allongés sur les tapis pour méditer. Là encore, j'ai juste prié pour que nous voyions un arc-en-ciel lunaire. Mais cette fervente prière a été mise en échec par les ronflements de maman.

Comment pouvait-elle sombrer si vite dans le sommeil ? Elle s'endormait instantanément, comme on éteint la lumière en basculant un interrupteur. Pour moi qui, généralement, n'arrivais pas à m'endormir et passais mes longues nuits à me retourner tant et plus, c'était un prodige incroyable. Takara a pouffé.

— C'est sûrement le *lomilomi* qui l'a rendue toute légère, a chuchoté Chiyoko.

J'ai tendu l'oreille en silence. Les ronflements et grincements de dents de maman n'avaient rien de nouveau, mais, plus que jamais, ses ronflements m'ont semblé être un signe de bonheur. Maman était bienheureuse, me suis-je dit.

Mais hélas, cette nuit-là encore, nous n'avons pas pu voir d'arc de lune.

•

Le troisième jour, qui tombait un dimanche, nous sommes partis pique-niquer avec Michael, Manu et leurs deux jeunes enfants, ainsi que leurs trois chiens.

Dès avant le départ du Japon, Chiyoko avait exprimé le souhait de se baigner dans la mer. Peut-être espérait-elle que le sel marin purifierait son corps. Elle y aspirait profondément.

Cependant, il n'y avait dans les environs que peu de plages où l'on pouvait se baigner en toute sécurité et, en plus, Hawaï avait beau être le pays de l'été éternel, à cette saison, l'eau était assez froide ; une baignade à tout prix aurait au contraire risqué de la rendre malade. Nous pensions nous baigner tous les quatre et nous avions apporté maillots de bain, masques et tubas, c'était dommage.

J'en ai parlé à Manu, qui m'a alors proposé de nous faire découvrir leur coin secret.

C'est dans un bassin d'eau chaude naturelle qu'ils nous ont emmenés. Les gens du coin appellent cela un *hot pond*, et c'est aussi un lieu sacré. L'eau de source réchauffée par la chaleur volcanique et l'eau de mer froide s'y mêlent à une température idéale pour la baignade.

Certains nageaient pour de bon, des enfants observaient les poissons avec leur masque et leur tuba. Sur les berges, c'était partout la fête. Chacun profitait du dimanche comme il l'entendait.

Quand nous avons eu faim, nous sommes sortis de l'eau pour déjeuner et, une fois repus, nous avons somnolé à l'ombre des palmiers ; au réveil, nous avons grignoté des fruits pour le dessert, puis nous sommes retournés nous baigner et jouer dans l'eau.

Pendant que nous étions dans l'eau, Michael jouait de la guitare sèche tandis que Manu frappait sur un petit tambour. Les enfants les accompagnaient en chantant et en dansant. Les trois chiens nageaient, jouaient, bâillaient et prenaient leurs aises.

Dans l'eau, maman et Chiyoko batifolaient en poussant des cris. Takara jouait à s'éclabousser avec les enfants du coin. A chaque gerbe d'eau, la surface du bassin brillait comme si l'on y avait déversé des billes de lumière. Tout, sans exception, était beau et plaisant.

Seulement, plus je contemplais ce bonheur et plus la culpabilité m'envahissait. Eh oui, parce qu'à cette minute, au centre d'appels, les téléphones sonnaient sans interruption. Etre le seul à prendre du repos ainsi, à goûter au bonheur, me faisait culpabiliser vis-à-vis de mes collègues qui travaillaient au Japon.

A l'approche de la fin du séjour, je me remettais à penser souvent à mon travail. Ma réalité, c'était sans conteste la plateforme téléphonique.

Chiyoko avait pris un nouveau rendez-vous pour le *lomilomi*. En chemin, elle est descendue de la jeep, devant la maison du *kumu*. Cette fois, maman ne l'accompagnait pas, elle y est allée seule.

Michael, avec l'aide de Manu, a immédiatement préparé le dîner. Malgré tout ce que j'avais mangé à midi, j'avais déjà faim. D'ailleurs, j'avais retrouvé un appétit surprenant à Hawaï. J'avais pourtant presque oublié ce que c'était d'avoir faim.

Au menu du dernier dîner, il y avait du porc *kalua*, un plat traditionnel d'Hawaï. On dispose, dans un trou creusé à même le sol, des pierres brûlantes par-dessus lesquelles on empile des couches de feuilles de bananier, de feuilles de *ti* et de la viande de porc qu'on fait cuire à l'étouffée. Moi aussi, j'ai aidé Michael et Manu.

Autour d'un feu de camp, nous avons dévoré le porc *kalua* en contemplant les étoiles. Chiyoko était absente, c'était dommage, mais elle était occupée à une chose importante, rassembler son flux d'énergie vitale.

J'ai rapidement fini de dîner et je suis retourné au bungalow. Préoccupé par l'arc-en-ciel lunaire, je n'étais pas dans les bonnes dispositions pour apprécier un long dîner. Notre unique chance d'en voir un, c'était ce soir.

J'étais sur le *lanai* en train d'observer le ciel lorsque Takara est arrivée derrière moi. Maman, qui adorait prendre son bain, était partie se laver en premier. Ce soir, elle aussi, à sa façon, loin de Chiyoko, vivait un moment spécial.

— Il n'y aurait pas une solution ? ai-je lancé, le regard tourné vers le ciel. Puisque tu t'appelles Takara-le-miracle, tu dois pouvoir invoquer un arc-en-ciel lunaire, non ?

Dans mon impatience, je m'en suis pris à ma sœur, je ne sais pas pourquoi. Mais Takara, sans se laisser démonter, m'a répondu calmement :

— On parle bien de la danse de la pluie. On pourrait faire la danse de l'arc-en-ciel, dans le même genre.

Sa proposition m'a arraché un gros soupir. Peut-être ne nous restait-il plus en effet qu'à implorer le ciel. Mais cela faisait déjà plusieurs jours que je priais fiévreusement. Qu'aurais-je pu tenter de plus ? Si même Takara ne pouvait pas faire de miracle, c'était totalement hors de ma portée. Et alors, elle a ajouté, mais au fait…

— Un arc-en-ciel lunaire, comment ça se forme ?

— Je te l'ai déjà dit…

J'ai pincé les lèvres. C'était la troisième fois que je lui expliquais le phénomène de l'arc de lune.

— Il pleut, d'accord ? Les rayons de lune frappent le rideau de pluie, et ça fait un arc-en-ciel.

J'avais simplifié à l'extrême, pour que même Takara comprenne. Elle m'a écouté puis elle a réfléchi, les bras croisés. Au bout de quelques secondes, elle a relevé la tête et déclaré, comme une évidence :

— Ben alors, il suffit d'en fabriquer un.

— D'en fabriquer un ? Un quoi ?

— Ben, un arc-en-ciel lunaire. Il suffit qu'il pleuve, pas vrai ? Rappelle-toi, quand on était petits, on arrosait souvent la prairie et ça faisait des petits arcs-en-ciel. Ça s'appelle un arc-en-ciel lunaire, mais en fin de compte, c'est la même chose. Avec quelque chose pour remplacer les rayons de lune, on devrait pouvoir en fabriquer un, non ?

Takara, avec l'air d'avoir découvert un nouveau continent, développait sa théorie toute neuve avec assurance.

— Mais tu crois que maman Chiyoko, c'est ça qu'elle veut voir ?

J'avais des doutes. Un arc de lune artificiel la convaincrait-il ? Cela lui ferait-il plaisir ? Et en plus, un si petit arc-en-ciel aurait-il vraiment un pouvoir de bénédiction puissant ?

— *Maika'i, maika'i !* a crié Takara. C'est mieux que pas d'arc-en-ciel du tout, y a pas photo ! Ça lui fera plaisir, c'est clair. C'est carrément mieux que de s'en remettre au ciel et de ne rien voir du tout.

Dans ces cas-là, l'entrain de Takara est impossible à freiner. Moi aussi, j'ai fini par être séduit par l'idée d'un arc-en-ciel lunaire fait maison.

Le système était d'une simplicité enfantine. Pour résumer, à en croire Takara, il suffisait de trouver de quoi remplacer la pluie et les rayons de lune. Mais était-il vraiment possible de fabriquer un arc-en-ciel aussi facilement ?

— On verra bien ! Si ça rate, eh bien, tant pis !

Boosté par Takara, j'ai enfin pris l'idée au sérieux.

Je suis vite retourné au lobby pour consulter Manu. Lui aussi a trouvé que c'était une bonne idée. Il est immédiatement allé chercher un tuyau d'arrosage et une lampe torche dans la remise. Il y avait une prise d'eau sur le *lanai*, ça tombait bien.

— *Good luck !*

Porté par ce cri d'encouragement dans mon dos, je suis reparti au trot vers le bungalow.

Takara était déjà en train d'expliquer la situation à maman, ceinte dans un peignoir de bain. Loin d'hésiter, maman s'est activement ralliée à notre idée, ou, plus précisément, à l'idée de Takara. Elle a proposé d'accompagner Manu qui devait aller chercher Chiyoko avec la jeep après sa séance de *lomilomi*, comme ça elle la guiderait. Takara se tiendrait en bas avec la lampe torche, tandis que je ferais tomber la pluie depuis le *lanai* avec le tuyau.

Nous avons fait une répétition à toute vitesse. J'ai branché le tuyau d'arrosage sur le robinet et pendant que je le réglais pour qu'il en sorte de fines gouttelettes, Takara, dans le jardin, faisait légèrement pivoter la lampe torche. Maman, postée un peu plus loin, vérifiait et nous donnait des instructions en indiquant sous quel angle on voyait bien l'arc-en-ciel. Le moment venu, elle se débrouillerait pour conduire habilement Chiyoko vers cet endroit.

C'est à peine deux minutes avant l'heure de départ prévue pour aller chercher Chiyoko en jeep qu'elle a donné son feu vert, après de multiples réglages de la position de la lampe torche et de sa luminosité. Nous avons revu le dispositif encore une fois, avant de vite regagner notre poste.

La maison du *kumu* chez qui Chiyoko se faisait masser était à quelques minutes seulement en voiture. Même en estimant qu'elle y prendrait tranquillement un thé et qu'il fallait quelques minutes de marche depuis le parking, elle serait de retour relativement vite.

Takara, pour éviter de modifier la position de la lampe torche, est restée immobile dans l'obscurité. La voir ainsi m'a rendu encore plus nerveux. Un petit morceau d'arc-en-ciel suffirait, même brièvement, mais j'espérais qu'il apparaîtrait devant Chiyoko. C'était tout ce que je désirais.

Enfin, j'ai entendu la voix de maman au loin. Elle parlait plus fort que d'habitude, afin que nous l'entendions. J'ai ouvert le robinet et Takara a allumé la lampe torche. Si les mêmes conditions que pendant la répétition de tout à l'heure étaient réunies, il devait y avoir un arc-en-ciel dans la nuit.

Peu à peu, les voix se sont rapprochées.

— Viens, O-Choko, on va faire une petite promenade nocturne.

Maman a invité Chiyoko d'un ton légèrement emprunté. Dans ce genre de cas, elle était vraiment mauvaise comédienne. Courage, maman ! On y est presque ! Amène Chiyoko jusqu'ici sans anicroche. En mon for intérieur, je ne cessais d'encourager ma mère maladroite.

Elles parlaient du *lomilomi*, semblait-il. Leurs voix se rapprochaient rapidement. Maman et Chiyoko marchaient sans doute épaule contre épaule, bras dessus bras dessous.

Mais de là où je me tenais, je ne les voyais pas. Etaient-elles dans le champ de vision de Takara ? Je n'en savais rien, et je me suis concentré sur mon propre rôle.

Et alors, une voix aiguë a soudain retenti.

— Regarde !

C'était la voix de Chiyoko, sans le moindre doute. Cela voulait dire que maman ne l'avait pas guidée trop ouvertement et que Chiyoko avait fait la découverte par elle-même. Et c'était la preuve formelle que notre manœuvre avait fait surgir un arc-en-ciel lunaire.

Notre entreprise avait réussi.

— C'est beau, hein ?

Cette fois, c'était la voix de maman.

— C'est génial ! s'est écriée Chiyoko.

De ma place, je ne distinguais toujours pas leurs silhouettes. Mais il me semblait voir le visage souriant de mes deux mères, amoureusement serrées l'une contre l'autre, en train de contempler l'arc de lune.

Celui qui voit un arc-en-ciel la nuit sera heureux toute sa vie.

Si la personne qu'il aime se trouve à ses côtés, tous deux seront unis pour l'éternité.

C'est ce qui était écrit dans un livre que j'avais lu au Japon, avant le départ.

Qu'elles soient heureuses ! Qu'elles soient heureuses à tout jamais.

Ma prière, sous la forme de minuscules gouttelettes d'eau, retombait sur la terre.

Chiyoko et maman restaient absorbées dans la contemplation de notre arc-en-ciel lunaire maison.

Avec la même fleur d'hibiscus derrière l'oreille, entourées de plantes bien plus grandes qu'elles, elles ont toutes les trois les bras levés. En souvenir de ce voyage, je les ai photographiées en train de sauter en l'air. Chiyoko était surexcitée comme une gamine. Pendant ces quelques jours passés à Hawaï, elle avait été plus en forme et plus gaie qu'avant de tomber malade.

A l'aéroport, nous avons serré fort dans nos bras les deux propriétaires du Double M avant de les quitter. C'étaient des adieux déchirants, littéralement. Alors que le ciel dégagé était d'un bleu pur, autour de nous seuls il faisait curieusement humide, comme dans les chansons sentimentales *enka*.

Moi aussi, j'ai serré fort Manu et Michael dans mes bras. Je conserverais leur amitié dans mon cœur, je voulais la remporter au Japon intacte, sans la moindre éraflure.

C'est ainsi qu'au terme d'un vol de presque dix heures, nous sommes rentrés au Machu Picchu d'un blanc immaculé. Dès que nous sommes arrivés au Japon, la sonnerie d'un téléphone m'a fait sursauter, mais j'étais le seul à l'avoir entendue, apparemment. Les jours où le téléphone sonnait jusque dans mes rêves étaient de retour.

Le paysage de l'autre côté du hublot était tellement différent que j'avais l'impression de rentrer d'un voyage dans l'espace.

Mais les sept jours et cinq nuits que nous venions de vivre n'étaient ni un rêve, ni une illusion, ni un voyage spatial.

La preuve, nous étions tout bronzés. Et à l'annulaire de maman et de Chiyoko, la même alliance brillait de mille feux.

Epilogue, ou plutôt, prélude

Quand j'étais écolière, j'aimais entendre la voix de mes parents le soir. Souvent, je collais mon oreille contre le mur froid et je les écoutais en catimini. Ce qui est surprenant, c'est que j'avais beau dormir profondément, dès que je les entendais, je me réveillais comme par magie.

Je n'étais qu'une enfant, mais je devinais dans ces voix comme un secret, quelque chose de particulier. A l'étage du bas de nos lits superposés, mon frangin dormait. S'il m'avait repérée, il m'aurait arrêtée à coup sûr, alors je prenais garde à ce qu'il ne s'aperçoive de rien et j'écoutais à la dérobée ce qui se passait dans la pièce voisine.

Les voix étaient celles de mam's et maman, Izumi et O-Choko. Depuis ma naissance, j'ai deux mamans. Mères lesbiennes, elles nous ont élevés ensemble, mon frangin et moi.

La rencontre entre mam's et maman remonte à il y a dix-sept ou dix-huit ans. A l'époque, je n'étais pas encore née. Le coup de foudre a été réciproque, il paraît. Elles ont immédiatement fugué ensemble et se sont installées au Machu Picchu.

Ce qui s'est passé à ce moment-là, je ne peux le savoir qu'indirectement. Aujourd'hui encore, ça me fait trop râler. Mon frangin, qui a tout vécu depuis le début, a vraiment du pot. Moi aussi, j'aurais bien aimé participer à la fugue de mes parents. A ce moment-là, un minuscule moi était certes déjà accroché dans l'utérus de ma mère, mais quand même.

Autour de moi, au collège, tout le monde jurait que c'était impossible, mais moi, j'étais vraiment persuadée d'être le fruit de l'amour de mam's et maman. Bah oui, l'existence de la famille Takashima était indéniable et personne ne m'avait encore rien dit.

Du coup, lorsque j'ai appris que les bébés naissent d'un acte sexuel entre un homme et une femme, cela a été comme un coup de tonnerre dans un ciel serein, mon monde s'est retrouvé sens dessus dessous. Sur les manèges, dans les parcs d'attractions, on a la tête en bas un instant et puis tout redevient normal, mais dans mon cas, je suis restée coincée la tête en bas, au début j'étais complètement désorientée.

Pourquoi le Bon Dieu a-t-il créé un système cruel dans lequel un enfant ne peut naître que d'un rapport entre un homme et une femme ? Pourquoi deux hommes ou deux femmes ne peuvent-ils pas faire un bébé ensemble ?

De mon point de vue, c'est cela qui est vraiment bizarre. Alors qu'un homme et une femme peuvent concevoir un enfant sans s'aimer, deux hommes ou deux femmes, même fous d'amour, n'auront jamais leur propre bébé, c'est vraiment trop injuste, non ?

Le Bon Dieu pourrait quand même, me semble-t-il, avoir la générosité d'accorder un bébé à tous les amoureux qui le souhaitent, qu'ils soient hétérosexuels ou homosexuels. Parce que les couples homosexuels comme mes parents, on ne les remarque pas mais, en réalité, ils sont nombreux.

Mon monde était chamboulé et j'en ai fait toute une histoire, mais j'ai été coupée net dans mon élan par le coming out de maman.

Maman avait un cancer ?

Je refusais d'y croire. Mais c'était vrai. Il a bien fallu que je mette entre parenthèses ma crise d'adolescence tardive.

Pour les fêtes de fin d'année, nous sommes partis tous ensemble à Hawaï. Mes parents ont célébré leur mariage et passé leur lune de miel avec leurs enfants, c'est-à-dire mon frangin et moi.

Aujourd'hui encore, quand je repense à ce séjour à Hawaï, c'est comme si j'aspirais du nectar de fleurs, c'est à la fois très doux et très triste. En fin de compte, ma crise d'adolescence a été reléguée aux oubliettes pour toujours.

A Hawaï, j'ai découvert un mot que j'adore.

C'est *ohana*. *Ohana*, ça veut dire « famille » en langue hawaïenne. Les gens d'Hawaï, ils prennent drôlement soin de leur famille.

Au début, comme Manu et Michael répétaient *ohana*, *ohana*, j'ai cru qu'ils parlaient des fleurs, et je me demandais pourquoi ils disaient seulement ce mot en japonais, et en plus, en japonais très poli. Mais maman m'a expliqué, toute contente.

Ma petite Takara, *ohana*, ça désigne la famille en hawaïen, m'a-t-elle dit.

Sous les rayons ardents du soleil, la peau de maman était d'une pâleur délicate, elle était magnifique. Quand elle m'appelle ma petite Takara, c'est souvent le signe qu'elle est très heureuse.

J'ai rapidement oublié les autres mots, mais *ohana*, lui, est entré sans peine dans mon cœur, où il s'est enraciné. Dire *ohana* pour la famille, c'est super mignon ! *Ohana*, des fleurs de toutes les couleurs. Depuis le voyage à Hawaï, ma famille m'apparaît comme un champ de fleurs.

Si je devais attribuer la couleur d'une fleur à chaque membre de la famille Takashima, ce serait le violet foncé pour mam's, un joli rose pour maman, du bleu clair pour mon frangin. Mais pour moi, je ne sais pas.

Quand j'étais petite, j'aimais le rouge et je voulais absolument porter des chaussettes et des robes rouges, mam's, maman et mon frère s'accordent à dire que c'était pénible. Mais moi, je n'en ai aucun souvenir. Maintenant, je trouve au contraire que le rouge c'est moche et vulgaire, je n'aime pas les survêtements écarlates non plus. Peut-être que ma fleur n'est pas encore éclose.

A ce propos, c'était à Hawaï, sur le chemin de retour du cratère de je ne sais plus quel volcan. Mon frangin était accroupi au milieu du sentier, dans le noir, en train de regarder fixement le sol. Je me demandais ce qu'il fabriquait et je suis allée voir en sautillant ; il pleurait en silence. J'ai approché mon visage du sien et, en se frottant les yeux, il a dit, il y a une fleur. Mais il avait beau se frotter les yeux encore et encore, les larmes en jaillissaient sans arrêt.

Des fleurs, il y en a partout, tu sais !

J'ai fait exprès de lui répondre d'un ton léger. Parce qu'il regardait la fleur d'un air tellement sérieux que ça m'a fait un peu peur.

Ce qu'il contemplait, c'était une plante vigoureuse qu'on voit souvent à Hawaï, et qui apparaît dans un mythe ou je ne sais quoi. C'est la seule à émerger du sol tout noir quand la coulée de lave a refroidi, elle fait des fleurs comme des oursins tout rouges.

S'il y avait des championnats du monde de la gentillesse, mon frangin figurerait à coup sûr parmi les vainqueurs, mais quand même, se mettre à chialer parce qu'une fleur s'épanouit, c'est pousser un peu loin. A ce moment-là, je me suis vaguement fait la réflexion qu'il était trop gentil pour arriver à vivre dans ce monde de brutes, ça risquait d'être difficile même à Hawaï qui est pourtant considéré comme un paradis.

Peu après notre retour d'Hawaï, je devais passer les concours d'entrée au lycée. Je ne dis pas ça pour me vanter, mais je suis vraiment nulle à l'école. Pendant ma crise d'adolescence, j'avais pas mal séché les cours pour enquiquiner mes parents, du coup, j'avais encore plus de mal à suivre. Mes points forts, c'était le sport et les arts plastiques, c'est tout, dans les autres matières c'était vraiment un désastre.

Il n'y a qu'au club de softball que je me donnais à fond, mais à l'approche des concours, ça aussi j'ai commencé à m'en foutre, je n'avais plus envie de continuer le softball au lycée. Alors, j'ai postulé pour un lycée privé de filles assez insignifiant qui n'avait même pas de club de softball, dont n'importe qui pouvait réussir le concours, et j'ai passé les examens. J'avais quand même un peu la trouille, si même là je me plantais, ma vie était foutue, mais j'ai réussi de justesse. L'uniforme était super mignon, c'était la classe ; mon idée, c'était de me la couler douce au lycée.

Mais alors que la date de la cérémonie d'entrée approchait, j'ai changé d'avis. Je ne comprenais pas moi-même ce qui m'arrivait, mais j'ai eu envie de continuer le softball à tout prix. Pourtant, on avait déjà payé les droits d'entrée et les frais de scolarité, qui n'étaient pas donnés, loin de là, et commandé mon uniforme. J'avais même le sac, les chaussettes et les vêtements de sport prescrits par le lycée, il ne restait plus qu'à attendre la rentrée.

C'est à quelques jours seulement de la cérémonie que j'ai réussi à en parler pour de bon aux parents. Mam's et maman venaient toujours aux événements scolaires. Donc, elles avaient réservé leur matinée et même décidé ce qu'elles porteraient ce jour-là. Mais je ne pouvais pas assister à la cérémonie d'entrée au lycée dans ces conditions.

— Pardon.

Je me suis excusée du fond du cœur. Je trouvais vraiment que c'était moche, ce que je faisais. Mais j'avais pris ma décision.

— Si tu commençais par y aller, pour voir ? Peut-être que tu trouveras quelque chose de nouveau, qui remplacera le softball. Vas-y un trimestre, au moins, et si tu ne t'y plais pas, tu réfléchiras à ce que tu veux faire.

Un instant, la suggestion de mam's m'a convaincue. Mais cela n'aurait pas de sens. Je voulais miser le tout pour le tout. Avancer tout au bord du précipice pour voir comment je tenais le coup, je voulais en avoir le cœur net. Gravir de mes propres forces la montagne immense qui se dressait devant moi, voilà ce qui m'intéressait. Je voulais laisser derrière moi une bonne fois pour toutes ma vie de méduse à la dérive.

Mam's a soupiré pour la énième fois. Evidemment, dans ces moments-là, ni téléphone qui sonne pour une réservation ni livreur qui vient déposer un colis. Moi aussi, j'ai poussé un gros soupir, aussi fort que mam's. A cet instant, maman a lâché :

— C'est ta vie, Takara, fonce, et tu verras.

Mam's l'a immédiatement fusillée du regard. Mais maman n'a pas bronché. Elle a pris mon parti.

— Quand j'étais lycéenne, je suis partie étudier un an en Australie. Alors, quand je suis rentrée au Japon, on m'a fait redoubler. Au début, je n'avais pas très envie de me retrouver en classe avec des élèves qui avaient un an de moins que moi, mais on s'y habitue tout de suite, ne t'en fais pas. Un an ou deux de différence, au lycée, ça ne change pas grand-chose. Ce qui compte, c'est de savoir si tu veux continuer le softball ou non, c'est tout. Si jamais tu dis ça comme ça, à la légère…

— Non, ce n'est pas le cas ! ai-je dit en lui coupant la parole.

— Tu es sûre ?

Cette fois-ci, c'était mam's qui s'adressait à maman. Sans doute s'inquiétait-elle pour l'argent. L'année dernière, il avait fallu payer l'opération de maman et il y avait aussi eu le voyage à Hawaï, la famille Takashima n'était pas à l'aise financièrement, même la fille insouciante que j'étais s'en rendait compte. Sur ce terrain-là, je n'avais qu'à me faire toute petite et me taire.

— On s'en sortira. On a toujours vécu comme ça, de toute façon, a répondu maman en regardant droit devant elle.

Puis elle a ajouté :

— Ma petite Takara, tu me promets de nous emmener au Kôshien, sûr et certain ?

J'étais estomaquée, j'ai failli tomber à la renverse. Mais maman ne blaguait absolument pas, elle était sérieuse. Elle ne faisait toujours pas la différence entre baseball et softball. Du moment qu'on avait un gant et qu'on lançait une balle ou qu'on la frappait avec une batte, elle était persuadée que c'était du baseball.

Comme pour redonner un peu de solennité à l'atmosphère qui s'était un instant détendue, mam's a pris la parole d'un ton grave.

— Bref, Kôshien ou championnat inter-lycées, c'est égal, mais si tu prends cette décision, tu vas jusqu'au bout. Pour commencer, tu vas devoir intégrer le lycée départemental, c'est ça ? Tu n'y arriveras pas sans travailler dur. Nous n'avons pas les moyens de te payer des cours de préparation aux examens, tu travailleras toute seule, d'accord ? Et puis, si tu es acceptée, les élèves de ton âge seront une classe au-dessus et tu devras t'entraîner avec des plus jeunes que toi. Cela aussi, tu en as conscience, n'est-ce pas ?

— Oui, ai-je répondu en regardant mes deux mères droit dans les yeux.

Voilà comment a débuté mon année de préparation aux concours en candidat libre. Pendant cette période, je me suis exercée à manier la batte dans la prairie, à courir sur les chemins de campagne du Machu Picchu et à échanger des balles avec mon frère lorsqu'il venait : je me suis astreinte à suivre mon propre programme d'entraînement pour rester en forme. Bien entendu, j'ai aussi étudié pour le concours, mon point faible. Comme j'avais un objectif clair, ce n'était pas trop dur.

Et puis, tout le monde faisait des efforts. A notre retour d'Hawaï, maman s'était inscrite à des cours par correspondance pour devenir puéricultrice. Mam's, de son côté, tentait de mettre en œuvre à L'Arc-en-ciel les principes de vie écologique découverts à Hawaï. Et mon frangin, séparé de la famille, vivait seul dans son studio et travaillait à fond.

Je ne l'ai dit à personne, mais leur exemple m'avait fait réagir, moi qui au fond préférais vivre au jour le jour sans penser à rien, comme une méduse qui se laisse mollement porter. Alors que toute la famille se démenait avec acharnement, je ne pouvais pas, à seize ans, être la seule à renoncer à la vie.

J'ai immédiatement arrêté de vivre la nuit et de dormir le jour, pour me coucher et me lever tôt. Je travaillais mes examens le matin, quand on est le plus concentré, et l'après-midi, j'aidais à la maison. En réalité, j'aurais voulu bosser au restaurant de *soba* ou chez le fleuriste du Machu Picchu, mais, sans surprise, personne n'était prêt à embaucher une collégienne fraîchement déscolarisée. Alors, après discussion avec les parents, il a été décidé que je travaillerais trois heures par jour pour la maison d'hôtes. Pour commencer, je serais payée cinq cents yens de l'heure.

Je n'avais jamais passé autant de temps avec mes parents et ma vie de candidat libre avait quelque chose de tout nouveau pour moi. Pendant la première moitié du collège, occupée par le club de softball, je ne rentrais à la maison que pour dormir, et plus tard, avec ma crise d'adolescence, je faisais semblant de ne pas voir le travail qu'elles fournissaient.

Maman y mettait une énergie folle. De temps en temps, mam's lui lançait d'une voix aiguë, et si tu te reposais un peu, O-Choko ! tellement elle était perpétuellement en mouvement. Maman m'a appris entre autres à cuisiner, tandis que mam's m'a montré comment faire le ménage et couper du bois.

Passer ainsi du temps toutes les trois ensemble me rendait heureuse, quelque part. Tous les jours, à quinze heures, nous nous retrouvions sans faute pour prendre le thé. Dehors par beau temps, autour de la table à l'intérieur lorsqu'il faisait froid ou qu'il pleuvait, nous buvions une tisane ou un thé au lait. Depuis que maman était malade, nous évitions le café et le thé forts en caféine.

Ce jour-là, le grand cerisier près de la maison était en pleine floraison. Quand j'étais petite, souvent j'y grimpais ou je me cachais dans le creux de son tronc, j'avais beaucoup joué là. Lorsque ce cerisier fleurissait, je sentais que le printemps était enfin arrivé jusqu'au Machu Picchu.

Comme il faisait beau, nous avons bu notre thé sous l'arbre, en admirant ses fleurs. C'était un après-midi tout ce qu'il y a de paisible. Blotties l'une contre l'autre, mes deux mères sirotaient un thé à la menthe en regardant rêveusement le ciel. A ce stade de leur vie, maman et mam's semblaient revivre leur jeunesse. J'ai levé les yeux vers les fleurs de cerisier qui, pareilles à un dais, oblitéraient le ciel. Par moments, un rossignol s'aventurait à lancer des trilles d'une voix encore mal assurée.

Devant ce spectacle charmant, une question toute bête m'a effleuré l'esprit.

— Pourquoi le Bon Dieu a-t-il fait des gens comme vous deux ?

Je l'ai dit comme cela m'était venu.

— Pourquoi, en effet ?

C'est mam's qui a réagi la première. Elle a penché la tête sur le côté.

— De toute façon, ce n'est pas quelque chose qu'on choisit. Ce qui doit advenir adviendra.

Cette fois-ci, c'est maman qui a répondu d'un ton serein :

— C'est comme pour *ohana*, on ne choisit pas sa couleur.

— *Ohana* ?

Sur le coup, j'ai cru qu'il s'agissait de la famille. Mais maman parlait des plantes.

— Elles ont beau trouver la teinte de la fleur voisine plus jolie, et l'envier, elles ne peuvent pas modifier à leur guise la couleur qui leur a été dévolue. Alors, il ne leur reste plus qu'à vivre cette couleur de toutes leurs forces, tu ne crois pas ?

En écoutant maman, je me suis dit qu'elle avait raison. Une fleur avait beau souhaiter devenir rouge, elle ne pouvait pas choisir la couleur de ses pétales.

— C'est pareil pour nous, un jour on a compris qu'on était comme ça, a murmuré maman, les yeux dans le vague, le visage tourné vers le ciel rose.

— Et toi, Takara, ce sont les garçons qui te font vibrer ? Ou les filles ?

Un moment plus tard, c'est mam's qui a lancé ça. Sur ce terrain, je n'en savais trop rien moi-même. Sous l'influence de mes parents, je risquais peut-être de devenir lesbienne, à une époque, je l'avais en effet pensé. D'un côté, j'y étais résignée, mais d'un autre, en tant que témoin réel de la vie de deux lesbiennes, franchement, je trouvais que ça n'avait pas l'air évident et, pour l'instant, je ne savais pas vraiment.

J'ai pris mon temps pour réfléchir.

— Les garçons, je crois.

Mais je ne pouvais pas l'affirmer.

Je n'étais encore jamais sortie avec personne, ni tombée amoureuse, à vrai dire. Au collège, un court moment, j'avais éprouvé ce genre de sentiments pour mon frangin. C'était ça l'amour, sur le coup, j'y avais vraiment cru. Mais si on me demandait si j'aimais mon frère en tant que personne du sexe opposé, c'était assez flou. Avec le recul, c'était peut-être simplement une sorte d'amour fraternel.

— Toutes les deux, dans une prochaine vie, vous voudriez être lesbiennes ?

Ces derniers temps, j'imaginais souvent ce que j'aimerais être si je renaissais. Jusqu'à présent, j'avais toujours souhaité devenir une méduse, mais depuis Hawaï, je me disais qu'un dauphin aussi, ce ne serait pas mal. L'un comme l'autre mènent une vie insouciante en mer.

— Hum, ça, c'est une question assez difficile, a murmuré mam's, mais maman a répondu avec assurance :

— Moi, je veux rencontrer encore une fois Izumi et vivre avec elle. Mais la prochaine fois, je veux qu'on soit un homme et une femme, pour pouvoir se marier et avoir des enfants.

A son expression, on aurait dit que maman était persuadée qu'il lui suffisait de formuler son vœu à voix haute pour qu'il se réalise. Mais ses paroles m'ont démoralisée. Car cela voulait dire que la situation actuelle n'était pas idéale pour elle. Du coup, cela m'a donné envie de lui poser une question un tout petit peu méchante.

— Alors, dans ce cas, quel rôle jouez-vous ?

Ça aussi, c'était un sujet qui me turlupinait ces derniers temps.

— Notre rôle ?

— Oui, parce que des homosexuels, il y en a partout, n'est-ce pas ? Donc, ça veut dire que le Bon Dieu avait un dessein, qu'il a fait exprès de les concevoir. Mais dans quel but ? C'est la question que je me pose.

Quand j'ai eu fini, elles se sont toutes les deux plongées dans leurs réflexions.

— Autrefois, j'avais horreur qu'on me pose cette question, a dit mam's d'un air malheureux. Parce que si l'on admet que, d'un point de vue biologique, notre rôle est de perpétuer la vie, nous, nous en sommes justement incapables. Chaque fois qu'on me parlait de ça, j'avais l'impression qu'on me traitait de bonne à rien, ça me déprimait. Mais maintenant, c'est un peu différent.

Maman partageait totalement l'avis de mam's.

— En quoi est-ce différent ?

J'ai continué à creuser, et mam's a répondu pour elles deux :

— Avant, je ne voyais que les implications négatives du mot rôle, mais depuis quelque temps, je le trouve très positif. Plus dans le sens de mission, peut-être ? C'est difficilement applicable à tous les homosexuels, mais dans mon cas et celui d'O-Choko, si je réfléchis à la mission qui nous a été assignée, je crois que c'est de prendre soin d'autrui. Comme nous vivons en marge de la société, nous comprenons ce que ressentent les minorités. Ce qui nous rend plus attentionnées. Parce que nous comprenons ceux qui se trouvent en position de faiblesse.

En effet, le Machu Picchu avait des airs de bout du monde, et nous, la famille Takashima, nous vivions en marge de ce village lui-même à l'écart de tout. Mais peut-être certaines choses s'offraient-elles à notre regard justement parce que nous étions en marge.

— Oui. Et aussi, on peut peut-être dire que nous sommes destinées à donner des couleurs au monde.

Cette fois-ci, c'était maman qui avait parlé.

— Des couleurs ?

— Oui, plein de coloris. Si le monde entier était de la même couleur, ce ne serait pas drôle, n'est-ce pas ? Mais même à toute petite dose, une simple touche de couleur suffit à rendre le monde bien plus joli, tu ne crois pas ? C'est la même chose.

Mam's a acquiescé d'un signe de tête, sans rien dire.

Les pétales de fleurs de cerisier les plus impatients commençaient déjà à tomber, dansant dans la brise. Autour de nous aussi, des pétales en forme de cœur tombaient lentement en tournoyant. Maman en a doucement attrapé au creux de sa main, les a déposés en silence sur la tête de mam's et a eu un large sourire, découvrant sa canine à cheval.

De vraies gamines, ces deux-là. Elles étaient mignonnes, et parfois agaçantes aussi. A force de les avoir sous les yeux, vieillir ne me faisait plus du tout peur. Car elles n'étaient jamais devenues adultes.

Jusque-là, je croyais qu'au fil des années, en ayant vingt ans, puis trente, puis quarante, on devenait adulte. Mais non. Elles pourraient prendre de l'âge, ressembler à de vieilles mamies croulantes, à l'intérieur, elles auraient toujours sept ou huit ans. On aurait dit des enfants éternellement occupées à cueillir des fleurs et jouer à la dînette.

Les fleurs de cerisier ont fané en un clin d'œil, la Golden Week du mois de mai est arrivée et les rizières ont été mises en eau.

Le jour où nous avons repiqué la rizière en terrasses de la famille Takashima, mon frangin a pris un congé pour venir nous aider. Nous avons fait le repiquage tous ensemble, puis, comme mon frère travaillait de nuit ce jour-là, nous avons dîné un peu tôt. Maman avait mis les petits plats dans les grands et lui a servi tous ses mets préférés. Nous avons mangé tous les quatre pour la première fois depuis longtemps, le dîner était animé.

C'est après avoir dit au revoir à mon frangin qui repartait à moto que j'ai fait cette découverte. Sous la chaise qu'il avait occupée gisait un comprimé blanc. Au début, j'ai cru que c'était un médicament contre le rhume, mais il ne toussait pas ; ça m'a titillée et, quelques jours plus tard, j'ai cherché sur l'ordinateur de la bibliothèque. Résultat : c'était un tranquillisant.

Soudain, une bise menaçante a soufflé dans ma poitrine. J'ai hésité, devais-je le dire aux parents ? Mais à coup sûr, elles en feraient toute une histoire. Maman en particulier risquait de se ronger les sangs et de tomber malade. Donc, je me suis dit qu'il ne fallait absolument pas qu'elles le sachent. Je garderais le secret.

En ce moment, mon frangin était à fond dans ses activités bénévoles. Chaque fois qu'il avait des vacances, il se rendait dans les refuges et les logements provisoires où étaient rassemblés les sinistrés après un tremblement de terre ou une inondation, et il les écoutait. Il m'avait dit que cette activité de bénévole, c'était sa raison de vivre. Donc, il trouvait du temps pour filer à moto jusque dans les lieux les plus reculés. Parfois, il restait plusieurs jours d'affilée dans les zones sinistrées.

Peu de temps après avoir trouvé le comprimé, je suis allée lui rendre visite. Parce que j'ai senti que c'était grave. Je voulais le voir, et lui parler.

L'intéressé était tranquillement dans sa chambre en train d'écouter de la musique hawaïenne ou je ne sais quoi. Je l'ai plus ou moins entraîné de force dehors pour échanger des balles.

Après m'être échauffé l'épaule en lançant quelques balles anodines, je l'ai fait s'accroupir et j'ai entamé des exercices de lancer sérieux. Malgré mes craintes, même en ayant quitté le collège, je ne m'étais pas ramollie. Au contraire, mes balles étaient encore plus précises. C'était vraiment génial.

— Belle balle !

A chaque lancer réussi, mon frère me félicitait. Echanger des balles avec lui, même à notre âge, était aussi amusant qu'autrefois. Quand j'étais petite, je cherchais à l'imiter en tout. Pour moi, mon frangin était un véritable héros. Alors, justement, qu'il soit déprimé était impensable.

J'ai lancé la balle de toutes mes forces. J'y mettais toute mon affection pour lui.

Vas-y frangin ! Courage ! Te laisse pas abattre ! Tiens bon !

Au lieu de l'encourager à voix haute, je lui lançais des balles puissantes. Dans les faits, j'étais incapable de le réconforter en paroles.

C'est une fois installés au comptoir du restaurant de nouilles où il m'avait emmenée que j'ai enfin réussi à aborder la question.

— Dis, ton travail, c'est pas trop dur ?

Je me suis servi un verre du thé d'orge en libre-service pour apaiser ma soif et, le plus naturellement possible, j'ai interrogé mon frangin. Cela faisait longtemps que je n'avais pas lancé de balles, j'avais le dos trempé de sueur.

— Pas du tout.

Il m'a répondu d'un air parfaitement dégagé.

— Au contraire, j'y prends même du plaisir maintenant.

Quand il riait, trois rides se dessinaient nettement au coin de ses yeux, des rides du rire presque trop parfaites. Elles faisaient leur apparition pour la première fois depuis longtemps.

— Ça arrive parfois qu'on me dise des choses horribles ou qu'on me provoque, mais je suis ravi quand une personne qui était très en colère au début termine l'appel sur une note positive, rassérénée.

Il n'y avait pas à dire, il était sûr de gagner au championnat du monde de la gentillesse.

— Mais tu fais aussi du bénévolat, n'est-ce pas ? Avec les déplacements, c'est pas trop dur ?

J'ai posé la question mine de rien, le regard sur le dos du patron affairé à faire cuire les nouilles.

— C'est sûr que parfois, physiquement, c'est dur. Mais il y a des gens qui m'attendent. Alors, je ne peux pas ne pas y aller. Et puis, comme ça, en faisant les deux, mon travail et du bénévolat, ça me permet de trouver un équilibre, quelque part.

Un riche fumet de soupe de poisson s'élevait de derrière le comptoir.

— Mais quand tu vas là-bas, c'est juste pour écouter les gens, non ? C'est vraiment utile que tu viennes d'aussi loin pour ça ?

C'était une question qui me travaillait depuis un moment.

— Là, tu fais fausse route, Takara, a affirmé mon frangin d'un ton triomphant en séparant ses baguettes jetables. Ecouter quelqu'un parler, cela semble à la portée de n'importe qui, mais en réalité, c'est super difficile. Les événements perturbants ou tristes deviennent une souffrance lorsqu'on les garde pour soi, alors qu'on peut alléger ou réduire cette souffrance en les partageant avec quelqu'un. Apaiser l'autre en l'amenant à exprimer ce qu'il n'avait encore jamais dit à personne, c'est ça, le vrai travail de l'écoutant bénévole.

Mais mon frangin, qui encaissait ces blessures et ces chagrins, à qui en parlait-il pour se libérer ?

Je me le suis demandé, sans arriver à lui poser la question. J'aurais eu l'impression de nier sa façon de vivre. Et puis, j'avais sous les yeux un bol de nouilles fumant. Si je ne m'y attaquais pas rapidement, elles allaient ramollir et ce serait moins bon.

C'étaient de délicieuses *râmen* relevées à la sauce de soja, je comprenais que mon frangin en fasse la pub. Les pousses de bambou fermentées, les tranches de rôti de porc et l'œuf mollet que j'avais commandés en plus étaient assaisonnés juste comme il faut, la cuisson des nouilles ondulées était parfaite. J'ai englouti la portion géante en un clin d'œil sans même m'en apercevoir.

J'ai raccompagné jusque chez lui mon frangin qui travaillait dans l'après-midi. En fin de compte, je n'avais pas réussi à aborder une seule question importante.

Dans ce studio triste, à quoi pouvait-il bien penser, tout seul ? J'ai essayé de l'imaginer, mais ça me dépassait. Son univers semblait s'éloigner de plus en plus du mien, et cela m'effrayait.

En juin, à la saison de la récolte des prunes, maman a passé ses journées dans la cuisine, du matin au soir, à accommoder les prunes. Lorsque j'allais lui proposer un coup de main, elle me répétait, moi ça va, va plutôt aider Izumi, elle essayait de tout faire toute seule.

De mon côté, avec des résultats à l'examen blanc du mois de mai meilleurs que prévu, j'étais un peu sur un nuage. Si je continuais ainsi, je pourrais peut-être même viser une école d'un meilleur niveau. Bien entendu, mon choix d'un lycée reposait avant tout sur l'existence d'un bon club de softball.

Bref, tout allait pour le mieux. Depuis notre voyage à Hawaï, les violentes disputes entre mam's et maman étaient moins fréquentes, et moi, j'étais sortie de ma crise d'adolescence, nous construisions de nouveaux liens. Seul mon frangin m'inquiétait, mais quand il venait nous voir, il avait l'air de bien aller, alors je me disais que je m'étais peut-être fait des idées.

Par-dessus tout, maman semblait en forme, et j'en étais heureuse. Elle était encore plus énergique qu'avant, je me sentais bien avec elle, comme avec une copine de mon âge. L'été arrivait à toute vitesse, au Machu Picchu, tout baignait dans une verdure sublime. Dans la rizière de la famille Takashima aussi, les plants de riz poussaient à vue d'œil.

Cet été-là, la maison d'hôtes a connu un succès sans précédent. Un important festival artistique était organisé dans la ville voisine et toutes les chambres étaient occupées quasiment tous les jours par des gens venus y assister. A ces clients se mêlaient aussi de nombreux enfants. Un beau jour, ils s'étaient mis à appeler maman « maîtresse O-Choko ».

Là où nous avons eu une surprise, c'est avec l'arrivée de Manu et Michael qui nous avaient accueillis au Double M à Hawaï ; ils avaient fait le long voyage jusqu'au Machu Picchu. Pour nous surprendre, ils avaient réservé sous un autre nom, nous étions donc stupéfaites. Ce jour-là, mon frangin a rappliqué à toute vitesse, et nous avons fait la fête jusqu'au petit matin.

Les quelques mois qui ont suivi notre retour d'Hawaï ont été un cadeau du Bon Dieu, je ne vois pas d'autre explication. Comme le ciel au coucher du soleil, comme après un bon repas, ce fut un moment fugitif et irremplaçable.

Après la fête d'O-bon, à la mi-août, les prémices de l'automne ont gagné le Machu Picchu. L'hiver approchait à grands pas. Le vent qui soufflait le matin et le soir s'était déjà beaucoup refroidi.

C'est à cette période que maman a soudain annoncé qu'elle voulait aller à l'hôpital. Pour que maman, qui détestait tant les médecins, prenne cette décision d'elle-même, c'est qu'elle devait terriblement souffrir. Mais ni mam's ni moi ne l'avions remarqué.

Pendant que mam's la conduisait à l'hôpital, je suis restée à la maison. Je croyais qu'avec la chute soudaine des températures le matin et le soir, elle avait peut-être attrapé un rhume. Mais une récidive… je ne l'avais même pas envisagé. J'étais persuadée qu'elle avait entièrement chassé les cellules cancéreuses de son corps et qu'elle avait retrouvé la santé. Mais un cancer, ce n'est pas aussi simple que cela.

Maman a été aussitôt hospitalisée. Mam's est brièvement rentrée chercher du linge de rechange et d'autres affaires.

— Comment on va faire ?

Cela a été sa première réaction. La situation était grave, je l'avais immédiatement compris à son visage. On aurait dit un enfant perdu.

— Tant qu'elle n'a pas subi une batterie d'examens, le médecin ne peut rien affirmer, mais d'après lui, c'est clairement une récidive…

A ce point de sa phrase, mam's a enfoui son visage dans ses mains et a éclaté en sanglots. Qui aurait cru qu'hier, non, qu'il y a quelques heures, la famille Takashima était au paradis, dans le camp des vainqueurs qui avaient décroché le bonheur…

— Tu as prévenu Sôsuke ?

Poser cette question m'a demandé toutes mes forces. Mon frangin gardait toujours la tête froide, il prenait les bonnes décisions.

— Tout à l'heure, je lui ai téléphoné depuis l'hôpital, mais je ne suis pas arrivée à l'avoir. Il doit être au travail, je lui ai laissé un message, a murmuré mam's d'une voix aussi faible qu'un bourdonnement de moustique.

Ainsi que nous l'avons appris les jours suivants, l'état de maman ne laissait déjà plus aucun espoir. Le foie et l'estomac, le péritoine et les reins… les métastases s'étaient propagées dans quasiment tous les organes, à part le cerveau. C'est un cancer en phase terminale, avait annoncé le médecin. Ni une intervention chirurgicale ni la chimiothérapie ni les rayons n'auraient le moindre effet. La science était impuissante. Il restait à maman tout au plus trois mois à vivre. Sans doute ne passerait-elle pas la fin de l'année.

Nous avons organisé des roulements pour lui tenir compagnie à tour de rôle. Il n'était pas question de la laisser seule à l'hôpital. J'emportais mes livres et mes manuels et je préparais mes examens dans sa chambre.

Lorsque nous étions toutes les deux, elle me parlait souvent du passé.

Sa rencontre avec mam's, l'omelette roulée qu'elle lui avait cuisinée, le face-à-face avec mon frangin, leur fugue au Machu Picchu, elle m'a raconté des tonnes d'anecdotes.

Chaque jour, mam's apportait à maman un bento fait maison. Alors que la cuisine n'était pas son fort et qu'elle ne préparait presque jamais les repas, pour lui donner la pêche, elle se lançait même dans des *charaben*, ces bentos illustrés qui font sourire lorsqu'on en soulève le couvercle. A la voir s'escrimer ainsi, j'en avais les larmes aux yeux.

Rester en tête-à-tête avec maman dans sa chambre d'hôpital me faisait plaisir, mais c'était aussi un peu effrayant. C'était elle qui souffrait le plus, il n'était donc pas question de pleurer devant elle. Mais un détail me faisait soudain monter les larmes aux yeux, alors à chaque fois je filais aux toilettes ou j'allais changer l'eau du vase de fleurs, je devais quitter précipitamment la pièce. Mais, ce jour-là, je n'en pouvais plus.

— Takara, je suis heureuse que nous t'ayons eue pour fille, a soudain déclaré maman.

Puis elle a continué :

— Un merveilleux trésor sommeille en toi. Prends-en bien soin et vis ta vie, d'accord ? Je veillerai sur toi, de loin.

C'est parce qu'elle m'a dit ça que j'ai fini par pleurer devant elle, alors que j'avais résisté je ne sais pas combien de jours.

— Ne t'en fais pas, quand on est triste, il faut pleurer toutes les larmes de son corps.

A ces paroles, mes larmes ont redoublé. Malgré tout, je ne voulais pas les montrer, alors j'ai pris dans mes bras maman allongée sur son lit.

— Pardon, je suis vraiment désolée.

Tout en me frottant doucement le dos, elle s'est excusée encore et encore.

— C'est plus dur pour ceux qui restent. Pour celui qui part, c'est fini, mais vous qui restez, vous allez devoir vivre encore longtemps. J'ai vraiment de la chance de pouvoir terminer ma vie entourée de ma famille bien-aimée.

Alors que cela aurait dû être à moi de consoler maman, les rôles étaient inversés.

— Mais tu as ta famille, tout ira bien, tu verras. Même si tu es terriblement triste sur le coup, un jour viendra où tu retrouveras le sourire. Restez unis. Quoi qu'il arrive, l'important c'est d'accepter et de pardonner. Et prends soin d'Izumi, s'il te plaît. Il n'y a qu'à toi que je peux demander cela.

Voilà ce que maman m'a dit pendant que je sanglotais, sans plus aucun contrôle sur moi-même.

— Maman, tu m'avais pourtant promis de venir m'encourager au Kôshien !

J'ai relevé la tête et je l'ai implorée, mon visage tout près du sien. Il n'était pas encore dit qu'elle allait mourir, mais elle parlait comme si elle allait nous quitter demain.

— Pardon, vraiment pardon. Mais ne t'inquiète pas, le cancer peut ronger mon corps, mais pas mon cœur.

Maman parlait en me caressant le ventre. Tiens, c'est vrai, quand j'étais petite, j'adorais qu'elle me frotte le ventre.

C'était pourtant sûrement elle qui souffrait le plus.

C'était pourtant sûrement elle qui désirait vivre, plus que n'importe qui au monde.

Malgré tout, tout ce dont elle se souciait, c'était de sa famille, *ohana*.

Peu de temps après, maman est sortie de l'hôpital.

Elle mourrait à la maison, elle l'avait décidé. Le chirurgien nous avait recommandé un établissement de soins palliatifs, mais maman n'avait pas fléchi, elle se sentirait plus en sécurité chez elle.

Par bonheur, nous avons trouvé un docteur qui faisait des visites à domicile et qui a accepté de la suivre. Je n'avais pas renoncé à mes rêves de guérison miraculeuse, mais la vérité c'est que, chaque instant qui passait, maman se rapprochait de la mort.

Propolis, agaric rubicond, huile de foie de requin. Tout ce qui apportait un maigre espoir, nous l'avons tenté. Rire stimulait le système immunitaire, avions-nous entendu dire : mam's, mon frangin et moi, affublés des soutiens-gorge en noix de coco et des pagnes en feuilles achetés à Hawaï, avons improvisé une danse *hula*. Ce jour-là, maman a effectivement ri. Cependant, cela n'a donné aucun résultat tangible.

Mon frangin allait maintenant au travail depuis la maison et, pour la première fois depuis plusieurs années, nous avons de nouveau vécu tous les quatre. L'Arc-en-ciel n'accueillait plus d'hôtes, à part les habitués à qui nous pouvions expliquer la situation.

L'état de maman se dégradait de jour en jour ; parfois, une chose qu'elle pouvait encore faire la veille lui devenait impossible le lendemain. Que l'être humain puisse autant changer en un si bref laps de temps était un choc terrible pour moi.

Parce que juste après la fête d'O-bon, maman était encore en pleine forme.

Mon frère gardait une certaine distance avec elle. Sans doute était-il paralysé par la peur, l'angoisse était peinte sur son visage. Il refusait d'imaginer le futur qui paraissait inéluctable, tout son corps le criait.

Le week-end, les parents de maman, c'est-à-dire mon grand-père et ma grand-mère, faisaient le voyage jusqu'au Machu Picchu. Ce n'était pas maman, mais mam's qui les avait prévenus. Comme mon grand-père était médecin, peut-être avait-elle espéré qu'il pourrait faire quelque chose. Mais le cancer n'était pas un ennemi qu'on pouvait vaincre, même pour sauver sa propre fille.

Maman mangeait de moins en moins, au début elle prenait trois repas par jour, puis seulement deux, et pour finir un seul. Les quantités aussi diminuaient, elle ne pouvait plus avaler qu'une portion de bouillie pour bébé. Les piqûres apaisaient la douleur mais en contrepartie la faisaient délirer, parfois, elle appelait subitement mam's et se mettait à lui crier dessus, elle tentait de me frapper, m'insultait. Je savais bien que ce n'était pas véritablement elle, que c'était dû aux médicaments, mais sur le coup, cela me bouleversait et m'attristait. Malgré tout, elle n'a jamais levé la main sur mon frangin.

A ce moment-là, mam's cherchait fiévreusement une solution pour épouser officiellement maman. Il semblerait que lorsqu'elles étaient seules à l'hôpital, maman lui avait dit qu'elle voulait devenir son conjoint pour de bon, tant qu'elle était en vie. Depuis sa rechute, elle avait encore plus envie de se marier.

— Si je changeais de sexe, peut-être qu'on pourrait se marier, a soudain lancé mam's, un soir.

Toutes les deux, nous étions de plus en plus souvent sujettes à des crises d'insomnie. Dans ces cas-là, nous nous faisions une tisane avec la camomille préparée par maman et nous discutions jusqu'à l'aube. Ce jour-là, mon frangin était avec nous, pour une fois. Mais, comme toujours, il se bornait à écouter, sans jamais donner son avis.

— Tu y es décidée ?

Instinctivement, je me suis penchée en avant et j'ai interrogé mam's.

— Parce que légalement, le changement de sexe est réservé aux personnes qui souffrent d'un décalage entre leur identité sexuelle et leur sexe de naissance, non ?

Je vivais avec mam's depuis ma naissance, et pas une fois je ne l'avais considérée comme un homme. Seulement, on ne pouvait pas non plus dire qu'elle était follement féminine.

— Je n'en sais trop rien moi-même. Ça fait plus de cinquante ans que je vis en tant que femme, me retrouver maintenant avec un aspect masculin, je me demande un peu. Mais si c'est ça la solution, alors... a-t-elle dit d'un ton pensif.

— Changer de sexe, ça signifie te faire enlever les seins et l'utérus ?

Je n'arrivais pas du tout à imaginer mam's en homme. Mon frangin, toujours aussi silencieux, buvait son infusion à la camomille maintenant froide.

— Oui, sûrement. Du coup, je m'interroge. O-Choko, qui voulait à tout prix garder son utérus, se l'est fait enlever. Alors, moi qui ne suis même pas malade, est-ce que je peux me le faire enlever comme ça ? Comment dire, je m'en voudrais un peu. Jusqu'à présent, mes seins, je les ai toujours trouvés encombrants, mais je ne sais pas, pour la première fois de ma vie, je me sentirais coupable vis-à-vis de mes parents qui m'ont mise au monde.

Les rayons de lune qui pénétraient entre les rideaux jetaient une faible lueur sur les traits tirés de mam's. C'était peut-être la pleine lune, cette nuit. Mais pour l'instant, je n'étais pas en état de m'extasier devant la lune.

Mon frangin s'est levé sans bruit. Il est allé aux toilettes et, en fin de compte, il n'est pas revenu.

— Tu sais, ces derniers temps, j'ai le sentiment que… a repris mam's au bout d'un moment. O-Choko, elle savait, je crois. Elle savait que son cancer ne guérirait pas, mais je crois qu'elle s'est fait enlever l'utérus pour nous donner de l'espoir. Tout ça pour en arriver là. Je me dis que j'aurais dû respecter son souhait, la laisser garder son corps intact. J'ai eu tort.

Mam's a reniflé. Puis elle a quitté la pièce en disant :

— Je vais voir comment elle va.

Quelques minutes plus tard, j'ai entendu sa voix dans la pièce où était maintenant installé le lit de maman, celle qui servait autrefois de bibliothèque. Elle lui lisait un livre d'enfant. Celui qu'elles me lisaient quand j'étais petite, avec les deux manchots. Il racontait comment deux mâles s'entraidaient pour couver un œuf et élever leur petit, c'était l'un des livres préférés de maman. Moi aussi, quand j'étais enfant, je l'avais tellement réclamé que je le connaissais presque par cœur.

Au mur de la bibliothèque étaient accrochées les poupées *hina* en origami que j'avais faites au jardin d'enfants – maman avait demandé à les avoir toujours sous les yeux. Honnêtement, je n'en avais aucun souvenir, mais paraît-il qu'elles représentaient mam's et maman. Ces poupées, maman en avait pris grand soin et, tous les ans, pour la fête des filles, elle les exposait.

Depuis sa récidive et son retour à la maison, elles ne quittaient plus le mur de la bibliothèque. Pour maman, c'était tous les jours la fête des filles. Quand elle était éveillée, elle les contemplait d'un air rêveur.

Elle a fini par ne plus pouvoir s'alimenter ni boire seule. Egalement incapable d'aller aux toilettes, elle portait des couches et passait presque toutes ses journées allongée. Ainsi s'habitue-t-on peu à peu à la mort, peut-être.

Seulement, elle avait parfois des douleurs atroces ; dans ces cas-là, mam's et moi lui massions légèrement l'épiderme. Mon frangin semblait ne plus savoir que faire, il était complètement perdu. Comme maman ne pouvait plus prendre les bains qu'elle aimait tant, à la place, nous lui donnions des bains de pieds dans son lit et nous épongions son corps avec une serviette chaude. Transporter les bassines d'eau chaude était la seule tâche que mon frère arrivait à assumer, non sans mal.

— Les soins, c'est plus simple entre femmes, hein. Dans un couple hétérosexuel, il doit y avoir plein de choses difficiles, tu crois pas ? Pour les besoins naturels, par exemple. Mais entre femmes, ce n'est pas gênant.

Chaque fois, mam's répétait la même chose. Peut-être qu'en le formulant ainsi, elle s'encourageait elle-même. C'était une première pour moi aussi, mais je n'éprouvais aucune réticence à changer les couches de maman.

A l'inverse de mam's qui était devenue volubile, mon frangin était de plus en plus taciturne. En me parlant, mam's tenait son inquiétude à distance, tandis que mon frère, lui, se taisait pour résister de toutes ses forces à la peur. Coincée entre les deux, j'alternais entre lancer des blagues débiles et rester prostrée, dégoûtée de moi-même.

Cela ne faisait pas encore un mois que maman était rentrée à la maison, mais elle ne parlait presque plus. Elle était dans un état comateux. Malgré tout, nous continuions à nous réunir autour d'elle. Je mangeais près de son lit, je venais plier le linge à ses côtés. Quand je sortais, j'allais lui dire au revoir, et à mon retour, j'allais la saluer après m'être lavé les mains et gargarisée. Mais jamais elle n'ouvrait les yeux ni ne répondait.

De cette manière, progressivement, la famille aussi s'est habituée à l'idée de sa mort. Maintenant, moi non plus, je n'espérais plus de miracle.

Maman est partie ainsi, sans un mot. J'aurais aimé qu'elle nous parle une dernière fois à la fin, mais avec un naturel surprenant, comme la feuille morte se détache de la branche et tombe, un matin, elle a délicatement rendu son dernier souffle en silence.

C'était par une si belle journée d'automne que cela m'a paru trop beau pour être réel. S'il avait plu, j'aurais peut-être réussi à pleurer toutes les larmes de mon corps, mais là, j'avais vaguement l'impression de regarder un beau film, de flotter dans un rêve cotonneux.

Soudés, nous avons décidé de faire nos adieux à maman dans les meilleures conditions possibles.

C'est dans l'après-midi, le jour même, que la thanatopractrice est venue. Mam's n'arrêtait pas de répéter, toilette, toilette, et je m'étonnais qu'on installe des toilettes en préparation à des funérailles ; ce n'était pas les toilettes, mais la toilette. La toilette mortuaire, c'est-à-dire le dernier bain qu'on fait prendre au défunt, on le lave avant de l'installer dans son cercueil.

Mam's et moi, nous avons aidé à faire la toilette mortuaire de maman. Mam's voulait que Sôsuke participe aussi, mais il a décliné. Personnellement, je trouvais que c'était peut-être mieux ainsi.

Il a été décidé de procéder à la toilette dehors. Une journée comme celle-ci, on appelle ça l'été indien, c'est maman qui me l'avait appris. Elle adorait l'été indien.

Nous lui avons ôté son pyjama et avons transporté son corps nu dans une baignoire spéciale, équipée d'un filet. En réalité, j'aurais voulu lui donner son bain dans notre baignoire-baril. Parce que cette baignoire en plein air fabriquée par mam's, c'était la préférée de maman. Mais comme c'était un baril, pour entrer dedans, il fallait plier les jambes et les bras, et la thanatopractrice a bien essayé mais, au bout du compte, nous avons dû renoncer.

A la place, elle nous a proposé d'utiliser un produit pour le bain que nous aimions bien ; j'ai alors eu une idée et, comme maman le faisait souvent, je suis allée ramasser des fleurs d'olivier odorant dans la prairie. Lorsque je les ai déposées dans la baignoire, un doux parfum a délicatement enveloppé les alentours. J'ai eu l'impression que maman aussi souriait de plaisir.

— Cela faisait longtemps que tu avais envie de prendre un bain, n'est-ce pas ?

En s'adressant à maman, mam's a mis du savon sur l'éponge que la thanatopractrice lui avait tendue et l'a passée sur son corps. Le savon aussi, c'était maman qui l'avait confectionné, il sentait la lavande. Moi, je lui ai fait un shampooing avec ce même savon à la lavande.

— Vous vous débrouillez bien.

J'étais en train de laver les cheveux de maman quand la thanatopractrice m'a complimentée. Elle semblait être encore dans la vingtaine, il émanait d'elle une aura pleine de fraîcheur.

Mam's lavait soigneusement le bas-ventre de maman. En passant l'éponge sur son aine, elle a remarqué d'un air songeur :

— Avant l'opération, on nous a dit qu'il fallait la raser, mais O-Choko, elle ne voulait pas. Au début, il était prévu que ce soit une infirmière qui le fasse, mais elle a protesté, elle refusait de se montrer, alors finalement c'est moi qui m'en suis chargée. Mais ça me faisait peur de passer le rasoir à cet endroit.

La thanatopractrice écoutait mam's, silencieuse.

— Oui, je comprends.

Tout en enveloppant délicatement de mousse les cheveux de maman, j'ai opiné de la tête.

Après le shampooing, je lui ai aussi passé de l'après-shampooing. En m'occupant d'elle ainsi, j'avais l'impression qu'elle était simplement endormie, silencieuse, tellement elle avait l'air de trouver ça agréable.

J'ai soigneusement rincé ses cheveux avec la pomme de douche, puis je les ai essuyés. Nous avions beau être mère et fille, jamais je ne l'avais vue nue d'aussi près.

— Quelle belle poitrine ! a tendrement murmuré mam's.

De forme comme de taille, les seins de maman étaient indéniablement de toute beauté. J'ai approché mon visage de sa poitrine, et j'ai pris un téton dans ma bouche. Je ne sais pas pourquoi, ça m'est venu comme ça. C'est sans doute ainsi, quand j'étais bébé, qu'elle me nourrissait.

— C'est de la triche ! a dit mam's.

Elle aussi, de la même façon, a pris dans sa bouche l'autre téton de maman. Lorsqu'elle a retiré ses lèvres, il luisait comme un fruit. La thanatopractrice a discrètement désinfecté cette partie avec un coton.

La toilette mortuaire terminée, nous avons tous ensemble transporté maman à l'intérieur. Près de la fenêtre ouvrant sur la prairie qu'elle aimait tant, nous avons poursuivi les préparatifs.

La thanatopractrice avait apporté un suaire et tout ça, mais j'étais fermement opposée au fameux morceau de tissu triangulaire sur le front et à ce qui va avec, alors, d'un commun accord avec mam's, nous avons décidé de mettre à maman les vêtements qu'elle aimait. Après de nombreuses hésitations, j'ai choisi la robe hawaïenne, celle que nous avions chacune dans un motif différent.

Dire que cela ne faisait que neuf mois… Ce jour-là, jamais je n'aurais imaginé que cela deviendrait l'habit de son dernier voyage. En fin de compte, de son vivant, elle n'avait porté cette robe que quelques minutes, lorsqu'elle l'avait essayée dans la salle de bains du Double M pour s'assurer qu'elle lui allait.

Et pour les sous-vêtements ? nous a demandé la thanatopractrice ; mam's est vite allée chercher les dessous de maman. Elle a aussi rapporté des chaussettes à cinq doigts.

— Tu ne les trouves pas un peu trop tape-à-l'œil ?

Ce que mam's voulait faire porter à maman, c'étaient un soutien-gorge et une culotte transparente violets.

— Mais ce sont les plus beaux sous-vêtements d'O-Choko, m'a répondu mam's avec un sourire entendu.

— Euh, tu es sûre ?

Je lui ai jeté un coup d'œil.

— Dis donc, si elle va au paradis avec des dessous aussi sexy, elle va avoir du succès là-bas, maman.

— Pff, qu'est-ce que tu imagines ? m'a rétorqué mam's d'un petit air supérieur. Le seul amour d'O-Choko, c'est moi, pas de souci. Même si elle batifole un peu, c'est sans conséquence.

Sous nos yeux, la thanatopractrice a adroitement mis ses sous-vêtements à maman. Mam's et moi avons chacune passé une chaussette à ses pieds.

— Voilà, comme ça, c'est tout maman.

— Tu penses, elle les a portées jusqu'à la trame.

C'étaient les chaussettes que mon frangin lui avait offertes avec son premier salaire. Le talon était tout usé, les orteils reprisés à chaque trou qui s'était formé. Jette donc ces chaussettes pourries et achètes-en de nouvelles, nous acharnions-nous à lui répéter, mam's et moi, mais maman répondait que c'étaient celles-là qui lui plaisaient, et elle continuait à les porter.

— Comme ça, même au paradis, tu n'auras pas froid aux extrémités, a murmuré mam's en posant un regard tendre sur les chaussettes à cinq doigts que nous avions enfin réussi à enfiler à ses pieds, non sans peine.

La robe en tissu jaune imprimé de grosses fleurs tropicales, les chaussettes à cinq doigts. Et, en dessous, des sous-vêtements sexy. Au niveau de l'élégance, c'était catastrophique, mais comme tenue pour l'ultime voyage de maman, c'était peut-être parfait.

L'idée m'est venue de fabriquer une guirlande hawaïenne en enfilant des fleurs de la prairie sur un fil, et je l'ai passée au cou de maman. J'ai aussi confectionné une couronne de fleurs assortie.

Rêveuse, je contemplais maman quand la thanatopractrice s'est mise à lui masser le visage.

— Même après le décès, on fait des massages ? lui a demandé mam's.

— Oui, cela permet de détendre les muscles du visage et de donner une expression plus gaie, a-t-elle expliqué sans s'arrêter. Vous permettez que je lui égalise un peu la frange ?

Puisqu'elle l'avait proposé, nous avons accepté de bon cœur. En regardant mieux, comme maman était restée alitée longtemps, ses cheveux avaient beaucoup poussé. Elle aurait voulu aller chez le coiffeur.

Sa frange avait simplement été légèrement raccourcie, mais maman avait rajeuni d'un coup. Ensuite, nous avons décidé de la maquiller, même si elle ne le faisait pas souvent. Ce n'était pas comme si elle sortait juste pour une course dans le quartier.

Mam's a rapporté la trousse de maquillage de maman rangée dans le cabinet de toilette, et elle a dit en riant à un souvenir :

— Au fait, tu sais…

— Quoi ? Dis-moi !

Je l'ai relancée, et mam's, en étouffant un rire, m'a raconté leur première sortie en amoureuses.

— Nous sommes parties d'ici pour faire des courses en ville, et sacrée O-Choko, elle s'était mise sur son trente et un parce que c'était une sortie en amoureuses. Mais moi, je l'ai traînée dans un magasin d'électroménager.

— Un magasin d'électroménager ? Une grande surface ?

— Oui, tu sais, le magasin d'électronique grand public, près de la rocade ? Celui-là. Il venait juste d'ouvrir, et moi j'aimais bien regarder les appareils ménagers, j'étais persuadée qu'O-Choko aussi, ça lui ferait plaisir.

Mam's racontait l'épisode avec animation.

— Et alors ?

Je l'ai invitée à continuer.

— On s'est disputées.

— Vous vous êtes disputées ? Devant les appareils électroménagers ?

— Oui, j'examinais les cafetières, et O-Choko est entrée dans une colère noire. Elle m'a lancé en pleurant, le café, il est bon parce que c'est toi qui le prépares.

Je trouvais que ça lui ressemblait bien. Parfois, maman se fâchait soudain pour des raisons incompréhensibles.

— Mais tu sais, je lui en ai reparlé quand elle était à l'hôpital. Je lui ai dit, pour notre première sortie en amoureuses, on s'est disputées, hein ?

— Oui.

— Et alors, elle m'a répondu qu'elle n'en avait aucun souvenir. J'étais sidérée.

Pendant que mam's et moi prenions plaisir à nous rappeler cet épisode, la thanatopractrice a étalé du correcteur puis une couche de fond de teint sur la peau de maman pour unifier son teint, du fard à joues pour lui donner des couleurs, et elle a soigneusement appliqué à plusieurs reprises le recourbe-cils sur ses cils avant d'y déposer du mascara. Exactement comme maman quand elle se faisait belle pour assister aux fêtes de l'école.

— Avant que vous ne lui mettiez le rouge à lèvres, je peux ? a demandé mam's.

— Je vous en prie.

La thanatopractrice s'est levée, un sourire bienveillant aux lèvres. Elle semblait avoir compris. Elle a doucement ouvert la porte et quitté la pièce sans un bruit.

— O-Choko, merci pour toutes ces années. Tu as été très courageuse.

Mam's s'est adressée à maman, puis elle a lentement déposé un baiser sur ses lèvres. La tête baissée, j'ai attendu en silence la fin du rituel des adieux entre mam's et maman. Ensuite, moi aussi, j'ai déposé une bise sur la joue de maman.

— Va chercher Sôsuke.

Comme mam's me l'avait demandé, je suis allée appeler mon frangin. Mais j'ai eu du mal à le trouver. En dernier, j'ai jeté un coup d'œil dans la bibliothèque : assis sur le lit qu'utilisait maman, il pleurait sans bruit en tournant les pages d'un livre. J'entendais ses larmes tomber, ploc, ploc. J'ai hésité à l'appeler, mais j'ai décidé de le laisser encore un peu tout seul, et j'ai refermé la porte. Environ un quart d'heure plus tard, il est venu de lui-même voir maman.

Il a paru un peu surpris de la voir embellie par la toilette funéraire. Mais il n'a rien dit. Il s'est doucement approché de son corps et, après une brève hésitation, il a chastement posé ses lèvres sur le dos de sa main. Chacun des trois membres de la famille avait ainsi fait ses adieux à maman.

Nous avons rappelé la thanatopractrice, et lorsque nous avons installé maman dans son cercueil, elle a brusquement davantage ressemblé à un cadavre, j'ai compris qu'elle ne se réveillerait plus jamais.

Tous les trois, nous sommes partis cueillir autant de fleurs que nous le pouvions dans la prairie pour remplir le cercueil. Comme nous pouvions aussi y déposer d'autres choses chères à maman, nous avons décidé que les poupées de la fête des filles qu'elle aimait tant l'accompagneraient.

— Ah !

C'est à ce moment que la thanatopractrice a poussé un petit cri.

— Je suis désolée.

Elle s'est excusée en faisant une courbette.

— J'étais si émue par vos adieux attendrissants que j'ai oublié de préparer la dernière eau.

— La dernière eau ?

— Oui, en dernier, on donne à boire au défunt. Ce n'est pas obligé d'être de l'eau. Une boisson qu'elle aimait…

— Dans ce cas, il est encore temps, a dit mam's.

— Mais l'ordre va être inversé… s'est excusée la thanatopractrice.

— Ce n'est pas grave. Maman vous pardonnera avec le sourire, je pense.

Cette fois, c'était mon frangin qui avait parlé. Depuis qu'il était adulte, c'était la première fois que je l'entendais dire tout simplement maman, je crois. Il avait eu tendance à éviter ce mot, mine de rien. Mais là, il l'avait clairement prononcé. Il m'a semblé qu'on entendait le rire heureux de maman retentir au loin.

Depuis qu'elle était tombée malade, maman regrettait de ne plus pouvoir boire le café de mam's. Rien que pour l'arôme, mam's en emportait souvent à l'hôpital dans une bouteille thermos. De retour à la maison, maman avait été très constipée, peut-être à cause des médicaments, et dans ces moments-là elle réclamait toujours du café d'une voix aiguë. Donc, pour elle, la dernière eau ne pouvait être que du café. Nous avons quitté la pièce en file indienne pour gagner la cuisine.

Mam's s'est immédiatement mise à préparer le café. Il restait encore du café Kona en grains acheté à Hawaï. Elle a rempli le moulin à café et, mon frangin et moi, nous avons tourné la manivelle à tour de rôle pour moudre les grains. Mam's a rincé à l'eau chaude le filtre en flanelle, qu'elle a disposé sur la cafetière.

Elle a versé dans le filtre la poudre tombée dans le tiroir du moulin à café, en a fait une belle montagne puis a creusé un trou au milieu avec son index.

— Vous savez, O-Choko…

Mam's, qui avait jusqu'à présent œuvré en silence, a soudain ouvert la bouche.

— Alors qu'elle me laissait m'occuper de tout pour le café, ça, elle voulait le faire.

— Ça quoi ?

— Eh bien, le trou au milieu du café moulu, avec le doigt. C'est rigolo, non ?

Ensuite, mam's a cérémonieusement soulevé la bouilloire en fonte et versé l'eau chaude dans le trou. Immédiatement, la poudre imbibée d'eau a gonflé en faisant des bulles.

— Si ça se trouve, cet arôme pourrait peut-être la réveiller, allons préparer le café là-bas, a-t-elle dit.

La cafetière à demi pleine et la bouilloire à la main, elle a gagné la pièce où reposait maman. Mon frangin a sorti un pack de lait du réfrigérateur, pour maman qui ne buvait son café qu'avec une bonne dose de lait. Je les ai suivis avec une tasse pour chacun.

Mam's a posé la cafetière sur la table et elle a fait passer le café, tout près du cercueil. Un paisible bruit de gouttes qui tombent résonnait, comme lorsque les stalactites fondent sous les rayons du soleil matinal. La pièce embaumait le café frais.

J'aurais aimé retourner à Hawaï en famille. Plus jamais nous ne partirions en voyage tous ensemble. A cette idée, le fond de mon nez m'a un peu picoté. Mais les larmes ne sont pas venues. Depuis que maman était morte, je n'avais pas encore pleuré.

Nous avons versé du café dans la tasse de maman et, avec une sorte de pinceau, nous en avons déposé sur ses lèvres. Chacun notre tour, nous lui avons fait boire son ultime café. Maman, qui avait enfin pu boire le café de mam's dont elle avait tant eu envie, paraissait follement heureuse.

Ensuite, avec la thanatopractrice, nous avons tous fait une pause-café autour d'elle.

Je n'ai quasiment aucun souvenir de la veillée mortuaire ni des funérailles.

Passablement désorientée, j'ai assisté à la cérémonie vêtue de l'uniforme du lycée privé où je n'étais finalement pas allée. C'était mam's qui conduisait le deuil. Maman en avait décidé ainsi de son vivant, paraît-il. J'ignore quels arrangements avaient été convenus avec ses parents, mais mon grand-père et ma grand-mère semblaient satisfaits de la situation. En plus, comme maman voulait absolument partager la même tombe que mam's, elle avait fait l'acquisition, dans le cimetière aux abords du Machu Picchu, d'un caveau pour la famille Takashima. Elle avait tout prévu méticuleusement, ça m'a étonnée.

Enfin, lorsque l'heure est venue d'incinérer son corps, j'ai retrouvé mes esprits, comme si je me réveillais soudain.

— Non, non, je ne veux pas !

Désormais, plus jamais je ne pourrais la toucher ni la voir, c'était insupportable. Mon frangin a servi de digue à mes sanglots. J'ai martelé sa poitrine de coups de poings comme une folle. Même si ses yeux ne s'ouvraient plus, même si elle ne respirait plus, même dans ces conditions j'aurais voulu qu'on garde son corps tel quel dans la glace carbonique ou je ne sais quoi, tant que je vivrais.

Mam's, mon frère, mon grand-père, ma grand-mère, tous reniflaient et laissaient échapper des sanglots.

— Maman, merci ! ai-je crié de toutes mes forces en direction du cercueil qui pénétrait dans le four.

— O-Choko !

Mam's aussi a crié son nom, la bouche grande ouverte. Mon frangin pleurait, le visage tout rouge.

Puis nous avons gagné une grande salle, où nous avons attendu que la crémation de maman soit achevée. Il semblerait que je me sois évanouie en cours de route. Quand je suis revenue à moi, j'étais étendue sur des coussins.

J'ai tendu l'oreille ; la voix de mam's résonnait. Seulement, comme je leur tournais le dos, personne ne paraissait avoir réalisé que j'avais repris connaissance. Toujours allongée, j'ai écouté la conversation des adultes.

— Je suis désolée que cela se soit terminé ainsi.

C'était la voix tremblante de mam's. Sans doute était-elle inclinée devant les parents de maman. Au bout d'un moment, la voix de mon grand-père s'est élevée.

— Nous vous sommes reconnaissants.

J'avais du mal à saisir ce qu'il disait, comme d'habitude.

— Il y a eu votre cérémonie de mariage à Hawaï, n'est-ce pas ?

C'était ma grand-mère qui avait parlé. Sa voix haut perchée me parvenait clairement aux oreilles.

— Ce jour-là, j'ai eu la certitude que ma fille avait rencontré la bonne personne. Parce que je ne l'avais jamais vue aussi heureuse. Izumi, vous l'avez sauvée.

J'ignorais ce qui s'était passé avant ma naissance. Tout ce que je savais, c'était que mon grand-père et ma grand-mère disaient qu'ils ne pardonneraient jamais à mam's. C'est pourquoi, au Jour de l'an, nous allions toujours seules chez eux, maman et moi.

L'échange que j'avais eu la veille au soir avec mam's m'est revenu à l'esprit. En contemplant tristement le visage de maman installée dans son cercueil, elle avait dit, comme en se parlant à elle-même :

— Sans doute tes parents t'ont-ils appelée ainsi parce qu'ils souhaitaient que tu vives longtemps.

— Chiyoko, ça veut dire ça ? avais-je demandé.

Sans répondre à ma question, mam's avait délicatement caressé la joue de maman en disant, je suis vraiment triste pour eux.

Je n'y avais jamais réfléchi jusqu'à présent, mais peut-être que le prénom un peu désuet de maman reflétait les grandes espérances de mon grand-père et de ma grand-mère. En fin de compte, elle n'avait pas pu y répondre, mais bon.

Y penser a soudain fait jaillir mes larmes, qui ont coulé dans le creux de mon oreille. Le coin de l'œil me brûlait.

Ensuite, il y a eu de l'agitation dans la salle d'attente et le personnel du crématorium est venu nous chercher. Je me suis levée, soutenue par mon frangin. En réalité, j'aurais sans doute pu marcher toute seule, mais j'avais envie qu'on prenne soin de moi, et j'ai traversé le couloir appuyée sur lui.

Maman était belle jusque dans ses os. Alors qu'eux aussi avaient été gangrenés par le cancer, incinérés, ils étaient d'un blanc pur, pareils à du sable.

Le cancer peut ronger mon corps, mais pas mon cœur, ne t'inquiète pas.

Sa voix m'est revenue. Dans sa situation, comment avait-elle pu se montrer aussi forte ? Son cœur, dont elle m'avait dit que jamais le cancer ne l'atteindrait, où était-il maintenant ?

Lorsque nous avons recueilli les ossements de maman, mon frangin en a discrètement glissé un dans sa poche.

J'ai reçu l'alliance qu'elle portait à l'annulaire de la main gauche. J'ai voulu la donner à mam's, mais elle m'a dit de la garder, que c'était un souvenir de ma mère. J'ai décidé d'en faire mon porte-bonheur.

C'est ainsi que maman est morte pour de bon.

De retour du crématorium, je ne sais pas pourquoi, j'ai eu envie de rester dehors et, l'urne entre les mains, je me suis un peu promenée sur les petits chemins du Machu Picchu en compagnie de mon frère. Tout le monde était au courant du décès de maman. Lorsqu'ils nous apercevaient, les gens s'arrêtaient pour nous saluer et nous présenter leurs condoléances.

Sans rien dire, nos pas nous ont menés vers la maison du grand boss. Je voulais à tout prix que maman et elle se revoient.

— Boss !

J'ai ouvert la porte d'entrée d'autorité et j'ai crié son nom ; un instant plus tard, elle s'est montrée. Depuis quelques années, elle perdait progressivement la vue. Malgré tout, comme elle ne voulait pas partir dans une institution, elle vivait chez elle, où elle avait ses habitudes. Souvent, maman cuisinait pour elle et allait lui porter à manger.

— Maman est devenue toute petite.

En voyant le grand boss, ma tension est brusquement retombée et les larmes me sont montées aux yeux. Je lui ai tendu l'urne, elle l'a cherchée à tâtons, puis elle l'a fermement prise entre ses deux mains et l'a serrée contre sa poitrine. Dans ses yeux aussi, des larmes brillaient.

— Elle a été courageuse, votre mère, c'était quelqu'un.

Tout en prononçant ces mots, le grand boss, comme si elle caressait la tête de maman, a frotté la surface de l'urne. Ce geste a fait redoubler mes larmes. Les pleurs que je n'avais pas encore versés, accumulés dans mon corps, ont jailli d'un coup, comme s'ils avaient trouvé la sortie. C'était pareil pour mon frangin.

En allant chez le grand boss, nous étions enfin parvenus à accepter notre chagrin pour ce qu'il était.

Maman aussi, qui n'était plus que des os, se réjouissait de voir le grand boss, je le sentais. C'étaient des adieux paisibles mais beaux.

Sur le chemin du retour, mon frangin, qui marchait à mes côtés, m'a posé une question. Cette fois, c'était lui qui portait l'urne contre son cœur.

— Takara, maman t'a parlé de l'arc-en-ciel ?

J'avais raison, il disait bien maman.

— L'arc-en-ciel ? L'arc de lune ?

— Non, enfin, c'est lié, mais pas celui-là. Qu'elle deviendrait un arc-en-ciel quand elle serait morte.

— Non, elle ne m'a rien dit, ai-je répondu avec une pointe de mauvaise humeur.

Pourquoi en avait-elle parlé à mon frère et pas à moi ? J'étais un peu dépitée.

— Tu te souviens du *kumu*, le vieux sage d'Hawaï ? Maman est allée le voir.

— Oui, c'est le vieux monsieur qui lui a fait un massage je sais pas quoi.

— C'est ça, un massage *lomilomi*. Il paraît que c'est lui qui l'a dit à maman. Qu'elle deviendrait un arc-en-ciel quand elle mourrait.

— Maman va revenir sous la forme d'un arc-en-ciel ?

Il m'a suffi de le formuler pour que les larmes inondent mes yeux. Peu importait sous quelle forme, j'aurais aimé qu'elle revienne immédiatement.

— Oui, donc, si tu vois un arc-en-ciel, tu sauras que c'est moi, m'a-t-elle dit.

Elle était bien capable de venir tout de suite nous rendre visite, alors j'ai levé les yeux vers le ciel. Mais il n'y avait pas d'arc-en-ciel.

— Une chose si importante, pourquoi elle n'en a parlé qu'à toi ?

J'étais encore énervée et, alors que mon frangin n'y était pour rien, mon ton était un peu accusateur.

— J'en sais rien. Peut-être qu'elle a simplement oublié ? Mais je suis sûr qu'elle nous a parlé à chacun de quelque chose d'important, a-t-il dit.

Et il a allongé le pas.

L'os de maman se trouvait-il toujours dans la poche de son costume de deuil ? Je l'ignorais.

Mais alors, que, dans la foulée, il lui arrive quelque chose à lui aussi, ça, je ne l'aurais jamais imaginé.

J'étais seule à la maison et c'est moi qui ai pris l'appel. Mam's était justement partie régler la facture des funérailles aux pompes funèbres.

J'ai dit, allô ? C'était la police. Rien que cela a suffi à me bouleverser, j'en avais la chair de poule. Immédiatement, j'ai cru qu'il était arrivé quelque chose à mam's. Mais le policier a prononcé non pas son nom à elle, mais celui de mon frangin.

Il roulait à moto sur une rocade quand il avait eu un accident.

— Il va bien, mon frère va bien, n'est-ce pas ?

J'ai insisté. Mais le policier ne cessait d'éluder la question en disant que nous devions aller à l'hôpital où mon frère avait été transporté. Il subissait actuellement une intervention chirurgicale d'urgence. J'ai vite noté le nom de l'établissement. Mais mes mains tremblaient, j'avais du mal à écrire.

Après avoir raccroché, j'ai appelé mam's sur son portable. J'ai laissé un message lui demandant de me rappeler immédiatement, ce qu'elle a fait une dizaine de minutes plus tard. Moi-même, je n'avais pas encore bien réalisé la situation, j'ai eu du mal à lui expliquer. Elle a bredouillé qu'elle rentrait sur-le-champ, que je me tienne prête à partir, et elle a coupé la communication.

J'ai attendu son arrivée et nous sommes immédiatement parties pour l'hôpital qui nous avait été indiqué. Mam's conduisait pied au plancher sur les routes de montagne où elle roulait d'habitude avec prudence et elle passait les feux orange à toute allure. Nous restions silencieuses, seule l'amulette contre les accidents de la route que maman lui avait offerte pendant leur fugue se balançait au rythme des vibrations.

Mon frangin avait eu un accident sur une rocade du département voisin, peut-être alors qu'il était encore parti écouter bénévolement des gens. L'accident avait dû se produire à l'aller ou au retour, c'était la seule explication envisageable.

D'après le policier qui nous attendait à l'hôpital, la moto de mon frère s'était, pour une raison inconnue, engagée sur la voie opposée et avait franchi le garde-fou sans s'arrêter ; la moto et lui avaient fait ensemble une chute de plusieurs mètres dans le vide. Le conducteur d'un camion qui roulait sur la voie opposée avait été témoin de la scène. Il avait évité d'un cheveu la collision de plein fouet. Mon frère souffrait de blessures multiples, ainsi que d'un grave traumatisme crânien.

Sauve-le, sauve mon frangin !

De toutes mes forces, j'ai prié maman au ciel.

Il subissait une intervention chirurgicale assez lourde. Mam's ne tenait plus debout, c'est moi qui la soutenais, un bras autour de ses épaules. Le policier, sans rien affirmer nettement, avait laissé entendre qu'il ne s'agissait peut-être pas d'un simple accident. Mais je ne voyais pas mon frère faire cela. Jamais mon gentil frangin n'aurait voulu nous faire de la peine, à mam's et à moi. Je n'arrivais pas à l'imaginer agir sciemment de façon à meurtrir autrui.

En attendant la fin de l'opération, j'ai réfléchi à une chose. A la personne dont mon frangin était secrètement amoureux.

Si tu l'aimes, tu n'as qu'à lui déclarer ta flamme !

Je ne sais plus quand, je lui avais dit cela. Mais il avait balayé ma suggestion avec légèreté, comme si c'était possible ! A l'époque, je ne voyais pas du tout de qui il s'agissait. Mon frangin était amoureux, c'était tout ce que j'avais compris.

C'est quand il avait glissé en douce un des ossements de maman dans sa poche, au crématorium, que mon vague pressentiment était devenu une certitude. Alors, c'était bien ça, m'étais-je dit, étrangement certaine. Celle à qui mon frangin pensait, c'était ma mère, notre mère.

Depuis quand était-il amoureux d'elle ? Quand avait-il commencé à voir en elle non pas une mère mais une femme ? A la réflexion, maman et lui n'avaient que douze ans d'écart. Donc, que mon frangin devenu grand tombe amoureux d'elle n'avait rien d'impossible.

Je me disais que plus maman s'était conduite innocemment avec lui et plus il avait dû souffrir. Elle n'avait vu qu'un fils en lui, à cent pour cent. Mais à un moment, cela n'avait plus été le cas pour lui.

Il avait dû étouffer ses sentiments pour que la famille ne s'aperçoive de rien. C'était vraiment triste pour lui. Pour la première fois, j'en ai voulu à maman, qui avait vécu cela avec une ingénuité enfantine. Elle n'avait eu conscience de rien, et c'était sûrement d'autant plus cruel pour mon frangin.

Mais je ne voulais certainement pas penser qu'elle l'avait attiré dans l'au-delà. Jamais elle n'aurait fait cela.

Quand j'ai repris mes esprits, mam's et moi étions serrées l'une contre l'autre, main dans la main. Mam's serrait fort la mienne. Mais je ne ressentais aucune douleur.

Combien de temps avait-il bien pu s'écouler ? La porte du bloc opératoire s'est ouverte, des médecins et du personnel soignant en sont sortis, l'air affairé. Mon frère est apparu, installé sur un brancard. Son corps entier était recouvert de bandages. Son visage aussi portait des blessures.

— Frangin !

Je l'ai appelé d'une voix douce.

— Sôsuke !

A mes côtés, mam's aussi a prononcé son nom.

D'après ce que nous a expliqué le chirurgien, mon frère avait certes survécu, mais il avait subi de graves lésions au cerveau. La situation était toujours critique.

— Vous voulez dire qu'il est dans le coma ?

Après avoir écouté les explications, mam's a craintivement prononcé ce terme.

Le chirurgien a acquiescé en silence.

— Même en cas de guérison miraculeuse, il lui sera sans doute difficile de remarcher, de courir, de parler comme avant.

A l'instant où il a prononcé ces mots, mam's a poussé un cri et éclaté en sanglots. Cela ne faisait même pas un mois que maman était morte. Désespoir – voilà ce que nous ressentions précisément à ce moment-là.

Tout est vain, vain, vain, vain.

Comme une cigale qui serait apparue hors saison, depuis tout à l'heure, ce mot tournait en boucle dans ma tête.

Tout est vain, avait dit mam's.

Comme je ne savais pas ce que signifiait vain, j'avais cherché dans le dictionnaire. Ce mot était coincé entre *vaillant* et *vaincre*. Il s'écrivait *v-a-i-n* et avait pour définition *qui est sans effet, qui se révèle inefficace*.

Au début, je m'étais demandé ce qu'elle voulait dire, peut-être déplorait-elle ainsi sa propre impuissance. A cette idée, moi aussi, j'avais eu le sentiment que tout était vain. Vain, vain, vain. Tout est vain.

Mon frangin, toujours dans le coma, avait été transféré à l'hôpital municipal proche du Machu Picchu. Là où j'étais née, là aussi où mam's avait été hospitalisée quand j'étais petite.

De multiples tubes émergeaient de son corps. Il n'était pas vivant, mais maintenu en vie. Ce que cela signifiait, même moi qui étais à peine sortie du collège, je pouvais le comprendre.

Pour le Jour de l'an, j'étais seule avec mam's. Il y a un an, nous étions en famille à Hawaï, maman et mon frangin étaient en pleine forme.

— Je n'ai rien préparé, mais on pourrait se faire griller des *mochi*, au moins, a-t-elle dit d'une toute petite voix, puis elle s'est levée péniblement.

Je l'ai suivie jusqu'à la cuisine, où je l'ai aidée à sortir les assiettes et le nécessaire. Les *mochi*, c'était le grand boss qui les avait confectionnés avec sa machine à faire des gâteaux de riz gluant, et j'étais allée les chercher à sa maison. Elle pensait sans doute que mon frangin en mangerait plein, elle m'en avait donné une tonne. Pour lui éviter le choc, nous ne lui avions encore rien dit.

Mam's a préparé de simples *isobe-maki*, des *mochi* grillés arrosés de sauce de soja et enveloppés d'une feuille d'algue séchée. Les algues étaient ramollies et la sauce de soja éventée. C'était tout le temps comme ça, maintenant. Mais je n'avais pas tellement d'appétit et que ce soit bon ou pas n'avait aucune importance.

Depuis la mort de maman, les voisins nous apportaient souvent des plats qu'ils avaient préparés. Mais pour l'instant, j'étais encore incapable de goûter à la cuisine de quelqu'un d'autre.

Parce que quand j'essayais, cela me rappelait celle de maman.

Parce que la cuisine de maman était forcément meilleure.

Je savais bien que c'était puéril, mais mon corps refusait cette nourriture. Mais les *mochi* du grand boss, ça allait. Malgré tout, je ne leur trouvais pas tellement de goût.

Je grignotais machinalement un *isobe-maki* quand le souvenir des Jours de l'an chez mes grands-parents m'est revenu.

— Je crois que maman avait envie de passer les fêtes avec toi.

— Comment ça ?

Mam's, qui mastiquait son *mochi* avec ennui, m'a dévisagée.

— Parce que tous les ans, rentrer chez ses parents pour le Jour de l'an avait vraiment l'air de lui coûter. On voyait bien que ça la gonflait à mort. Alors que j'étais avec elle, quand même. Et puis elle parlait sans arrêt de vous, qu'est-ce qu'Izumi peut bien être en train de faire en ce moment, est-ce que Sô a mangé des *mochi*... Elle devait avoir très envie qu'on passe les fêtes tous ensemble.

— Tu veux dire que c'est pour ça qu'on est allés à Hawaï ?

— Oui, c'était la seule solution.

— Quand j'y repense...

Mam's s'est tue, la voix brisée. La photo de mariage prise par mon frangin, encadrée, trônait en bonne place dans la maison. Mon *isobe-maki* entamé à la main, j'ai attendu la suite, les yeux rivés sur la photo. Mam's a ravalé les larmes qui embuaient ses yeux et elle a repris la parole.

— Le mariage aussi, ce n'est pas pour elle qu'O-Choko y tenait. Ces derniers temps, je me demande si ce n'était pas plutôt pour moi. Je crois qu'elle savait que bientôt elle ne serait plus là. Alors, afin que je puisse continuer à vivre dans un monde privé d'elle, elle m'a présentée à tout le monde. Comme ça, j'ai été acceptée par son entourage.

Effectivement, avec le recul, l'entêtement de maman était étrange car elle adorait le Machu Picchu, elle préférait rester au village autant que possible. Elle avait dit en avoir ras le bol des hivers froids et sombres et, sur le coup, nous l'avions tous crue, mais c'étaient des mots impensables dans sa bouche : celle qui attendait l'hiver au Machu Picchu avec le plus d'impatience, c'était elle.

— Elle a même laissé un testament, tu sais.

Dans l'assiette de mam's, il restait encore un *isobe-maki* entier.

— Elle qui était si brouillonne et étourdie, on dirait qu'elle a planché en secret pour arriver à le rédiger. Elle voulait nous laisser le peu qu'elle avait. Elle a même acheté une concession pour la famille Takashima.

C'était la première fois depuis les funérailles que nous évoquions maman ainsi. Après son décès, nous n'avions même pas eu le temps de goûter à notre chagrin que mon frangin avait eu cet accident, notre quotidien était totalement resté en suspens. Mais là, je sentais que nous pouvions continuer à parler un peu de maman.

— En fin de compte, on n'a pas réussi à se marier. Je ne l'ai même pas adoptée, a murmuré mam's avec émotion, en prenant une gorgée de thé.

Elle ne semblait pas avoir l'intention de manger davantage d'*isobe-maki*. Ces derniers temps, elle buvait souvent du thé vert. Depuis la tasse que nous avions partagée autour du cercueil de maman, elle avait arrêté de boire du café. Ou plutôt, elle n'arrivait plus à en boire. Le simple arôme suffisait à faire remonter tellement de souvenirs, ça devait être insupportable.

— Tu n'as jamais envisagé de quitter maman ?

J'ai posé la question qui m'avait soudain traversé l'esprit. De l'autre côté de la fenêtre, il s'était remis à neiger fort.

— Bonne question.

Mam's a levé les yeux vers le plafond, comme pour se rappeler. A son expression, on aurait dit qu'elle suivait des yeux maman qui flottait là-haut.

— Non, jamais, a-t-elle affirmé d'une voix ferme. Mais on n'a pas réussi à se marier et je regrette de ne pas avoir fait tout mon possible pour ça. J'aurais dû prendre son désir plus au sérieux.

— Mais…

Dans le Japon d'aujourd'hui, elles qui étaient du même sexe, elles auraient pu faire des pieds et des mains qu'il leur aurait été impossible de se marier légalement. Je me suis tue et mam's a repris :

— Comment dire, je ne comprenais pas très bien ce que représentait le mariage. Comme je m'étais déjà plantée une fois, j'étais encore plus réticente.

— Ah bon ?

De surprise, j'ai failli lâcher ma tasse.

— Alors, ça veut dire que tu es divorcée ?

— Evidemment. Puisque j'ai mis Sôsuke au monde.

— Je ne sais pas, mais je n'arrive pas du tout à t'imaginer mariée avec un homme. Parce qu'à côté de toi, je ne vois que maman.

— Ça me fait plaisir, ce que tu dis.

Et mam's a eu un petit sourire. Cela faisait longtemps que je ne l'avais pas vue sourire, tellement longtemps que je ne me souvenais plus à quand remontait la dernière fois.

— Mais justement à cause de cette mauvaise expérience, chaque fois qu'O-Choko parlait mariage, j'avais l'impression qu'on me reprochait implicitement mon échec.

— Il faut dire que son désir de se marier était assez extrême, ai-je dit en mangeant le dernier *isobe-maki*.

Le *mochi* était devenu tout dur. Je l'ai écrasé à coups de molaires et ingurgité tant bien que mal.

— Mais tu sais, maintenant, j'ai envie de me marier. J'ai envie que nous partagions le même état civil, que nous soyons liées de façon indissoluble. Ma compagne est partie au paradis, mais bon, a dit mam's, puis elle a essuyé ses larmes en se frottant le coin des yeux.

— Qu'est-ce que c'est, le mariage ?

Pour l'instant, j'étais parfaitement incapable de m'imaginer me marier et fonder une famille un jour, mais si cela devait arriver, je voulais à tout prix former un couple comme celui de mam's et maman.

— Takara, a lancé mam's.

Elle s'est redressée et s'est tournée vers moi, bien en face.

— Le mariage, tu sais, je crois que c'est un peu comme former un duo de détectives du bonheur. On s'arrache parfois les cheveux, on lutte contre des ennemis puissants, mais malgré tout on continue à avancer, à la poursuite du bonheur. Pour les deux, le bonheur, c'est la même chose.

— Oui.

Je ne trouvais rien de profond à répondre, j'ai juste fermement hoché la tête.

— Donc, trouve-toi le meilleur compagnon qui soit. Et sois follement heureuse.

Sur ces mots, mam's s'est levée, l'*isobe-maki* auquel elle n'avait pas touché toujours dans son assiette. Et elle s'est préparée à aller voir mon frangin à l'hôpital.

Parfois, je découvrais de longs et fins cheveux qui avaient appartenu à maman, par exemple entre les coussins du dossier du canapé. Les serviettes de toilette retenaient encore son odeur suave. Chaque fois, cela me faisait craquer. Un de ses cheveux à la main ou le visage enfoui dans une serviette, je sanglotais bruyamment.

J'avais peur d'oublier maman. J'avais peur de m'habituer à la vie sans elle. Viendrait-il un jour où je jetterais ses cheveux à la poubelle avec indifférence, où les traces de son odeur dans une serviette de bain me laisseraient insensible ? Pour l'instant, j'étais incapable de l'imaginer.

Pendant les quelques mois qui avaient suivi notre retour d'Hawaï, elle en avait fait le plus possible, puis elle était partie. Dans le garde-manger, il y avait plein d'alcool de prune mis à vieillir pour mam's. Afin qu'elle ne boive pas tout d'un coup, maman avait pris soin de noter sur chaque bouteille quelle année elle serait bonne à boire. Les chaussettes percées, les boutons à demi arrachés, tout ce qu'elle avait pu repriser l'avait été. Faire place nette, c'est comme ça qu'on dit ? Vraiment, on ne pouvait que saluer les préparatifs de départ de maman.

Et nous qui étions restés, nous étions là à pleurnicher. Mam's n'arrivait même pas à ranger la chaise que maman avait laissée tirée. Alors que cela l'avait toujours fait râler, O-Choko ne range jamais sa chaise, qu'est-ce qu'elle est désordonnée, elle était incapable de déplacer ne serait-ce que d'un millimètre la chaise que maman avait occupée. Elle semblait intimement persuadée que si elle le faisait, ce serait à tout jamais irrévocable.

Je dis ça, mais moi non plus, je n'arrivais pas à ranger la chaise de maman. Eh oui, parce que j'avais l'impression qu'une version transparente d'elle était assise dessus. Parce que je croyais la voir, la joue dans la main, une tasse de café préparée par mam's à ses côtés, perdue dans la contemplation de la prairie de l'autre côté de la vitre. Si je rangeais la chaise, maman n'aurait plus sa place ici, me semblait-il.

Entre le Jour de l'an et les examens au mois de mars, j'ai révisé comme une dingue.

Si j'arrivais à intégrer le lycée le plus coté du département, peut-être que mon frangin se réveillerait. En secret, je caressais ce plan.

J'ai brillamment réussi le concours d'un des lycées pour filles les plus prisés de la région. Naturellement, ce lycée avait un club de softball. C'était même l'une des meilleures équipes du département, elle avait déjà participé plusieurs fois au championnat inter-lycées.

Mais le miracle ne s'est pas produit. J'ai eu beau lui secouer sous le nez le certificat d'admission que je venais de recevoir, mon frangin ne s'est pas réveillé.

Presque tous les jours, avec mam's, j'allais voir mon frère endormi. Honnêtement, cela me faisait mal de le voir s'émacier progressivement. Mais quand même, il était en vie, et rien que ça, c'était énorme. La chaleur de la vie l'habitait, ce qui était déjà un miracle en soi.

Maman était morte, mais mon frangin était encore vivant.

Il pouvait se réveiller.

Entre les deux, la différence était claire.

Pas de doute, mon frère était bien le champion du monde de la gentillesse. Parce qu'il s'était dit qu'on aurait de la peine, mam's et moi, il était resté en vie. Mais comme il était trop gentil, je suis sûre qu'il ne pourrait pas monter sur la première marche du podium, il serait trop gêné vis-à-vis de ceux arrivés deuxième et troisième.

Mam's allait le voir chaque jour, elle le changeait de position pour éviter les escarres, égayait sa chambre avec des fleurs des champs. Moi, ce n'était pas que de la compassion que j'éprouvais pour lui, loin de là. Parfois, la colère jaillissait du plus profond de mon être. Comme le magma que j'avais vu sur l'île d'Hawaï. C'était une colère bouillante et brutale, que j'avais du mal à contenir.

Espèce de traître, mauviette !

J'avais envie de le frapper de toutes mes forces, de lui donner des coups de pied en hurlant ces mots. Parce que la Constitution arc-en-ciel de la famille Takashima, elle comptait pour du beurre ?

Ne jamais se mentir à soi-même.

Rire à gorge déployée une fois par jour.

Fêter nos joies et pleurer nos chagrins ensemble.

Ne surtout pas se forcer.

Quand ça va mal, hisser le drapeau blanc sans hésiter.

La Constitution, on était pourtant censés la respecter rigoureusement.

Mon frangin en avait violé tous les articles.

Le mois d'avril est arrivé et j'ai intégré le lycée sans encombres, en seconde. Mam's a assisté seule à la cérémonie de début d'année. Depuis que maman nous avait quittés, la famille Takashima était une famille monoparentale.

Comme je suis née en avril, j'ai eu dix-sept ans peu après la rentrée. Mais même si c'était mon anniversaire, je ne m'en suis pas du tout souvenue. Jusqu'à l'année précédente, maman préparait tous les ans un gâteau fait maison et une petite fête. Mais cette année, j'étais seule avec mam's et j'ai oublié mon anniversaire. Elle aussi, sans doute.

Comme nous ne pouvions pas indéfiniment laisser le studio de mon frère en l'état, un dimanche du mois de mai, nous sommes allées le vider.

La pièce ne contenait que le strict nécessaire. A part les objets du quotidien – des vêtements, une brosse à dents, du savon –, il n'y avait presque rien. Le seul objet qui ne soit pas fonctionnel, c'était la photo de maman, mam's et moi qu'il avait prise à la fin de notre séjour à Hawaï. Trois, deux, un, au signal, nous avions sauté en l'air en levant les bras au ciel. En regardant bien, c'était maman qui avait sauté le plus haut. Cette photo, dans un cadre tropical acheté dans une boutique de souvenirs de l'aéroport, trônait à côté du petit poste de télévision.

Le rangement de l'appartement a été terminé en deux temps trois mouvements ; toutes les affaires de mon frangin tenaient largement dans le coffre de la voiture.

A la fin, quand j'ai vérifié encore une fois l'intérieur du placard pour être sûre de n'avoir rien oublié, j'ai découvert quelque chose tout au fond. Sa casquette de baseball. J'ai tendu le bras pour l'attraper. La visière était tout usée.

C'est quand j'ai retourné la casquette. Un mot, de la main de mon frère, m'a sauté aux yeux. Il était écrit en gros, au marqueur. *Etre un guerrier.*

Pardon, frangin.

J'ai soudain eu envie de lui présenter mes excuses. J'aurais voulu immédiatement me précipiter à son chevet pour lui demander pardon.

Oui, parce qu'il s'était battu. J'avais plus ou moins cru qu'il avait baissé les bras. Mais même s'il donnait l'impression de laisser le champ libre aux autres, en réalité, il s'était battu.

Pardon, frangin.

Je ne t'ai pas compris. J'avais tout faux.

Tu n'avais pas renoncé, en fait. Tu aurais voulu être sélectionné au baseball, tu aurais aimé frapper des circuits pendant les matchs. Ce n'était certainement pas par goût que tu faisais seulement les amortis sacrifices. Tu n'avais peut-être pas si envie que ça d'être manager au début.

Je pleurais à chaudes larmes, la casquette de baseball contre mon cœur, quand mam's est arrivée. Et alors, elle m'a soudain tendu un gant.

— Ne me dis pas que…

C'était le gant pour enfant qu'il m'avait autrefois prêté. Je croyais qu'il était perdu, mais mon frère l'avait encore.

— Il était où ? ai-je demandé.

— Dans le placard de l'entrée, a répondu mam's d'une petite voix, en larmes elle aussi.

Elle a poursuivi :

— Ce gant, on le lui avait offert, son père et moi, pour son entrée à l'école primaire. Quand on a fait notre fugue, enfin, quand on a déménagé, il l'a emporté dans son cartable, avec une balle. Mais peut-être s'imaginait-il que si nous les trouvions, O-Choko et moi, nous serions blessées, il les a toujours cachés. Je le savais pourtant depuis le début. Son père était un joueur de baseball. C'est pour ça que Sôsuke a tenu à en faire.

— C'était ça, alors.

J'avais parlé de beaucoup de choses avec lui, mais jamais il n'avait évoqué son père.

— Il l'a toujours précieusement gardé. C'est tout lui.

Mam's caressait tendrement le gant, exactement comme s'il s'était agi de mon frère.

— Si tu veux, garde-le pour lui, Takara.

Elle m'a tendu le gant. Il renfermait une tonne de souvenirs avec mon frangin, depuis mon plus jeune âge.

— Merci.

Je l'ai doucement serré contre mon cœur.

Au retour, nous avons roulé vers le Machu Picchu en écoutant un CD de musique hawaïenne trouvé dans le studio. A partir du mois de juin, je partirais en pension. Les membres de l'équipe de softball vivaient tous ensemble chez l'entraîneur. Donc, mam's serait toute seule à la maison. En renonçant au club de softball, j'aurais pu rester chez nous, mais cette solution n'aurait sûrement pas eu ses faveurs.

En écoutant la musique hawaïenne curieusement langoureuse, je me suis laissée aller à mes larmes. J'ai détourné le visage et regardé par la fenêtre. J'avais beau être triste, trop triste, il me fallait quand même vivre ; la vie était terriblement cruelle.

Le jour de mon départ de la maison familiale au Machu Picchu.

Presque toutes mes affaires étaient prêtes, rangées dans un sac de sport. Je partais certes en pension, mais je reviendrais pour les vacances, mon départ n'avait rien de définitif. Pourtant, quand j'y pensais, une tristesse particulière m'envahissait et je n'étais pas dans mon état normal. Raison de plus pour mettre un couvercle sur mes sentiments et faire comme si de rien n'était.

Mam's travaillait au jardin depuis le matin, dans un coin de la prairie. Depuis quelque temps, c'était toujours ainsi. Quand je la cherchais, elle était dehors, ses bottes aux pieds. Je me suis doucement approchée par-derrière.

— C'est apaisant, le travail manuel. Si tu essayais, toi aussi ? a-t-elle murmuré.

Ce qu'elle était en train d'enterrer, c'étaient des sortes de bulbes blancs.

— Regarde.

Elle a approché de mon visage la masse qu'elle tenait à la main.

— Il y avait de l'ail abandonné dans un coin de la cuisine. Peut-être qu'O-Choko en avait acheté d'avance. Ça fait un bout de temps, les gousses sont presque desséchées, mais même privées d'eau, elles sont bien vivantes. Elles ont bravement germé. Quand j'ai vu ça, je me suis dit que je devais les mettre en terre, a-t-elle dit en recommençant à creuser.

Les gousses d'ail dans sa main, bien que flétries, laissaient apparaître de longs germes jaune pâle, tout fins.

Je l'ai aidée à les planter. La terre du Machu Picchu, où la neige venait à peine de fondre, était encore glacée.

— O-Choko m'a posé la question, un jour : c'est quoi, ton rêve, Izumi ?

— Oui.

J'ai répondu, les yeux sur le profil de mam's.

— Sur le coup, je n'ai pas su bien lui expliquer.

— Oui.

— Mais maintenant qu'O-Choko n'est plus là, et avec ce qui est arrivé à Sôsuke, une idée m'est venue. J'ai envie d'embellir ce monde qu'elle m'a laissé.

— De l'embellir ? ai-je demandé en regardant d'un air absent les cheveux tout blancs qui poussaient au sommet de son crâne.

— Oui, pour que Sôsuke soit heureux d'être en vie quand il se réveillera, j'ai décidé de planter un arc-en-ciel dans le jardin. Et puis, O-Choko, elle nous a montré plein d'arcs-en-ciel, mais elle, elle n'en voit pas.

C'était vrai. Maman nous était déjà apparue plusieurs fois sous la forme d'un arc-en-ciel.

Mam's a repris :

— Alors, j'ai envie de lui montrer un arc-en-ciel aussi, tu comprends. Pour lui indiquer la maison, pour qu'elle la trouve tout de suite, je vais faire un jardin beau comme un arc-en-ciel. Ça fera plaisir à Sôsuke aussi, je crois.

Incapable d'en supporter plus, je me suis relevée. Mes larmes tombaient, comme aspirées par le dos de mam's. Nous ne le remarquions ni l'une ni l'autre, mais j'avais l'impression qu'un arc-en-ciel était encore caché quelque part dans le ciel.

— Oui, j'aimerais bien que mon frangin soit content de revenir à la vie.

L'accident était-il le fruit de sa volonté ou du hasard, nous n'en savions rien. Je n'en avais jamais vraiment parlé avec mam's. J'étais en train de me faire cette réflexion, lorsqu'elle a dit :

— Les gens, à leur naissance, ils reçoivent tous la même quantité de glaise, je crois.

Sur le coup, je n'ai pas compris de quoi elle parlait, j'étais perdue. Mais il me semblait qu'elle essayait de me dire quelque chose de très important. Elle tenait un vieux pot de fleurs à la main. Je me suis de nouveau accroupie et je l'ai écoutée.

— Au départ, c'est un tout petit récipient assez grossier, juste une boule de glaise dans laquelle on a enfoncé son pouce, mais au cours de son développement, il devient plus grand, de la taille d'une tasse, et puis encore plus, comme un mug. Selon les gens, il peut s'agir d'une assiette plate, ou d'un bol à soupe bien creux, ça dépend. Certains deviennent peut-être un pot de fleurs comme celui-là. Normalement, un trou, c'est un défaut, mais c'est précisément parce qu'il est troué qu'il remplit son rôle de pot de fleurs.

Le soleil qui perçait entre les nuages déposait délicatement ses rayons sur nous. J'ai creusé un trou profond à mes pieds, et j'ai enfoui mes mains dans la terre. Comme ça, j'avais l'impression d'échanger une poignée de main avec la terre, c'était agréable.

— Sôsuke, c'était sans le moindre doute un grand récipient. Un récipient pratique, capable de tout recevoir, les petites choses comme les grandes, les objets durs comme les mous. Mais en contrepartie, il était fragile, facile à briser. Parce que le cœur de Sôsuke a accueilli trop de choses.

La voix de mam's restait paisible, malgré tout.

— Il était gentil.

Alors que je n'avais prononcé que trois petits mots, le souvenir de mon frangin quand il allait bien m'est revenu et un voile de larmes a brouillé mon champ de vision.

— Mais il était peut-être trop gentil.

C'était la voix de mam's. Maintenant qu'on avait commencé, j'avais envie d'aller au fond de la question.

— Quand j'y repense, Sôsuke, il n'a pas fait de crise d'adolescence. O-Choko et moi, on le couvrait de louanges, il était facile à élever, c'était un gentil garçon, mais en réalité, maintenant, je me dis que nous étions peut-être à côté de la plaque. En fait, il vaut mieux, comme toi, laisser exploser sa hargne et faire les quatre cents coups.

Au souvenir de mon adolescence, j'ai brusquement eu honte. A l'époque, j'avais dit plein de méchancetés à maman. Avec mam's, j'en étais venue aux mains, le sang avait même coulé. Mais mon frangin, lui, n'avait jamais traversé une telle période.

— Il gardait tout pour lui, ai-je dit, et mam's a acquiescé en silence.

— Tout le monde avait envie de se confier à Sôsuke. Quand on avait un problème, O-Choko et moi, on en parlait d'abord à Sôsuke. Même parmi les clients de la maison d'hôtes, beaucoup s'ouvraient à lui. Alors qu'il était beaucoup plus jeune que nous, on se sentait rassérénées quand il nous écoutait. Sans doute a-t-il aidé plein de personnes autour de lui. J'en suis très fière en tant que mère. Mais peut-être qu'un jour il a cédé sous ce poids, qu'il s'est subitement brisé...

En effet, le réceptacle qu'était le cœur de mon frangin était vaste, mais aussi fragile. J'ai soudain repensé aux tranquillisants qu'il prenait. Si j'avais agi autrement à ce moment-là, peut-être qu'il ne lui serait rien arrivé.

— Les autres enfants, nous réussissons pourtant à les aider. Pourquoi les nôtres passent-ils en dernier ?

Mam's s'est mordu les lèvres d'un air dépité. A cet instant, *maika'i, maika'i*, la voix de Michael a soudain résonné en moi. J'aurais voulu le dire à mam's, et à moi-même aussi.

— Mais il est encore en vie. Il se réveillera un jour, c'est certain. J'ai l'impression que pour l'instant, il est fatigué et il se repose un peu, c'est tout.

Si maman était là, je suis sûre que c'est ce qu'elle aurait dit.

— Tu crois ?

Mam's a relevé la tête et m'a scrutée.

— Bien sûr !

C'était comme si je parlais à l'unisson avec maman. Mam's a ri, comme si la tension retombait soudain. Devant son visage souriant, j'ai enfin réussi à lui poser la question qui me tenaillait mais que je n'avais jamais osé aborder.

— Qu'est-ce que tu vas faire, désormais ? Tu vas te retrouver toute seule ici, ça va aller ?

Je tenais à le lui demander, sans faux-fuyants.

— Que veux-tu que je fasse, ma vie est ici.

— Et la maison d'hôtes ?

— Je vais continuer, dans la mesure de mes moyens. C'est un patrimoine inestimable que nous avons construit ensemble, O-Choko et moi. Je dois le protéger. Et puis, parmi les hôtes fidèles, il y a une jeune femme qui s'est proposée pour m'aider. Et O-Choko m'a laissé dans un cahier toutes les recettes des spécialités locales que le grand boss lui a apprises, bien expliquées.

Quand je préparais mes examens dans sa chambre d'hôpital, ce que maman rédigeait avec acharnement dans son lit, c'était donc ce cahier de recettes pour mam's ?

— Moi aussi, pendant les vacances, je viendrai t'aider.

— J'espère bien. Puisque c'est chez toi ici.

A l'instant où j'ai entendu ce mot sortir de sa bouche, involontairement, les larmes me sont montées aux yeux.

— Allez, arrête de pleurer, a-t-elle dit en rangeant ses outils.

— Oui, mais…

J'ai essayé de continuer, mais mon émotion a encore grandi, j'étais incapable de parler. Parce que celles qui restaient, c'étaient mam's et moi, qui n'étions pas liées par le sang. Je ne pouvais pas ignorer ce fait.

— Je pourrai revenir ici, alors ?

— Bien évidemment.

Mam's a penché la tête, l'air de dire, mais qu'est-ce qu'elle raconte, cette gamine ?

Elle avait raison. Parce que, quoi qu'on en dise, j'étais la fille de maman et de mam's.

Une autre part de moi encourageait celle qui pleurnichait.

— Pour ceux qui restent, c'est vraiment dur, a murmuré mam's d'une voix songeuse en époussetant son pantalon. Il faut qu'on garde dans un bocal les souvenirs agréables des jours heureux, et qu'on les déguste petit à petit, pour tenir le reste de notre vie.

Mettre les souvenirs heureux à mariner dans du sel ou du miso pour qu'ils ne s'abîment pas et les savourer avec mesure pour qu'ils continuent à accompagner notre existence. Voilà sans doute ce qu'elle voulait dire.

— Tes histoires, je sais pas, mais ça me donne faim, ai-je remarqué, les deux mains sur le ventre.

Mon estomac semblait prêt à gargouiller à tout instant. J'étais surprise, cela faisait un bail que je n'avais pas ressenti la faim.

— Moi aussi, a dit mam's d'un air un peu gêné.

A la maison, cela faisait bien longtemps que nous n'avions pas fait cuire de riz.

— Dis, mam's, tu n'as pas envie de riz blanc ? C'est vrai, quoi, on fait pousser du bon riz dans notre rizière en terrasses.

Le riz actuellement dans notre garde-manger était celui que nous avions cultivé ensemble, maman, mam's, mon frangin et moi. Chaque grain retenait la mémoire de la sueur, des larmes et des rires de la famille Takashima.

— Oui, ça me manque, du riz blanc tout chaud, encore fumant.

— Mais avec quoi on va le manger ? On n'a même plus de plats préparés.

Le stock de plats sous vide avait fini par s'épuiser, et d'ailleurs j'en étais dégoûtée. En plus, ces derniers temps, les voisins nous apportaient moins de choses.

— Il me semble qu'il reste encore des prunes au sel mises en conserve par O-Choko.

— Mais ce serait du gâchis, il vaut mieux les garder.

— Dans ce cas, si on préparait un curry ?

— Tu sais le faire ?

— Je t'en prie ! Je suis quand même capable de cuisiner un curry. Et puis tu vas me donner un coup de main, n'est-ce pas ?

— Hum, un curry, ouais, on va faire ça. Alors, c'est d'accord ?

— Allez, on va préparer un énorme et délicieux curry et on ira en porter aux voisins. Ils nous ont drôlement soutenues, il faut qu'on leur rende la pareille.

Mam's s'est dirigée la première vers la cuisine, et je lui ai emboîté le pas.

Ensemble, nous avons taillé les ingrédients, mis le riz à cuire et le curry à mijoter. Pour l'occasion, nous n'avons pas lésiné sur les épices, pour qu'il soit bien corsé. Transpirer un bon coup nous changerait peut-être les idées.

— Tiens, le premier plat qu'on a cuisiné et mangé ici, c'était un curry, au fait, a murmuré mam's, le regard soudain lointain, en mélangeant le contenu de la marmite.

C'était presque prêt.

— C'était quel genre de curry, tu te souviens ? ai-je demandé.

— Non, je ne sais plus. Mais comme c'est sûrement O-Choko qui l'a préparé, il était forcément bon.

Le ton de mam's était mélancolique.

Ce curry-là, moi aussi j'en avais indirectement mangé, dans le ventre de maman. Et mon frangin, qui n'était encore qu'un écolier de première année, était là aussi. Alors que je n'étais pas censée avoir vu cette scène, je ne sais pas pourquoi, j'avais l'impression d'avoir sous les yeux la toute nouvelle famille Takashima.

J'ai versé une généreuse ration de curry sur le riz fraîchement cuit, et j'ai emporté les assiettes. Je les ai posées sur la table autour de laquelle une seule chaise dépassait encore. Je me suis installée en face de mam's et je lui ai souhaité bon appétit. C'était un vrai repas, notre premier depuis longtemps.

— Mon frangin aussi, il aimait le riz au curry, ai-je dit.

J'en étais à la moitié de mon assiette.

— Du moment qu'il y avait de la sauce Worcestershire, il aimait tout.

Mam's se méprenait encore légèrement sur ce sujet. Mais je n'ai rien dit, je ne lui ai pas révélé la vérité.

— Mam's, j'ai une idée, quand on aura fini de manger, si on lui apportait du curry à lui aussi ? En sentant l'odeur, peut-être qu'il va reprendre conscience.

Le curry super épicé me rendait mon optimisme à vue d'œil. Mam's a approuvé d'un hochement de tête décidé.

Même si le curry ne le réveillait pas, peut-être que la prochaine fois, le son mat du home run que je réaliserais le réveillerait d'un coup.

En prévision de ce jour, moi aussi, j'allais aider à embellir le monde. Je fabriquerais un superbe arc-en-ciel, qui ne le céderait en rien à notre fameux arc-en-ciel lunaire. Dans le vaste jardin de la maison de la famille Takashima.

Tu as ta famille, tout ira bien, m'avait dit maman.

Même si tu es terriblement triste sur le coup, un jour viendra où tu retrouveras le sourire.

Et puis, elle avait aussi ajouté ceci :

Quoi qu'il arrive, l'important c'est d'accepter et de pardonner.

Je voulais aveuglément croire à ses paroles, qui faisaient aujourd'hui figure de prophétie.

Parce que, franchement, qui a décidé que ce serait l'épilogue de mon existence ? Ma vie ne fait que commencer. Je vais continuer à vivre avec mam's et mon frangin, à rester en vie, et même s'ils disparaissent je survivrai encore, je rencontrerai un jour, comme mes parents, l'âme sœur avec qui je formerai un couple et nous sèmerons ici-bas des graines d'*ohana*.

Je serai forte comme mam's. Je serai rieuse comme maman. Je serai gentille aussi, comme mon frangin. Mais la fleur que je ferai s'épanouir sera d'une couleur unique, la mienne. Ensuite, je planterai un magnifique champ de petites fleurs ; mes fleurs, ma famille – *ohana*. Parce que je crois bien que c'est ça, ma mission.

— C'était délicieux, a dit mam's.

Après avoir sobrement joint les mains devant sa poitrine en signe de gratitude, elle s'est levée sans bruit. Elle a fait un pas de côté, puis elle a posé la main sur le dossier de la chaise de maman et l'a doucement rapprochée de la table.

Son geste était tellement naturel qu'un instant, je n'ai pas tilté. Mais, incontestablement, mam's avait, de sa main, de son propre chef, libéré le cours du temps qui s'était arrêté.

La chaise de maman qui était restée tirée, inamovible, la chaise de maman qui pesait si lourd, mam's l'avait déplacée de ses propres mains.

J'étais sciée. Elle m'a demandé, l'air de rien :

— Takara, tu veux un café ?

J'ai fait oui de la tête avec un grand sourire.

Achevé d'imprimer en Espagne par

CPi
BLACK PRINT

Janvier 2021

Dépôt légal : août 2018